OETINGER TASCHENBUCH

Matthew Cody wuchs als jüngstes von vier Kindern im Süden der USA auf. Nach dem Studium verbrachte er einige Jahre damit, an Theatern im ganzen Land zu arbeiten, bevor er als Lehrer in New York sesshaft wurde und mit *Achtung, Superheld!* seinen ersten Roman schrieb. Die Geschichten der Comicsuperhelden, die ihn dazu inspiriert haben, liest er heute noch mit Begeisterung.

Matthew Cody

SUPERHELDEN IN GEFAHR!

Aus dem Amerikanischen von
Susanne Klein

Oetinger Taschenbuch

Außerdem bei Oetinger Taschenbuch erschienen:

Achtung, Superheld!

MIX
Papier aus verantwortungsvollen Quellen
FSC® C014496

Das für dieses Buch verwendete FSC®-zertifizierte
Papier Danube liefert Salzer Papier, St. Pölten, Austria.
Der FSC® ist eine nicht staatliche, gemeinnützige Organisation,
die sich für eine ökologische und sozialverantwortliche
Nutzung unserer Wälder einsetzt.

1. Auflage 2014
Oetinger Taschenbuch GmbH, Hamburg
August 2014

Originaltitel: »Super«

Dieses Werk wurde vermittelt durch die
Literarische Agentur Thomas Schlück GmbH, Garbsen
Titelbild: Helge Vogt
Aus dem Amerikanischen von Susanne Klein
Druck: GGP Media GmbH, Pößneck
ISBN 978-3-8415-0305-3

www.oetinger-taschenbuch.de

Für Jack und Stan,
die meine Kindheit mit Träumen
vom Fliegen erfüllt haben.

Und für Alisha und Willem,
auf immer und ewig.

INHALT

PROLOG

Der Nachtschreck hatte ihn vor einem Jahr zum ersten Mal aus dem Schlaf hochfahren lassen. Die Ärzte meinten, dass sich das mit der Zeit geben würde, es ganz normal und hormonell bedingt sei. Nichts, worüber man sich Sorgen machen müsse. Das hatten sie seinen Eltern gesagt. Mit Michael selbst hatten die Ärzte gar nicht richtig gesprochen.

Der Nachtschreck. Die Bezeichnung allein reichte, um Albträume zu verursachen. Aber das hier waren keine Albträume. Albträume waren schlimm, doch Michael hatte nie einen gehabt, der ihn gleichzeitig zum Schwitzen *und* zum Zittern brachte. Er hatte nie einen Albtraum gehabt, der ihn so laut schreien ließ, dass seine Eltern den Notarzt riefen. Albträume waren was für Kinder. In ihnen ging es um unheimliche Wandschränke und Monster unter dem Bett. Michaels Träume wurden von etwas viel, viel Böserem heimgesucht.

Das Problem war nur, dass er sich nicht erinnern konnte, was es war. Er wachte voller Panik auf und einen kurzen Moment lang wusste er es – er sah es so deutlich, als ob es immer noch in seinem Zimmer wäre. Aber sosehr Michael sich auch bemühte, er konnte die Erinnerung nicht festhalten. Sie verschwand. Die Angst blieb. Die spürte er zwischen seinen schweißnassen Laken, er schmeckte sie in seinem Mund, der vom Schreien ganz trocken war. Aber er konnte ihr einfach keinen Namen geben.

In den schlaflosen, stillen Stunden der Nacht war er froh, dass seine Mom und sein Dad nicht mehr in sein Zimmer stürmten, wenn es passierte. Der Nachtschreck an sich war schon schlimm genug, ohne dass sich Michael auch noch schuldig fühlen musste, weil er das ganze Haus aufweckte. Zwar waren sie vermutlich trotzdem wach – niemand konnte bei so einem Geschrei weiterschlafen –, aber die Ärzte hatten geraten, dem Problem keine weitere Beachtung zu schenken. Die Ärzte konnten ihm die Ängste zwar nicht nehmen, aber wenigstens konnten sie die Scham ein wenig mildern.

In dieser Nacht – wie in so vielen Nächten – fand sich Michael aufrecht im Bett sitzend wieder, und er versuchte sein wild klopfendes Herz zu beruhigen. Diesmal erwachte er an das Kopfteil gepresst, als ob er an ihm hinauf in Sicherheit klettern könnte. So oder so ähnlich war es immer. Manchmal wachte er auf dem Boden auf, manchmal kam er bis zur Zimmertür, aber immer schien er vor dem zu fliehen, was draußen war. Weg von den Fenstern. Der Grund für seine Angst lag jenseits der Mauern ihres Hauses.

Die Ärzte legten großen Wert darauf, ihn zu korrigieren, wenn er etwas in diese Richtung sagte. Sie erinnerten ihn daran, dass der Grund für seine Attacken sein eigenes Unterbewusstsein sei, eine unglückliche Kombination von Pubertätsängsten und jeder Menge Hormonen. Die Türen und

Fenster wären lediglich Objekte, auf die sich sein Unterbewusstsein versteift hätte. Wenn die Ärzte das bloß mal seinem Unterbewusstsein erklären würden.

Es geschah nicht jede Nacht, aber wenn es geschah, saß Michael allein und hellwach im Dunkeln, bis es dämmerte. Tatsächlich fühlte er sich ohne Licht sicherer. Wenn man in einem dunklen Raum das Licht einschaltete, wurde das Fenster unwillkürlich zu einem Spionspiegel. Man konnte nicht nach draußen sehen, aber jeder – oder *jedes* – hinein.

Und die heutige Nacht war besonders klar. Der Mond hing als Halbkreis über den Zweigen der Eiche vor seinem Zimmer. Es war ein alter Baum, so alt, dass er die drei Stockwerke bis zu seinem Fenster hinaufreichte. Als Michael jünger gewesen war, hatte er sich oft vorgestellt, wie er aus dem Fenster sprang und über den Baum in die Freiheit kletterte. Er liebte die Eiche, den weiten Himmel dahinter, sogar die dunkle Spitze des Mount Noble, die sich in der Ferne abzeichnete. Als Kind war das Fenster Teil seiner immer wiederkehrenden Träume vom Fliegen gewesen. In seinen nächtlichen Fantasien stieß er sich vom Baum ab und schoss geradewegs in den Himmel hinauf. Selbst heute noch konnte er fast das Kitzeln der Blätter an seinen Beinen fühlen, wenn er die Baumwipfel streifte. Doch jetzt hatte das Fenster seine Faszination verloren. Michael blickte auf die Zweige und schauderte. Er stand immer seitlich neben dem Fenster, sodass man ihn nicht sehen konnte. Es war nicht ratsam, sich so hinzustellen, dass man ihn vom Garten aus im Blick hatte. Nicht in der Nacht. Auf gar keinen Fall in der Nacht.

Im Zimmer war es stickig und die feuchte Luft klebte an

seiner Haut wie ein nasser Pullover. Obwohl man im Hochsommer in Pennsylvania vor Hitze fast umkam, schlief Michael immer bei geschlossenen Fenstern. Seine Eltern hatten sich einverstanden erklärt, ihm zuliebe die Klimaanlage laufen zu lassen. Doch es war ein altersschwaches Gerät, das es nicht schaffte, die Zimmer in den oberen Stockwerken zu kühlen. Michael sehnte sich danach, das Fenster aufzustoßen und die frische Bergluft hereinzulassen. Er wollte etwas anderes riechen als seinen eigenen sauren Schweiß.

Wovor fürchtete er sich? Was, glaubte er, war dort draußen?

Sich diese Frage zu stellen, war, als ob man nach einem Namen suchte, der einem bereits auf der Zunge lag. Aber er kam ihm schon näher. Nur noch ein kleines Stück …

Ohne dass er es bewusst steuerte, pressten sich seine Handflächen gegen die Fensterscheibe. Sie tat so gut, diese Form von benommener Distanz, die er plötzlich empfand. So viel besser als das starre Band der Angst, das seine Eingeweide so lange fest verschnürt hatte.

Mühelos entriegelte Michael das Fenster. Erst auf der einen Seite, dann auf der anderen. Draußen fuhr der Wind durch die Zweige der Eiche und ihre Spitzen streiften das Fensterglas. Es hörte sich verdammt danach an, als ob jemand an die Scheibe klopfte. Wieder verkrampfte sich sein Magen. Er atmete tief durch, lehnte seine Stirn gegen das kühle Glas und sah zu, wie sein Atem die Scheibe beschlagen ließ. Wovor fürchtete er sich? Er schlief doch gar nicht mehr. Der Nachtschreck, was immer es war, konnte ihm jetzt nichts anhaben.

Die hölzernen Führungen quietschten protestierend, als Michael das Fenster öffnete. Frische Bergluft und der muffigfeuchte Geruch gemähten Grases und grüner Blätter fluteten gleichzeitig über ihn hinweg. Die Luft schmeckte absolut fantastisch und die schwache nächtliche Brise kühlte seine fieberglühende Haut. Lächelnd lehnte er sich aus dem Fenster, prüfte den nächstgelegenen Ast des Baums und fuhr mit seinen Fingern die Furchen in der Rinde nach. Der Ast war stabil und an manchen Stellen, wo er sich wie abgewetzt anfühlte, überraschend glatt – fast wie poliert. Hier konnte man sich mit den Händen festhalten, dort die Füße aufsetzen. Zum allerersten Mal untersuchte Michael den Fenstersims genauer. Selbst im schwachen Mondlicht erkannte er Stellen voller Kratzer, an denen das lackierte Holz abgerieben war. Jemand war schon mal aus dem Fenster gestiegen und in den Baum geklettert. Viele Male.

Aber wer?

Vorsichtig stellte Michael einen Fuß auf den Fenstersims, genau dorthin, wo die Farbe fast vollständig verschwunden war. Mit seinen langen Armen stützte er sich zu beiden Seiten ab und zog sich dann hoch in das offene Fenster. Es war eine schwindelerregende Höhe, drei Stockwerke hoch, doch Michael fühlte sich erstaunlich sicher. Er hatte zwar keine Höhenangst, aber er war normalerweise auch nicht abenteuerlustig genug, um im Dunkeln auf Bäumen herumzuklettern. Und trotzdem wussten seine Hände genau, wo sie sich festhalten mussten. Sein anderer Fuß hatte auf dem Ast bereits festen Stand gefunden, sodass er sich vom Fenster lösen konnte – in dem Wissen, an der richtigen Stelle zu stehen.

Nein, nicht in dem Wissen. Michael konnte sich noch immer nicht daran erinnern, dass er jemals auf diesen Baum geklettert war. Und doch war es so, als wüsste sein Körper, was zu tun war. Seine Muskeln erinnerten sich an das, was sein Verstand vergessen hatte.

Aber wie konnte man sich an etwas erinnern, das man niemals getan hatte?

Griff für Griff kletterte er weiter, während seine Füße auf Ästen Halt fanden, die sein Gewicht tragen konnten. So weit oben in der Baumkrone gab es jede Menge schwacher Äste, doch er mied sie ohne jede Anstrengung. Noch vor ein paar Minuten hatte er gelähmt vor Angst in seinem Bett gelegen und jetzt vollbrachte er hier im Dunkeln tollkühne Heldentaten. Obwohl er sich oben in der Baumkrone sehr sicher fühlte, war ihm der Weg nach unten ein Rätsel. Dort hingen die Blätter dichter. Die Äste waren ihm fremd. Er hatte kein Gefühl mehr dafür, wie er seine Hände und Füße einsetzen sollte. Es drang so wenig Mondlicht durch das Blattwerk, dass alles, was unter ihm lag, fast völlig schwarz war. Es würde schwierig werden zu erahnen, wo er hintreten musste.

Dieses Abenteuer hob er sich besser für ein andermal auf. Vielleicht morgen, wenn das Tageslicht alles erhellte. Für diesen Moment würde Michael sich damit zufriedengeben, oben in seinem Baum zu sitzen und zu beobachten, wie die Wolken vor dem Mond vorbeizogen. Seit Monaten hatte er keinen solchen Frieden verspürt. Er lauschte einfach nur dem Knacken der Zweige, die sich im leichten Wind bewegten, und dem Zirpen der Grillen irgendwo in der Nähe. Tagsüber wurden solche Geräusche immer vom Dröhnen der Autos oder dem Brummen eines Rasenmähers in der Nachbarschaft gestört. Nur während der Nachtstunden verstummte der menschliche Lärm in Noble's Green, und man konnte den subtilen Geräuschen der Natur, und dem Berg selbst, zuhören.

Das plötzliche Rascheln unter ihm war deshalb umso alarmierender. Das war nicht das Geräusch von Blättern im Wind. Es hörte sich eher so an, als ob sich etwas zwischen den Ästen bewegte, und zwar auf ein bestimmtes Ziel zu. Für ein Eichhörnchen oder einen Vogel schien es zu groß zu sein, trotzdem hatte es ganz sicher nicht das Gewicht eines Menschen. Das Geräusch klang eher wie ein Schleichen oder Kriechen. Wie ein Stück Stoff, das durch die Blätter gezogen wurde. Nach oben. Den Baum empor.

Die Angst war zurück und umschlang ihn wie eine Kette aus Eisen, so fest, dass er keine Luft mehr bekam. Etwas kroch den Baum hoch und auf ihn zu. Michael versuchte, im Dunkeln eine Gestalt auszumachen, doch nichts regte sich, jedenfalls nichts, was er sehen konnte. Das Geräusch wurde immer lauter und kam immer näher. Sein offenes Zimmerfenster war nach wie vor nur wenige Meter entfernt, der Weg nach unten war deutlich länger.

Er wollte gerade ganz langsam zurück zum Fenster klettern, als er etwas erblickte. Zuerst war er verwirrt, denn er dachte, es wäre bloß sein eigener Schatten, der sich auf dem dicken Blätterteppich abzeichnete. Aber das war ja unmöglich. Der Mond war nicht hell genug, um nächtliche Schatten zu produzieren, und schon gar nicht inmitten eines belaubten Baums. Er sah einen Umriss, die Gestalt von jemandem, der ungefähr seine Größe hatte und ganz in Schwarz gehüllt war. Aber die Abmessungen schienen nicht zu stimmen: Das Wesen streckte sich und kroch die Äste entlang auf ihn zu. Wie eine Gestalt ohne festen Körper.

Der Schatten sah Michael an und öffnete den Mund.

Mit aller Kraft stieß Michael sich ab und sprang in Richtung Fenster. Zweige schlugen ihm ins Gesicht, ritzten und schnitten ihm in die Haut, doch seine Hände packten den Fenstersims. Seine nackten Füße rieben über das Holz, sie zogen Splitter ein und bluteten, als er verzweifelt nach Halt suchte. Zu verängstigt, um sich auch nur umzudrehen, wuchtete er sich über den Fenstersims und knallte in seinem Zimmer auf den Boden.

Sofort sprang er auf und schlug das Fenster zu. Als er die Riegel vorlegte, sah er, dass sich noch immer etwas im Baum bewegte, die dunkle Gestalt schlängelte sich zwischen den Ästen durch, auf denen er gesessen hatte. Michael riss die Vorhänge zu und rannte über den Flur ins Schlafzimmer seiner Eltern.

Sie hatten das Aufschlagen seines Körpers auf dem Boden gehört. Ihre Gesichter wirkten erschöpft und besorgt, als er sich in ihre Arme warf und unkontrolliert losheulte. Doch als sie seine zerschnittenen, blutigen Hände und seine aufgerissenen Füße sahen, verwandelte sich ihre Besorgnis in Schrecken. Seine Eltern überredeten ihn, sich hinzusetzen, dann versorgten sie seine Wunden. Sie fragten ihn, was diesmal passiert sei und wie er sich so hatte verletzen können. Michael konnte es ihnen nicht sagen, er wusste es nicht.

Etwas war geschehen. Er hatte etwas absolut *Falsches* und zugleich Bekanntes gesehen, doch er konnte seinen Eltern nicht sagen, was es war. Ein paar Minuten zuvor hatte er es noch gewusst, aber jetzt war es weg.

Der Nachtschreck hatte es mit sich genommen.

1 Der Neue

»Wir brauchen einen Namen«, sagte Eric. »Wie den Namen einer Geheimgesellschaft oder so. Einen Liga-Namen.«

»Eine Liga?«, fragte Daniel. »Meinst du so was wie *Erste Bundesliga*?«

»Quatsch. Du weißt, was ich meine. Wir müssen uns irgendeinen Namen geben. Ich bringe es einfach nicht fertig, mit ernster Miene *Die Superkids von Noble's Green* zu sagen.«

»Und bei *Liga der Gerechtigkeit* wäre das was anderes? Willst du das wirklich auf einem T-Shirt stehen haben?«

»Ich will überhaupt nichts auf einem T-Shirt stehen haben«, sagte Eric und verdrehte die Augen.

»Wie wäre es mit *Liga der Junior-Superhelden und ihr Freund, der einfach nur schwimmen gehen möchte*? Das würde die Herzen aller Schurken erzittern lassen.«

»Okay, okay! Vergiss es.«

Die beiden Freunde schwiegen einen Moment und lauschten den Geräuschen des Sommers. Das Summen der Zikaden schwoll an und wieder ab. Unter ihnen gurgelte der Bergbach. In der Ferne ertönte das Pfeifen eines Zugs.

»Hast du dir schon einen Superhelden-Namen ausgesucht?«, fragte Daniel. »Ich glaube nämlich, *Zwanghafter Benenner* ist noch nicht vergeben.«

Eric stöhnte und vergrub das Gesicht in den Händen.

»*Listenschreiber Boy?*«

»Weißt du, Superman hatte Glück, dass das Einzige, worüber er sich Sorgen machen musste, Kryptonit war. Er musste sich nicht mit dir abgeben.«

»*Brainstormer?* Das klingt sogar ziemlich cool. Obwohl, streich das doch lieber wieder.«

Eric streckte die Hände aus und tat so, als würde er Daniel erwürgen.

»Kapitulierst du endlich vor meinem überragenden Verstand?«, fragte Daniel. »Können wir jetzt bitte schwimmen gehen? Ich zerfließe hier so langsam.«

»Na schön, lass mich nur kurz nachschauen, ob die Luft rein ist.«

Mit diesen Worten stand Eric von ihrem Plätzchen auf den Stützstreben der Bergbachbrücke auf. Sie befanden sich zwar unterhalb der Straße, die über die Brücke führte, doch immer noch zehn Meter über dem grünlichen Wasser. Aber Eric fiel nicht. Er fiel nie. Er flog.

Die Bergbachbrücke war berüchtigt. Die Straße, die hinüberführte, war ein Abschnitt der wenig befahrenen, schlecht instand gehaltenen Route 16. Kurz bevor sie sich auf der Brücke zur einspurigen Fahrbahn verengte, beschrieb sie eine scharfe Haarnadelkurve. Zwar verlangsamte sich dadurch der ankommende Verkehr, doch es bedeutete auch, dass den Fahrern kaum Zeit blieb, die Gegebenheiten auf der Brücke einzuschätzen, bevor sie sie überquerten. Im Winter, wenn die Brücke vereist war, oder wann immer jemand bei starkem Regen unvorsichtig fuhr, wurde sie zur tödlichen Falle.

Trotzdem diente die kaum frequentierte Brücke Daniel und seinen Freunden im Sommer vor ihrem achten Schuljahr als geheimer Badeplatz. Das Wasser direkt darunter war tief genug, um hineinzuspringen, und es gab weder scharfkantige Felsbrocken noch Sandbänke, die im Rest des Flusses sehr verbreitet waren. Ein leicht zu erklimmender Stützpfeiler führte zu einem Platz auf halber Höhe, von dem aus man eine ziemlich gute Arschbombe machen konnte; wer richtig mutig war, kletterte bis zur Plattform kurz unterhalb des höchsten Punkts und versuchte einen beherzten Klippensprung.

Oder man flog – wenn man Eric war.

Daniel hatte einen großen Teil des Sommers damit verbracht, Mollie und Eric dabei zuzusehen, wie sie sich der Brücke von Norden her näherten, knapp über dem Wasser dahinflogen und die Oberfläche dabei gerade so leicht streiften, dass das hochspritzende Nass an einem heißen Sommernachmittag für Abkühlung sorgte. Wenn sie sich richtig erfrischen wollten, flogen sie einen Looping über die Brücke und tauchten dann in freiem Fall in das tiefe grüne Wasser.

Auch wenn Daniel nicht fliegen konnte, genoss er es natürlich, sich an Erics Armen festzuhalten und hinter ihm hergezogen zu werden, während sie über die Wasseroberfläche glitten – das war besser als jede Wildwasserbahn in einem Vergnügungspark. Einmal hatte er es auch mit Mollie probiert, doch sie hatte ihn so weit nach unten gedrückt, dass er mit dem Gesicht voran aufs Wasser geknallt war und fast seine Badeshorts verloren hätte. Als er wieder hochkam und nach Luft schnappte, hatte sich Mollie halb totgelacht.

Heute hatte Daniel Lust auf einen besonders wagemutigen Sprung. Große Höhe, sauberes Eintauchen. Es gab auch noch einen anderen Grund, warum er gern auf die Bergbachbrücke kletterte – wegen der großartigen Aussicht. Die alte Brücke selbst hätte auch ein gutes Postkartenmotiv abgegeben. Die Stützkonstruktion der ausgeblichenen Holzstreben und die niedrige Steinmauer, die so tückisch war, machten sie zu einem lokalen Wahrzeichen. Grüne Wälder säumten den Bach an beiden Ufern, und das Wasser war klar – ohne Seifenschaum oder Ölfilm, die so viele Seen und Flüsse in der Nähe der Industriezentren von Pennsylvania verschmutzten. Noble's Green wirkte vielleicht wie ein gottverlassenes Nest, doch manchmal hatte das auch seine Vorteile.

Daniel saß auf dem Stützstreben, er hatte es nicht eilig und genoss den leichten Wind. Wildblumen blühten entlang des Ufers und erfüllten die ohnehin schon süße Luft mit ihrem betörenden Duft.

Eine maschinengewehrartige Salve kurzer Nieser störte den idyllischen Moment.

»Hey, Rohan«, sagte Daniel und blickte nach unten, wo sein klein gewachsener Freund gerade die letzten paar Meter auf dem Weg nach oben überwand und gleichzeitig versuchte, sich ein Taschentuch vor die Nase zu halten.

»Wilde Pelargonien«, sagte Rohan. »Übel für Allergiker.«

Daniel streckte die Hand aus, um ihn hochzuziehen, dankbar, dass Rohan sein vollgerotztes Taschentuch in die Tasche stopfte, bevor er sie ergriff.

»Willst du springen?«, fragte Daniel.

»Ich?«, erwiderte Rohan. »Ich bin kein Fan von Sprüngen aus großer Höhe, nein danke. Mag sein, dass es dir gefällt, wenn Eric dich mitfliegen lässt, ich werde davon nur seekrank. Ich klettere wieder ein Stück nach unten und probiere es mit einer Arschbombe. Hey, wo ist Eric überhaupt?«

»Schaut nach, ob die Luft rein ist.«

Rohan blinzelte in Daniels Richtung – es war komisch, ihn ohne seine zentimeterdicken Brillengläser zu sehen, aber er hatte seine Brille am Ufer neben ihren Schuhen und Handtüchern gelassen. Doch auch wenn Rohan ihn nur ganz verschwommen sah, den Rest der Welt – die Bäume am gegenüberliegenden Ufer und sogar den fernen Gipfel des Mount Noble – nahm sein Freund auf ganz besondere Weise wahr. Rohan konnte sehen, wie sich die Regentropfen in der höchsten Wolke am Himmel zusammenballten, und damit war seine Sehkraft noch nicht erschöpft.

Daniel dachte darüber nach, was Rohan über das Mitfliegen gesagt hatte. Es war nicht ganz richtig. Daniel liebte das Gefühl, so zu tun, als flöge er, die Freiheit, den Geruch der kalten Luft. Doch jedes Mal, wenn Eric ihn mitnahm, hinterließ das einen bitteren Nachgeschmack. Fliegen war großartig, und Eric pflegte zu sagen, dass es sich mit nichts vergleichen ließ. Und doch erinnerte es Daniel ständig schmerzhaft daran, wie gewöhnlich er selbst war. Er konnte nicht fliegen – er war nur Passagier, ein Gast. Höchstens ein Begleiter, mehr nicht.

Wie aufs Stichwort spürte er einen Windstoß, eine wirbelnde Bewegung in der Luft, und Eric war wieder da. Er schwebte hoch über dem Wasser – ein paar Meter neben dem Stützstreben, auf dem Daniel und Rohan saßen.

Eric trug keinen Umhang, und auch wenn er (noch) keinen gebührenden Namen hatte, war er doch der unsichtbare Superheld von Noble's Green. Zwar wusste das nur eine Handvoll anderer Kinder, aber er war der Grund, dass die Stadt sich damit brüsten konnte, der sicherste Ort auf Erden zu sein. Was auch stimmte. Die niedrigste Unfallrate im ganzen Land und kaum Kriminalität. Das einzig Besondere war eine ungewöhnlich hohe Zahl von UFO-Sichtungen, die meisten Flugobjekte hatten seltsamerweise den Umriss eines Jungen.

Das alles dank Eric.

»Was quasselt ihr beiden da?«, fragte Eric.

»Ich bin gerade erst gekommen«, antwortete Rohan. »Wir haben noch gar nicht mit Quasseln angefangen.«

»Und, was hast du heute für uns geplant?«, fragte Daniel. »Ich werde es mit einem Kopfsprung versuchen und Rohan macht eine Arschbombe. Aber du wirst wieder was total Abgefahrenes machen, stimmt's?«

Eric zuckte mit den Schultern, doch Daniel wusste, dass das falsche Bescheidenheit war. Die Superkids von Noble's Green waren vielleicht das bestgehütete Geheimnis auf der ganzen Welt, dennoch gab Eric nur zu gern vor seinen Freunden an. Und warum auch nicht? Sie waren eine ganz besondere Gruppe von Kindern. Jeder von ihnen hatte eine einzigartige Fähigkeit: Mollie flog mit Supergeschwindigkeit, Louisa ging durch Wände wie durch Butter und die kleine Rose konnte sich unsichtbar machen. Eric aber war anders – er war nicht nur ein Flieger, sondern auch superschnell, superstark und nahezu unverwundbar. Er war der Superheld der Superkids.

Es gab eine Zeit, da hatte Daniel ihm nicht vertraut, doch nach allem, was sie zusammen durchgemacht hatten, konnte er sich das jetzt kaum mehr vorstellen.

Eric stieg langsam nach oben, dann schoss er los, die Arme an die Seiten gepresst, und verschwand wie eine Rakete am Himmel.

»Auf was tippst du?«, fragte Rohan. »Arschbombe mit Schraube?«

»Nee«, sagte Daniel. »Davon hat er das letzte Mal zwei gemacht, ich glaube, er bringt einen Klassiker. Vielleicht einen Flipp.«

»Ach was. Flipp ist von gestern. Total out.«

»Das sagt ausgerechnet der Junge, der in der Schule eine Krawatte trägt.«

»Wirst schon sehen. Krawatten sind cool.«

Ein paar Sekunden lang saßen sie da und suchten den Himmel ab, blinzelten in die Strahlen der hellen Nachmittagssonne. Natürlich entdeckte Rohan ihn zuerst.

»Oh-oh«, sagte er.

»Was? Was siehst du?«

»Eric kommt und … oh, nein!«

»Was denn?«

»Bauchklatscher!«

Und dann sah Daniel Eric, er hatte die Arme und Beine ausgebreitet wie ein Fallschirmspringer im freien Fall.

»Na toll.« Daniel hielt sich ganz fest und schloss die Augen. Als Eric an ihnen vorbeirauschte, hörte man kurz das Echo seines Gelächters, gefolgt von einem donnernden Platscher. Es war die Art von Platscher, die man bis in die Zehenspitzen fühlen konnte, eine ohrenbetäubende Explosion, die in eine zehn Meter hohe Wasserfontäne mündete und in ihrem näheren Umkreis alles durchnässte: die Brücke, das Ufer und – so hatte Eric es geplant – Daniel und Rohan.

Nach diesem Mega-Klatscher gab es nur noch ein paar trockene Zentimeter Haut an Daniels Köper – ein heller Abdruck an seinem Hintern. Alles andere war pitschnass. Rohan jammerte, dass er Wasser in der Nase hatte, während Eric sich langsam wieder nach oben schraubte. So ein Sturz hätte jeden anderen geplättet, aber Eric grinste nur.

»Also, liebe Jury«, sagte er. »Wie viel Punkte kriege ich?«

»Ich geb dir eine 10 für den Stil«, sagte Daniel. »Aber deine Technik war nicht perfekt. Dafür nur eine 5,5.«

»Von mir eine glatte Null«, sagte Rohan. »Ich werde noch die ganze Woche den Geschmack von Flusswasser im Mund haben.«

Eric legte in gespieltem Zorn die Hände auf den Kopf. »Was? Nun, dann muss ich mich beim nächsten Mal eben noch mehr anstrengen.«

»Nein!«, sagte Daniel. »Kein nächstes Mal! Kein Bedarf!«

Aber es war schon zu spät. Eric stieg in Vorbereitung auf den zweiten superspritzigen Bauchklatscher des Tages bereits wieder nach oben.

»Toll gemacht«, sagte Daniel und stupste Rohan mit dem Ellbogen in die Rippen. »Halt dich besser irgendwo fest … Was ist los?«

Rohan hatte diesen entrückten Gesichtsausdruck – wie immer, wenn er etwas bemerkte, was niemand sonst wahrnehmen konnte. Es konnte eine kleine Ablenkung sein, zum Beispiel der kilometerweit entfernte, besonders köstliche Geruch eines Kuchens in einem Backofen in der übernächsten Ortschaft. Es konnte aber auch Schwierigkeiten bedeuten.

»Rohan?«

»Da kommt ein Auto«, antwortete sein Freund. »Viel zu schnell.«

Daniel verstand sofort. Er sah nach oben und erblickte Eric, der wieder aus dem Himmel herabstürzte und das Auto nicht bemerkte. Daniel winkte ihm, rief ihm zu, er solle sein Tempo drosseln, aber Eric hörte ihn nicht. Er traf auf der Wasseroberfläche auf, als der Motor über ihren Köpfen röhrte und das Auto kurz vor der Brücke war.

Nachdem die zweite Wasserfontäne über ihnen niedergegangen war, öffnete Daniel wieder die Augen und sah, wie Eric aus dem Bach aufstieg und lachend auf sie zuflog. Doch als er auf dem Stützstreben landete, verstummte er, weil er jetzt auch das Quietschen von Reifen und das Kreischen von Metall auf der Brücke wahrnahm.

Daniel packte Eric an der Schulter und brüllte ihm ins Ohr: »Ein Auto! Es …«

Seine Worte wurden von einem markerschütternden Knall übertönt – und dann war für einen kurzen Moment lang alles seltsam still, während ein schlanker schwarzer Porsche in freiem Fall über ihre Köpfe hinwegsegelte.

Dann blieb er in der Luft stehen.

Eric war da. Nicht sichtbar für denjenigen, der im Wagen saß, hatte er das Auto auf der Unterseite abgefangen und seinen Sturz gebremst. Es war irgendwie surreal, wie das Auto – von Eric gehalten – hoch oben über dem Bergbach schwebte, nur ein paar Meter von Daniel und Rohan entfernt.

Das Fenster auf der Fahrerseite war offen und ein blassgesichtiger Teenager streckte den Kopf heraus. Er konnte Eric nicht sehen, aber er schaute Daniel an – einen verwunderten, fragenden Ausdruck in den Augen.

»Äh«, murmelte Daniel. Was hätte er auch sagen sollen?

Dann schwankte das Auto. Es bebte einen kurzen Moment, und Daniel bemerkte voller Schreck, dass Erics Kräfte nachließen. Die Venen an seinem Hals traten hervor und seine Arme zitterten unter dem Gewicht des Porsches. Dann fiel er. Und das Auto fiel mit ihm. Sie schlugen gleichzeitig auf dem Wasser auf und Eric verschwand unter dem Wagen. Der Porsche schaukelte noch einen kurzen Augenblick auf der Wasseroberfläche, dann ging er ebenfalls unter. Gerade noch rechtzeitig verließ der Fahrer das sinkende Gefährt, bevor es vom Bergbach verschluckt wurde.

Von Eric keine Spur.

Daniel war kein toller Springer, trotzdem tauchte er sauber ins Wasser ein. Es herrschte Chaos, der Porsche wühlte den dunklen Schlamm vom Flussgrund auf, und die Luft, die aus dem Auto entwich, blubberte und rauschte um ihn herum. Daniels Schwimmkünste waren nur durchschnittlich, doch seine Arme pflügten mit einer Kraft durchs Wasser, die ihn selbst überraschte. Er war voller Sorge um seinen Freund und schaffte es, so lange durch das schlammige Wasser zu tauchen, bis er neben dem Auto noch etwas anderes entdeckte. Eric bewegte sich nicht, und als Daniel nah genug herangeschwommen war, sah er, dass dessen Bein unter dem Wagen eingeklemmt war. Je weiter das Auto in den weichen Untergrund einsank, desto stärker würde auch Erics Bein nach unten gedrückt werden. Daniel versetzte dem Auto einen Stoß und schob es ohne große Mühe weg. Es hatte wohl nicht genügend Zeit gehabt, sich richtig im Schlamm festzusetzen. Daniel zog Eric aus dem Modder und strampelte mit ihm nach oben. Sie kamen nahe dem Ufer an die Oberfläche, und Daniel griff mit einer Hand nach ein paar Gräsern, während er mit der anderen Erics reglosen Körper hinter sich herzog. Jemand war da, packte ihn und half ihm ans Ufer. Daniel erblickte das blasse Gesicht, das er im Autofenster gesehen hatte. Der Junge war ein paar Jahre älter als er.

»Lass mich«, sagte er und fing an, Eric wiederzubeleben. Es dauerte nicht lange, bis Eric sich das grüne Wasser aus der Lunge hustete und stattdessen gierig Luft einsaugte. Er war wieder da.

»Du …, du hast ihm das Leben gerettet«, sagte Daniel, doch der Junge schüttelte den Kopf.

»Nein, du hast ihn gerettet. Du hast ihn da rausgezogen.«

»Eric?«, fragte Daniel. »Bist du okay?«

Eric nickte und drehte sich auf den Bauch. Er erbrach noch ein wenig Flusswasser und stöhnte.

»Der erholt sich schon wieder«, sagte der Junge. »Er braucht nur ein bisschen Zeit.«

»Vielen Dank, ehrlich«, sagte Daniel.

»Ich heiße Theo«, sagte der Junge und streckte die Hand aus. »Theo Plunkett.«

Daniel wollte gerade seine Hand schütteln, hielt jedoch wie erstarrt inne, als er den Nachnamen hörte. *Plunkett?*

»Ist alles in Ordnung mit dir?«, fragte Theo. »Bist wohl noch ein bisschen mitgenommen?«

»Äh, ja. Tut mir leid. Ich bin Daniel ... Corrigan.« Daniel hatte Probleme, seinen eigenen Namen zu sagen, er blieb ihm fast im Hals stecken.

Plunkett?

Theo blickte auf das Wasser. Daniel wandte sich um und entdeckte einen immer noch ziemlich ängstlich aussehenden Rohan, der sie vom anderen Ufer aus beobachtete. Der Porsche war im Bergbach versunken.

»Verdammt, mein Dad bringt mich um«, sagte Theo und blickte auf die Blasen, die an die Oberfläche stiegen. »Das ist der zweite in diesem Jahr.«

2 MOLLIE LEE

Am 13. August um 14:53 Uhr war der Sommer für die Superkids von Noble's Green jäh zu Ende. Ein neuer Plunkett war in der Stadt.

An diesem Abend wurde eine Notfallsitzung im Baumhaus einberufen, um die beunruhigende Entwicklung zu besprechen. Fast alle waren gekommen, es wurden sogar Einladungen an die beiden Schläger Clay und Bud verschickt, die sich natürlich nicht blicken ließen. Eric, Mollie, Rohan, Louisa und Rose saßen zusammen und diskutierten beim Schein von Kerzen und Taschenlampen, was sie tun sollten.

Währenddessen war Daniel zu Hause und passte auf seinen kleinen Bruder auf.

Als Daniels Eltern verkündet hatten, dass sie die alte Tradition ihres wöchentlichen Ausgehabends wiederbeleben wollten, war Daniel zunächst begeistert. Das bedeutete, dass er einmal pro Woche einen freien Abend haben würde, während seine Eltern zum Essen oder ins Kino gingen, und das wiederum bedeutete, dass ihm mehr Zeit blieb, sich zum Baumhaus zu schleichen. Was er nicht in Betracht gezogen hatte, war die unvorstellbare Möglichkeit, dass seine Mom und sein Dad seinen kleinen Bruder Georgie nicht mitnehmen würden. Offenbar war der Ausgehabend nur eine weitere Entschuldigung, um sich auf die Sklavenarbeitsklausel in der Kindererziehung zu besinnen, die da lautet: *Das ältere Kind kann regelmäßig zu allen Arten von unbezahlten und zudem lästigen Aufgaben herangezogen werden. Als da unter anderem wären: das Katzenklo sauber machen, den Rasen mähen und auf einen Dreijährigen aufpassen.*

Es bestätigte, was Daniel bereits vermutete: Eltern entschieden sich nur deswegen für ein zweites Kind, um sicherzustellen, dass sie dann zumindest beim ersten was für ihr Geld bekamen.

Georgie zu baden, war bei Weitem das Schlimmste. Das Abendessen war auch nicht ganz leicht, aber Daniel weigerte sich, in dieselbe Falle zu tappen wie seine Eltern. Wenn Georgie sein Gemüse nicht essen wollte, zwang Daniel ihn nicht. Er schob den Brokkoli einfach vom Teller und ging sofort zum Nachtisch über. Schon seit Langem hatte er herausgefunden, dass das erfolgreiche Babysitten eines Dreijährigen eine ausgewogene Kombination von Drohungen und Bestechung erforderte. Und ein Eis-Sandwich hatte auf Georgie eine viel größere Wirkung als eine Papiertüte voller Geld.

Doch nach dem Essen kam das Bad. Seit Georgie allein aus der Wanne klettern konnte, hatte er ein neues Spiel entdeckt, dessen Regeln nervtötend einfach waren: Kaum wandte Daniel ihm für ein paar Sekunden den Rücken zu, sprang Georgie aus der Wanne und rannte, so schnell ihn seine Beinchen trugen, tropfend den Flur entlang bis zum Wohnzimmer, wobei er brüllte: »Ich bin eine Pupsnase!« Dann verbrachte Daniel die nächsten zehn Minuten damit, nasse, schaumige Fußtapsen vom Boden und nasse, schaumige Poabdrücke auf dem Sofa zu beseitigen.

Er war gerade damit fertig geworden, die letzten der heutigen kollateralen Badeschäden wegzuwischen und Georgie ins Bett zu bringen, als Daniel ein wohlbekanntes Tapp-tapp am Fenster seines Dachzimmers hörte. Mollie hatte darauf bestanden, dass sie sich ein geheimes Klopfsignal ausdachten – einen speziellen Klopfrhythmus, damit er wusste, dass sie es war. Als Daniel spöttisch nachgefragt hatte, wie viele Leute in Noble's Green wohl noch in der Lage wären, drei Stockwerke hoch zu seinem Fenster zu fliegen, hatte Mollie ihm als Antwort eins auf den Arm gegeben.

Die Melodie, die sich Mollie ausgesucht hatte, war die Begleitmusik von Darth Vader aus *Star Wars*. Darauf hatte sie ihren eigenen Text gedichtet, und der ging so: »Daaaniel ist ein Depp, dum-da-dum, dum-da-dum.«

»Es ist offen, Mollie«, unterbrach sie Daniel, bevor sie eine weitere Strophe erfinden konnte.

Mollie segelte sanft in den Raum wie ein Blatt im Wind und ließ sich mit einem kleinen – Plumps – auf seiner Bettkante nieder. Es war ein überaus anmutiger Auftritt. Ganz anders als der erste Flug durch dieses Fenster vor einem halben Jahr, als sie erschöpft und völlig verängstigt in sein Zimmer gerauscht war. Natürlich war das zu Zeiten des Shroud gewesen, als die Angst ein ständiger Begleiter der Superkids von Noble's Green war.

»Dein Zimmer ist eine Müllhalde«, sagte Mollie und

schaute auf die Bücherstapel und Modellbauteile, die überall verstreut lagen. Daniel und Rohan hatten sich in letzter Zeit viel mit den Seeschlachten des Zweiten Weltkriegs beschäftigt und waren dabei, die gesamte Pazifikflotte nachzubauen. Doch als der Sommer kam, verbrachten sie immer mehr Zeit draußen und immer weniger Zeit mit ihrer Plastik-Armada. Und jetzt wurde jeder Fleck im Zimmer, der nicht von Detektivromanen und Comics belegt wurde, für Teile der *U.S.S. Independance* und der *H.M.S. Nelson* genutzt.

Träge kickte Mollie gegen das Flugzeugdeck der *U.S.S. Intrepid* und verzog das Gesicht.

»Das ist alles noch im Bau«, sagte Daniel. »Und jetzt erzähl mir, was du gesehen hast. Seid ihr rüber zu Plunkett geflogen?«

Mollie nickte. »Wir sind an seinem Haus vorbeigeflogen, konnten aber nicht so nah ran, sonst hätte man uns entdeckt. Es gibt nicht wirklich was zu berichten. Jedenfalls nichts Beängstigendes. Vor dem Haus stehen Umzugswagen und eine große schwarze Limousine. Andere Autos haben wir nicht gesehen.«

»Tja, ihr Porsche wird wohl noch eine Weile in der Werkstatt sein, nehme ich an. Wenn sie ihn erst mal aus dem Wasser gezogen haben.«

Daniel dachte eine Weile nach, während er auf seiner Wange herumkaute und mit den Fingern auf die Pfeife im Sherlock-Holmes-Stil trommelte, die auf seinem Schreibtisch lag. Seine Mom hatte sie in einem Antiquitätengeschäft entdeckt und als Überraschung für Daniel gekauft. Es gefiel ihm, sie in der Hand zu halten und sich vorzustellen, dass sie ihm genau wie seinem Vorbild Holmes dabei half, sich auf das Wesentliche zu konzentrieren. Aber er nahm sie nicht gern in den Mund, denn der Stiel schmeckte noch immer nach bitterem Tabak.

»Ich muss sagen, ich bin überrascht, dass Plunkett überhaupt Familie hat«, sagte Mollie.

»Er war ein Waisenkind. Theo muss irgendein Großneffe oder so was sein. Ich hatte keine Zeit mehr, ihn zu fragen, bevor die Feuerwehr aufgetaucht ist.«

Offiziell galt Herman Plunkett seit über einem halben Jahr als verschwunden. Obwohl eine Vermisstensuche lief, ging die Polizei von Noble's Green nicht von einem Verbrechen aus. Und es hatte auch niemand einen Zusammenhang zwischen Plunketts Verschwinden und dem rätselhaften Einsturz des alten Steinbruchs zur selben Zeit gesehen. Niemand ahnte, dass Herman Plunkett, alias der Shroud, unter einem Berg von Steinen und Schutt begraben lag.

»Tja«, sagte Mollie, »hoffentlich sacken sie nur das Silberbesteck und die Familienbilder der Plunketts ein und hauen dann wieder ab. Eric ist total durchgeknallt – er will sie rund um die Uhr beobachten. Wie bei einer richtigen Observation oder so.«

»Toll, damit haben wir ja bisher großartigen Erfolg gehabt«, sagte Daniel.

»Rohan meint, wir würden alle total überreagieren. Er findet, es gibt keinen Grund anzunehmen, dass die Familie vom alten Plunkett irgendwas mit dem Shroud zu tun hat.«

»Sehr richtig«, entgegnete Daniel. »Es ist ja auch nicht so, dass ich mir Sorgen mache, dass eine Familie von Shrouds in Plunketts altes Haus einziehen würde. Aber ich *mache* mir Sorgen.«

»Wieso?«

»Du hast gesagt, dass sie vielleicht nur gekommen sind, um Familienerbstücke und so Zeug mitzunehmen, wertvolle Sachen eben. Das macht mir Angst.«

Mollie sprang auf und lief durchs Zimmer. Wie immer war sie voll nervöser Energie. Zunächst fürchtete Daniel, sie würde seine Modellbauteile zertrampeln, doch dann bemerkte er, dass ihre Füße gar nicht mehr den Boden berührten. Mollie schwebte ungefähr zehn Zentimeter über dem ganzen Durcheinander. Sie spazierte buchstäblich in der Luft.

»Du meinst also, es gibt etwas in Plunketts Haus, was gefährlich ist?«, fragte sie. »Irgendwas Geheimes über …, nun ja, über uns?«

Daniel blickte auf das Mädchen, das in seinem Zimmer herumschwebte. Er dachte an Eric, der hoch oben über Plunketts Haus seine Kreise zog und es im sicheren Schutz der Dunkelheit beobachtete. In dieser Stadt gab es definitiv ein paar Geheimnisse, die man entdecken konnte.

Daniel schüttelte den Kopf. »Ich hoffe nicht. Und ich glaube, die meisten von Plunketts Geheimnissen sind zusammen mit ihm in der Shroud-Höhle unter dem Steinbruch begraben. Der alte Spinner war total paranoid, deshalb bezweifle ich, dass er irgendwas bei sich zu Hause aufbewahrt hat. Ich bin bloß übervorsichtig.«

Daniel wollte Mollie beruhigen, doch er bekam eine ganz bestimmte Erinnerung einfach nicht aus dem Kopf. Plunkett hatte ihm einen geheimen Safe gezeigt, in dem er eine Akte über die Superkids aufbewahrte, komplett mit Fotos und Namen. Ein heftiges Schuldgefühl überfiel Daniel, als er daran dachte, wie Plunkett eins der Fotos manipuliert hatte, um ihn glauben zu machen, dass in Wahrheit Eric der Shroud wäre. Eine Zeit lang hatte das funktioniert und Daniel hatte sogar die anderen Superkids von dieser Theorie überzeugt. Herman Plunkett hatte ihn dazu benutzt, Zweifel gegen seinen Freund zu säen. Das war etwas, was sich Daniel niemals verzeihen würde. Und seither hatte er Eric nicht mehr misstraut.

Daniel hatte diese Fotos vernichtet, aber wer wusste schon, ob Plunkett nicht doch Abzüge hatte machen lassen? Und wenn sie immer noch im Haus waren, in dem geheimen Safe? Was würde jemand denken, wenn er Fotos der Kinder aus Noble's Green sah, wie sie durch die Luft flogen oder Autos hochhoben? Und schlimmer noch, was würde er *tun*?

»Rohan hat wahrscheinlich recht, dass wir uns keine Sorgen machen müssen«, sagte Daniel. »Aber ich möchte einfach nur ganz sichergehen, dass Plunkett nicht doch etwas zurückgelassen hat. Wir hätten das schon vor langer Zeit tun sollen.«

»Was schlägst du denn vor? Einen Einbruch? Was das Haus betrifft, wäre ich ziemlich vorsichtig. Wahrscheinlich ist es mit Alarmanlagen, Sprengfallen und was weiß ich was gesichert!«

»Kann sein. Dann sind die neuen Plunketts eben eine Art glücklicher Zufall für uns.«

»Wieso das, Sherlock?«, fragte Mollie. Sie verlor langsam die Geduld mit ihm. Aber sie verlor andauernd die Geduld mit anderen. Wenn man mit Mollie redete, war es schwer, ihren Zeitplan einzuhalten. Im Vergleich zum schnellsten Mädchen der Welt agierte der Rest der Welt wie in Zeitlupe.

»Man braucht sich keine Gedanken um Alarmanlagen oder Ähnliches zu machen, wenn man eingeladen wird«, sagte Daniel und ließ bedeutungsvoll seine Pfeife kreiseln.

Mollie blieb gerade lang genug stehen, um laut zu schnauben. »Du willst also einfach dahin radeln und um eine Führung bitten?«

Daniel lächelte. Das war das Problem mit seinen Superkid-Freunden: Ihre Kraft war so groß, dass sie oft die einfachsten Lösungen übersahen. Die meisten Schwierigkeiten im Leben erforderten keine Superkraft oder Supergeschwindigkeit, um sie in den Griff zu kriegen. Die meiste Zeit über brauchte man nur sein Gehirn und ein bisschen Mut.

»Ich gehe morgen rüber und sehe nach Theo. Ganz im Sinne guter Nachbarschaft.«

»Theo Plunkett hat gerade den Porsche seines Vaters geschrottet! Er ist bestimmt nicht in der Stimmung, neue Freunde kennenzulernen.«

»Einen Versuch ist's wert.«

Mollie verdrehte die Augen, aber sie widersprach nicht länger. Sie hatte keine bessere Idee, und die Tatsache, dass jemand im Haus vom alten Plunkett herumschnüffelte – und dass es auch noch ein Verwandter von ihm war –, machte sie alle nervös.

Nachdem das nun geklärt war, lehnte sich Daniel auf seinem Stuhl zurück und tippte nachdenklich auf seiner Pfeife. Es gab noch etwas anderes, was ihn beschäftigte.

»Wie geht's Eric?«, fragte er.

Mollie zuckte die Achseln. »Er schämt sich. Es passt nicht zu ihm, dass er so was vermasselt. Das Auto war wohl viel schwerer, als er erwartet hatte.«

Daniel nickte, doch er war nicht unbedingt gleicher Ansicht. Eric war stark und wurde mit jedem Tag noch stärker. Selbst wenn der Wagen zu schwer für ihn gewesen war, erklärte das nicht, warum er fast ertrunken wäre. Eric war der stärkste Mensch, den Daniel je gesehen hatte, heute aber hatte er nicht mal genug Kraft zum Schwimmen gehabt.

Daniel sorgte sich um seinen Freund, und er wollte mit Eric über die Ereignisse an der Brücke sprechen, sobald sich die Gelegenheit ergab. Doch im Moment musste er sich auf andere Dinge konzentrieren. Wenn Herman Plunkett die Fotos irgendwo hinterlassen hatte, wo man sie finden konnte, waren sie alle in Gefahr.

Der Shroud war tot. Würde er denn trotzdem niemals aufhören, ihnen Angst zu machen?

Morgen würde Daniel mit seiner Untersuchung beginnen. Theo Plunkett war im Begriff, eine neue Freundschaft zu schließen – ob er wollte oder nicht.

3 DIE FAMILIE PLUNKETT

In dieser Nacht träumte Daniel vom alten Steinbruch und vom Shroud. Wieder kämpfte er gegen seinen alten Feind, aber dieses Mal allein. Und als der in Schwarz gehüllte Shroud ihn überwältigte, griff Daniel nach dem Anhänger mit dem glühenden Stein an Plunketts Hals. Der Splitter des Hexenfeuer-Meteoriten war die Quelle für die Kraft des Schurken. Daniel hatte ihm den Stein schon einmal vom Hals gerissen und ihn damit seiner Macht beraubt. Als er jetzt das Stück brennenden schwarzen Steins berührte, fing seine Hand Feuer. Grüne Flammen leckten seine Finger entlang und Daniel schrie vor Schmerz. Der Shroud redete auf ihn ein, sagte ihm, wenn er sich der Macht des Steins überließe, würde der Schmerz verschwinden. Doch Daniel weigerte sich, auf ihn zu hören. Schließlich war seine Hand von den Flammen völlig verzehrt und er umklammerte den übrig gebliebenen Stumpf. Und die ganze Zeit über flüsterte Plunketts Stimme seinen Namen.

Als Daniel am Morgen erwachte, stellte er für sich eine kleine Regel auf – keine Shroud-Gespräche mehr, wenn es Schlafenszeit war. Fast den ganzen Tag lang erledigte er verschiedene Aufgaben – er mähte den Rasen und passte auf

Georgie auf, während seine Mom sich um die Blumenbeete kümmerte. Doch sobald er entwischen konnte, schwang sich Daniel aufs Rad. Er fuhr einen Weg entlang, den er seit Monaten nicht mehr gefahren war; einen Weg, den er nie mehr hatte fahren wollen.

Das Anwesen der Plunketts lag verborgen am Ende eines Privatwegs, der von der Cedar Lane abging. Seit Herman Plunketts Verschwinden war das große Haus ein einsamer Ort, an dem sich Staub sammelte und der Garten verwilderte. Eigentlich wirkte es schon seit Jahren verlassen. Der alte Millionär hatte das Leben eines Eremiten geführt und die Rolle des gebrechlichen, senilen Exzentrikers in Vollendung gespielt. Bis auf eine Krankenschwester und ein paar Gärtner kam niemand zu ihm ins Haus. Das war die Scharade, die sorgfältig inszenierte Tarnung, die er über Jahrzehnte aufrechterhielt. In Wahrheit hatte Plunkett als Shroud ganz Noble's Green beherrscht. Er war im Dunkeln umhergehuscht und hatte die Kräfte und die Erinnerungen von Generationen von Superkids gestohlen. Viele Jahre lang nutzte er seinen Einfluss, sein Geld und seine furchterregenden Fähigkeiten, um Noble's Green heimlich zu kontrollieren. Er hatte die Kinder entmachtet und eingeschüchtert und gleichzeitig den Erwachsenen Sand in die Augen gestreut, damit sie nicht merkten, was in der Stadt Seltsames vor sich ging. Am Ende starb er als verbitterter, paranoider alter Mann. Er hatte sich in seinen Lügen verfangen wie eine Spinne in ihrem eigenen Netz.

Als Daniel nun sein Fahrrad die große Auffahrt hinaufschob, kam ihm die Verwandlung des Plunkett-Hauses deshalb umso unglaublicher vor. Im Vorgarten wimmelte es von Gärtnern, die Büsche beschnitten und Unkraut entfernten. Männer auf Leitern verpassten der in die Jahre gekommenen Fassade einen neuen Anstrich, die schweren Vorhänge waren zurückgezogen und alle Fenster standen weit offen. Jemand ließ frische Luft ins Haus hinein – als ob er all das, was vom alten Plunkett noch übrig geblieben war, gründlich vertreiben wollte. Daniel dachte an den unverwechselbaren Geruch, der das ganze Haus durchdrungen hatte, eine Mischung aus modrigem Papier und medizinischen Salben, die einem in der Nase hängen blieb. Jetzt roch es nach geschnittenem Gras und frischer Farbe.

Neben der großen Garage parkten zwei riesige Umzugswagen. Sie erinnerten Daniel unwillkürlich an seinen ersten Tag in Noble's Green. An dem Tag hatte er Mollie kennengelernt, und dieses zufällige Treffen hatte ihm das größte Abenteuer seines Lebens beschert und eine Welt eröffnet, von der er nicht zu träumen gewagt hätte.

Und nun stand er hier, ein Jahr später, und sah sich einem neuen Rätsel gegenüber. Wieder gab es eine Aufgabe, die er lösen musste. Auch wenn ihre jetzige Lage bei Weitem nicht so bedrohlich war wie ihr langer Kampf gegen den Shroud, war sie dennoch ernst. Wer war Theo Plunkett? Und welche Gefahr stellten er und seine Familie – vielleicht sogar unwissentlich – für seine Freunde dar?

Irgendwo ganz tief in seinem Inneren hatte Daniel dieses Gefühl vermisst. Trotz des Albtraums in der vergangenen Nacht musste er zugeben, dass es sich gut anfühlte, wieder an einem Fall dran zu sein.

Und so näherte er sich nun zügigen und lockeren Schrittes der Haustür. Er summte sogar ein kleines Lied, das er sich gerade erst ausgedacht hatte. Es war ziemlich unmelodisch, aber fröhlich. Sein eigener Kriminalfilm-Soundtrack.

Er läutete – genau in dem Moment, wo sein Lied zum Crescendo anstieg, diesem heftigen Aufwallen der Musik, das dem Publikum signalisierte, dass jetzt der Held kam – und erblickte gleichzeitig sein Spiegelbild in der Glastür. Seine Hand auf der Klingel war nicht zu sehen. Da war nichts als ein verkohlter Stumpf.

Daniel kniff fest die Augen zusammen – und alles war wieder wie immer. Fünf knochige Finger. Fünf abgekaute Fingernägel. Das alles hatte sich nur in seinem Kopf abgespielt, war die Wiederholung seines nächtlichen Albtraums gewesen. Trotzdem jagte ihm das Bild ungeachtet des heißen Sommertags einen kalten Schauer über den Rücken. Daniel hätte sich gern auf die Stufe gesetzt, doch in diesem Augenblick kam jemand an die Tür. Er holte nur ein paarmal tief Luft – atmete durch die Nase ein und durch den Mund wieder aus – und versuchte, sich nicht zu übergeben.

Die Tür ging nur einen kleinen Spalt auf und ein verschrumpeltes Gesicht spähte hinaus. Hinter dicken Kunststoffgläsern blinzelten ihn zwei Knopfaugen an. Ein wohlbekannter, mit Leberflecken übersäter Glatzkopf wurde zur Tür herausgestreckt, der Mund war zu einem schmallippigen Grinsen verzogen.

Als ob die Rückblende des Albtraums nicht schlimm genug gewesen wäre, blickte Daniel nun in das Gesicht von Herman Plunkett, der von den Toten auferstanden war. Dieser Herman hatte jedoch ein paar Kilo mehr auf den Rippen. Während der alte Plunkett dünn wie ein Stecken gewesen war, hatte dieser hier eher die Form einer – Birne. Doch auch das üppige Kinn konnte die Ähnlichkeit nicht verbergen. Es war nicht Herman, aber es war zweifellos ein Plunkett.

»Und?«, sagte der alte Mann. »Was willst du?«

»Opa?«, rief die Stimme eines Jungen von drinnen. »Was machst du da?«

Der alte Mann warf Daniel einen verärgerten Blick zu. »Es hat einfach nicht aufgehört zu läuten. Irgendjemand musste ja hingehen!«, rief er über die Schulter.

Theo Plunkett tauchte hinter dem alten Mann auf und legte ihm sanft eine Hand auf den Arm. »Ich hab dir doch gesagt, du sollst mit deiner Glocke läuten, wenn du etwas brauchst. *Ich* hätte doch hingehen können.«

»Mit diesem Musikapparat auf deinen Ohren hörst du nicht mal die Türklingel, wie soll das dann mit meiner Glocke funktionieren?«

»Hallo, Daniel«, sagte Theo mit einem schwachen Lächeln. »Wart mal kurz, okay?«

Daniel nickte und blieb stehen, während Theo und sein Großvater im Haus verschwanden. Offenbar beschränkte sich die Familienähnlichkeit der Plunketts nicht nur auf Äußerlichkeiten – die Veranlagung zu schlechter Laune wurde ganz offensichtlich über ein dominantes Gen vererbt. Selbst durch die geschlossene Tür konnte er immer noch hören, wie der alte Mann den armen Theo beschimpfte.

Ein paar Minuten später kam Theo zurück. Diesmal zum Glück allein.

»Tut mir leid«, sagte er. »Großvaters soziale Kompetenzen sind nicht sehr ausgeprägt.«

»Kein Problem«, erwiderte Daniel. »Dein Großvater … hat mich nur überrascht. Ich dachte, Herman hätte keine Familie.«

»Großvater ist Hermans Bruder, Oliver Plunkett. Sie wurden als Kleinkinder getrennt. Wuchsen an verschiedenen Orten auf und wussten nicht einmal, dass der andere existierte. Als sie sich wiederfanden, wollte Herman mit unserem Zweig der Familie nichts zu tun haben. Großvater meinte, sie wären so lange getrennt gewesen, dass sie außer einem Händchen fürs Geldverdienen nichts gemeinsam hatten. Aber wenn du mich fragst, waren sie sich einfach zu ähnlich. Beide total verschroben und stur. Und deswegen konnten sie sich auch nicht ausstehen.«

Theo legte den Kopf schief und blickte auf Daniel hinunter. »Hast du Herman gut gekannt? Ich habe ihn nur einmal getroffen, aber er schien nicht gerade der Typ zu sein, der sich mit kleinen Kindern anfreundet.«

Daniel beschloss, ihm den Ausdruck »kleine Kinder« noch mal durchgehen zu lassen. Theo war wirklich nicht *so* viel älter als er selbst. Höchstens ein, zwei Jahre.

»Ich kannte ihn«, sagte Daniel. »Aber ich würde nicht gerade sagen, dass wir Freunde waren. Deinen Großvater hier zu sehen, ist, als ob man einem Geist begegnet.«

Herman hatte also einen Bruder und dieser Bruder eine Familie. Das erklärte einiges. Daniel konnte sich Hermans Reaktion, als er herausgefunden hatte, dass er einen Zwillingsbruder besaß, lebhaft vorstellen. Bestimmt hatte er ihn für eine Bedrohung gehalten, die sein sorgfältig konstruiertes Lügengebilde, all die Jahre der Arbeit, zum Einsturz bringen könnte. Die schöne Vorstellung, dass Herman Gutes tat, er ein Beschützer und kein Jäger und Dieb war. Herman musste allein und ohne Bindung bleiben; keiner durfte ihm nahe genug kommen, um ihn mit der Wahrheit über sein Leben zu konfrontieren.

Aus irgendeinem Grund, quasi aus dem Nichts heraus, erwählte er schließlich Daniel als Vertrauten. Er hatte die absurde Idee, dass Daniel an seine Lüge glauben würde. Dass er ihn bei seiner Aufgabe unterstützen und sogar sein Nachfolger werden würde. Doch da hatte Herman – wie mit allem anderen auch – falschgelegen.

Allerdings war er in geradezu unheimlicher Weise gerissen gewesen, und deshalb war Daniel noch nicht bereit, alle Vorsicht fahren zu lassen. Theo und sein Großvater waren nach wie vor Fremde. Und sie waren immer noch Plunketts.

»Ich bin eigentlich nur vorbeigekommen, um zu sehen, wie es dir geht«, sagte Daniel. »Das war ja ein ganz schön übler Unfall gestern.«

»Mir geht's gut. Nur meine Schuhe sind hin. Und das Auto natürlich«, sagte Theo. »Und wie geht es deinem Freund?«

»Alles bestens, dank dir.«

Theo schüttelte den Kopf. »Dank nicht mir. Wie ich schon gestern gesagt habe, du hast ihn gerettet. Er verdankt *dir* sein Leben, nicht mir.«

»Tja, äh, ich glaube, er möchte sich trotzdem bei dir bedanken. Persönlich. Wäre es dir recht, wenn ich noch mal mit ihm vorbeikäme?«

»Na klar. Streng genommen stehe ich unter Hausarrest, aber der wird bestimmt bald wieder aufgehoben.«

»Du hast Hausarrest, du Armer?«

»Nein, ich meine, ich stehe unter Arrest – das heißt, ich darf ganz offiziell das Haus nicht verlassen. Denn ganz genau genommen bin ich gerade erst fünfzehn geworden und darf eigentlich noch gar nicht Auto fahren. Ich hab mir sozusagen nur eins von Dads Autos ausgeliehen. Er ist gerade auf der Polizeiwache und versucht die Angelegenheit zu bereinigen. Solche Sachen kann er ziemlich gut.« Theo zuckte mit den Schultern und stopfte die Hände in die Hosentaschen, als ob er sich schämen würde. Doch das schiefe Grinsen wich nicht aus seinem Gesicht.

»Trotzdem, ich hab wohl Glück, dass ich noch am Leben bin«, fuhr er fort. »Ist schon komisch, so was ohne einen einzigen Kratzer zu überleben, was?« Er blickte Daniel lange an – zu lange. Daniel dachte an den Moment, in dem sie sich in die Augen gesehen hatten. Theos Wagen war wundersamerweise mitten im Sturz abgebremst worden und hatte für ein paar Sekunden in der Luft geschwebt.

»Ja«, sagte Daniel. »Das war echt verdammt krass. Seltsam, dass in einem solchen Augenblick alles wie in Zeitlupe abzulaufen scheint, oder? Wie in einem Film.«

»Genau«, erwiderte Theo und blickte ihn immer noch an. »Wie in Zeitlupe.«

Er sah aus, als ob er noch etwas sagen wollte, aber er wurde von einem Auto unterbrochen, dass die lange Auffahrt hochkam. Die Limousine, von der Mollie erzählt hatte, fuhr bis vors Haus.

»Heil dem ruhmreichen Helden«, sagte Theo. »Dad ist wieder da.«

Die Stretchlimo kam zum Stehen, und ein großer, specknackiger Chauffeur stieg aus und begrüßte Theo, indem er sich an die Mütze tippte. Dann wirbelte er herum, ging zum hinteren Teil des Wagens und öffnete die Tür. Er trat zurück, um Platz zu machen … für einen Hund. Ein massiger Golden Retriever sprang aus dem Wagen. Er hatte irgendein vollgesabbertes Stofftier im Mund und kam direkt auf Daniel zu. Mit wedelndem Schwanz stellte er sich auf die Hinterbeine und trommelte Daniel mit den Vorderpfoten spielerisch auf die Brust, wobei er ihn fast umwarf. Ein langer Speichelfaden baumelte gefährlich nah vor Daniels Gesicht, als ihm der Hund seine zerkaute Trophäe zur näheren Untersuchung anbot.

»Am besten, du tust gleich, was er will!«, rief eine Männerstimme. »Barney wird nicht aufgeben, bis du Mr Pickles für ihn wirfst.«

»Was ist …«, sagte Daniel und bemühte sich trotz des schweren Hundes das Gleichgewicht zu behalten, »wer oder was ist Mr Pickles?«

»Mr Pickles ist das, was vom Lieblingsstofftier meines Sohnes übrig geblieben ist. Eine Art Kaninchenbär. Er sah ein bisschen wie ein Kaninchen und ein bisschen wie ein Teddybär aus – es ließ sich nicht sagen, was von beidem es war. Mittlerweile wirkt er dank Barney mehr wie ein Mopp ohne Kopf.«

Ein Mann mittleren Alters, mit Doppelkinn und sich lichtenden Haaren, war aus der Limousine gestiegen und schlenderte in ein paar sehr gewagten Bermudashorts auf Daniel zu. Ein breites Grinsen lag auf seinem Hängebackengesicht. Daniel erkannte den Plunkett in ihm, doch das schmallippige Grinsen war dem gutmütigen Lächeln und den zusätzlichen Pfunden von jemandem gewichen, der das Leben genoss – vielleicht ein bisschen zu sehr. Daniel mochte ihn auf Anhieb.

»Er hat recht«, sagte Theo. »Barney wird kein Nein akzeptieren.«

Daniel streckte die Hand aus und versuchte nicht zu offensichtlich zurückzuzucken, als Barney das vollgesabberte Ding aus Fell und Füllung, das Mr Pickles war, auf seine Handfläche fallen ließ. Dann legte sich der Hund hin und streckte in klassischer Welpenpose den Hintern hoch.

Daniel warf Mr Pickles, der eine lange Sabberfahne hinter sich herzog. Eifrig nahm Barney die Verfolgung auf.

Daniel hingegen suchte nach etwas, an dem er sich die Hand abwischen konnte.

»Ich muss mich für ihn entschuldigen«, sagte Theo.

»Ach, das ist doch nur ein Liebesbeweis!«, sagte Theos Vater. »Barney ist noch mehr Hund, als er selbst weiß.«

»Schon okay«, sagte Daniel und benutzte sein Hosenbein, um seine Barney-verseuchte Hand zu säubern. »Netter Hund.«

Ohne sich an dem Hundesabber zu stören, schüttelte ihm Theos Vater die Hand. »Ich bin Theodore Plunkett. Wie ich sehe, hast du meinen Sohn schon kennengelernt.«

Ein fester Griff, der Händedruck eines Geschäftsmanns.

»Daniel Corrigan. Ich war dabei, bei dem … Unfall. Ich bin nur vorbeigekommen, um zu sehen, wie es Theo geht.«

»Du meinst, am Schauplatz des Verbrechens?« Mr Plunkett warf einen Blick auf Daniels Fahrrad, das nur ein paar Meter entfernt stand. »Ich beglückwünsche dich zu deiner Transportmittel-Wahl, mein Junge! Umweltfreundlich, kostengünstig und vor allem legal! Ich vermute, mein Sohn könnte ein paar Dinge von dir lernen.«

Theo schüttelte den Kopf, schwieg aber. Daniel fragte sich, ob die scheinbar gutmütige Neckerei nicht doch ernst gemeint war. Wenn Daniel das Familienauto entwendet und geschrottet hätte – und dann auch noch ohne Führerschein –, hätte sein Dad lebenslangen Hausarrest über ihn verhängt. Zum Zeitpunkt seiner Begnadigung würde er dann aussehen wie Großvater Plunkett.

»Mr Plunkett, die Brücke ist gefährlich. Meine Großmutter hat immer gesagt, sie wäre eine echte Todesfalle.«

»Nun ja, ich bin einfach nur froh, dass niemand ernsthaft verletzt worden ist«, sagte Mr Plunkett. »Autos lassen sich leicht ersetzen. Kinder hingegen sind teuer.«

Daniel lächelte über Mr Plunketts … Scherz?

»Warum kommst du nicht morgen noch mal vorbei, Daniel?«, schlug Mr Plunkett vor. »Mein Sohn und ich müssen jetzt ein Vater-Täter-Gespräch führen. Ich bin mir jedoch sicher, dass es Theo gefallen würde, wenn du ihm die Stadt zeigst. Mit dem Fahrrad!«

Daniel blickte zu Theo. Nach dem Spruch mit den »kleinen Kindern« war ihm nicht klar, wie Theo auf den Vorschlag reagieren würde. Und als er Theos Grinsen sah, freute er sich.

»Ich bin dabei. Hast du Zeit?«, fragte Theo.

»Klar«, sagte Daniel. »Gute Idee.«

»Prima!«, sagte Mr Plunkett und klatschte in die Hände. »Dann ist das abgemacht! Und jetzt verabschiede dich von Barney, Daniel.«

Der Retriever hatte Mr Pickles genug malträtiert und war zu ihnen zurückgetrottet. Als Daniel ihm den Kopf tätschelte und ihm Auf Wiedersehen sagte, wedelte er glückselig mit dem Schwanz.

4 Clay, der Schreckliche

Auf halbem Weg nach Hause fiel Daniel auf, dass er nicht *einen* Schritt in das Plunkett-Haus gemacht hatte. Man hatte ihn vor der Tür abgefangen, aber ob das nun Zufall oder Absicht war, ließ sich schwer sagen. Er hatte nicht mal einen Blick ins Innere des Hauses werfen können, trotzdem war der Ausflug nicht ganz umsonst gewesen. Er konnte eine Art Verbindung zu Theo aufbauen und diese vielleicht dazu nutzen, zu einem späteren Zeitpunkt ins Haus zu gelangen. Zumindest hatte er vielleicht einen neuen Freund gefunden. Einen Freund, der einen Hang dazu hatte, die Autos seines Vaters zu klauen. Das war eine Seite in Theos Leben, die Daniel wahrscheinlich nie verstehen würde.

Er bog gerade in seine Wohnsiedlung ein, als er Rohan auf dem Bürgersteig stehen sah. Er wartete auf Daniel und zeigte auf etwas über ihren Köpfen. Es war Spätsommer, die Sonne ging bereits früher unter. Die Tage wurden kürzer. Vor dem Hintergrund eines brennend roten Himmels erschien Eric. Nachdem er gelandet war, zupfte er sich ein paar Blätter ab – Vorboten des kommenden Herbstes.

»Hey, hast du mit dem Neuen gesprochen?«, fragte Eric.

Er liebte den großen Auftritt, tat aber stets so, als wäre das alles ganz normal. Daniel fragte sich, seit wann ein fliegender Junge so alltäglich für ihn geworden war. Wann genau hatte es aufgehört, ihm absolut unglaublich vorzukommen? Er konnte sich wirklich nicht daran erinnern.

»Erde an Daniel«, sagte Rohan. »Hat der kleine Plunkett dich in Trance versetzt? Eric, ich glaube, man hat unseren Freund in einen Zombie verwandelt.«

»Was?«, fragte Daniel. »Ach, du meinst Theo? Er scheint tatsächlich ganz nett zu sein.«

»Bist du im Haus gewesen?«, fragte Rohan. »Konntest du irgendwelche Nachforschungen anstellen?«

»Ich bin nicht mal durch die Haustür gekommen. Aber ich habe ein paar Familienmitglieder kennengelernt. Theos Großvater ist Hermans Bruder. Er sieht genau wie Herman aus, nur dicker. Es ist richtig unheimlich.«

»Tja, schön, dass du sie kennengelernt hast«, sagte Eric, »aber das hilft uns nicht bei unserem Vorhaben, herauszufinden, welchen Plan Theo verfolgt.«

»Doch, ich glaube schon«, entgegnete Daniel. »Das sind ganz normale Leute, Eric. Theo ist offensichtlich total verwöhnt und vielleicht auch ein bisschen eingebildet, aber ich glaube nicht, dass er irgendeinen Plan verfolgt – außer seinen Vater in den Wahnsinn zu treiben.«

Eric lachte ungläubig und murmelte etwas vor sich hin.

»Anscheinend kommt Eric nicht gut damit klar, wenn andere *sein* Leben retten«, sagte Rohan.

»Nur fürs Protokoll: *Daniel* hat mich gerettet«, sagte Eric. »Und ich habe überhaupt nichts gegen den Neuen.«

»Aber …«, wandte Rohan ein.

»Aber Daniel ist aus einem bestimmten Grund dorthin gefahren. Kommt schon, euch verstört es doch genauso wie mich, dass ein neuer Plunkett aufgetaucht ist.«

Daniel gab keine Antwort. Er zuckte nur mit den Schultern und schob sein Fahrrad auf dem Randstreifen heimwärts. Sie hatten den Abschnitt der Straße erreicht, an dem der Bürgersteig endete und man dauernd auf den Verkehr achten musste. Außer man war Eric, natürlich. Daniel empfand Mitleid für den Traktoranhänger, der das Pech hatte, in ihn hineinzurasen.

»Es ist wirklich komisch, versteht ihr? Selbstverständlich möchte ich sichergehen, dass es in Plunketts Haus nichts gibt, was uns gefährden könnte. Aber ich möchte Theo auch nicht wegen einer Sache vorverurteilen, die sein verrückter alter Großonkel getan hat, okay?«

»Wir haben leider keine Beweise, weder in die eine noch in die andere Richtung«, sagte Rohan. »Dass er für eine kleine Spritztour das Auto seines Vaters stiehlt, spricht gegen ihn, aber er hat sich ziemlich heldenhaft verhalten, als er Eric gerettet hat. Oder dabei geholfen hat, Eric zu retten. Wie auch immer. Die beiden Sachen gleichen sich meiner Meinung nach aus.«

Eric verschränkte die Arme. Daniel verstand nicht, warum es ihm so viel ausmachte, dass Theo ihn gerettet hatte. Aber ganz offensichtlich war es so.

»Also ist das einzig Verwertbare, was wir haben, Theos Name«, fuhr Rohan fort. »Er ist ein Plunkett. Wir wollen hoffen, dass er nur ein Plunkett der schrulligen Sorte und nicht

Teil des psychopathischen Zweigs der Familie ist. Aber bis wir es genau wissen, müssen wir vorsichtig sein.«

Daniel nickte. Er selbst hatte Mollie gesagt, dass sie aufpassen mussten, und er fand, es war nur zu verständlich, dass sie alle gegenüber dieser Familie misstrauisch waren – er selbst eingeschlossen. Doch Theo war neu in einer fremden Stadt, und Daniel wusste, wie sich das anfühlte. Und wie wichtig es für ihn war, Freunde zu finden.

Daniel beschäftigte noch etwas anderes, etwas, das ihn fast genauso beunruhigte wie Theo Plunkett.

»Äh …«, fing er an, »da wir schon vom Fluss sprechen, wie geht es dir, Eric?«

Eric schüttelte den Kopf und lächelte. »Ich hab mich schon gefragt, wann du davon anfängst. Insgeheim hatte ich gehofft, dein Detektivgehirn erfolgreich mit der Plunkett'schen Familienverschwörung ablenken zu können …«

»Um zu fragen, wie es dir geht, brauche ich mein Detektivgehirn nicht.«

»Du und Rohan, ihr seid wie zwei alte Tanten«, bemerkte Eric.

»Ich habe ihn das Gleiche gefragt«, erklärte Rohan. »Für mich sah es nicht so aus, als sei Eric das Auto einfach nur weggerutscht. Es sah aus, als hätte er für einen kurzen Moment seine Kraft verloren. Oder etwas in der Art.«

»Mir geht's gut!«, sagte Eric. »Das Auto war schwer, und ich vermute, ich war eine Sekunde lang ohnmächtig. Ich habe vielleicht ein bisschen übertrieben, als ich euch mit diesen beiden Bauchklatschern nass gespritzt habe. Keine große Sache.«

»Du bist schon mit viel schwereren Sachen als mit so einem Auto fertiggeworden«, entgegnete Daniel.

»Ach ja? Ich würde zu gern sehen, wir ihr beide das Ding hochhebt!«

Daniel hatte Eric noch nie so in der Defensive erlebt und das fand er irgendwie noch viel besorgniserregender als alles andere. Vielleicht war Eric aber auch nur die ganzen Fragen leid, und Daniel suchte nach Problemen, wo keine waren. Die simpelste Erklärung lautete, dass Eric einfach übermäßig erschöpft gewesen war. Warum konnte Daniel das nicht akzeptieren und die Sache vergessen?

Weil er gelernt hatte, dass in Noble's Green die einfachste Erklärung nie die richtige war.

Für den Moment ließ er das Thema ruhen, und die drei Freunde gingen weiter, ohne viel zu sagen. Bald kamen sie zu der einsamen Kreuzung, an der es zu Daniels Straße abging. Rohans Familie wohnte an der Ecke, deshalb verabschiedete er sich und ging zum Abendessen ins Haus. Die Gegend, in der Eric lebte, Briarwood, lag mehrere Kilometer entfernt, aber das machte Eric nichts aus, er konnte innerhalb von Minuten zu Hause sein. Trotzdem war Daniel ein bisschen überrascht, als Eric jetzt zusammen mit ihm in die Elm Lane einbog.

»Willst du nicht nach Hause?«, fragte er.

»Was? Ach, das hat keine Eile. Ich dachte nur, du hättest vielleicht gern Gesellschaft.«

Da Erics *Gesellschaft* während der letzten zehn Minuten aus mürrischem Schweigen bestand, nahm Daniel an, dass etwas anderes dahintersteckte.

»Und warum willst du nicht gleich nach Hause?«

Eric blieb stehen, stopfte die Hände in die Hosentaschen und starrte in die Luft.

»Bob ist wieder da«, sagte er.

»Der Freund deiner Mutter?«

»Genau. Nur hat er diesmal seinen ganzen Kram mitgebracht. Mom sagt, dass er ihr versprochen hätte, sich zu ändern. Ich aber glaube, er ist endgültig aus seiner Wohnung geflogen. Und bei uns muss er keine Miete zahlen.«

»Oh, verstehe.«

Vor Monaten hatte Daniel herausgefunden, dass es in Erics Familie nicht gerade gut lief. Seine Mutter arbeitete im Restaurant Doppelschichten, um die Hypothek für ihr winziges Haus in Briarwood bezahlen zu können. Und wenn sie nicht da war, behandelte ihr On-and-Off-Freund Bob ihren Sohn wie Dreck. Im besten Fall war er einfach nur unfreundlich, doch wenn er trank, konnte er einem wirklich Angst einjagen.

Das wiederum bereitete Daniel Sorgen. Bob hatte keine Ahnung, wer Eric wirklich war und über welche Superkräfte er verfügte. Daniel fürchtete den Tag, an dem Bob es mit Eric zu weit trieb.

»Ich dachte, deine Mom hätte beim letzten Mal endgültig mit ihm Schluss gemacht«, sagte Daniel.

»Bei ihr ist es nie endgültig. Mein Dad hat sich auch supermies benommen, trotzdem hat sie sich immer wieder auf ihn eingelassen. Bis er schließlich abgehauen ist. Ich glaube, er hat eine Familie gefunden, die er lieber mag. Was mir nur recht ist. Meine Mom und ich brauchen niemanden. Und ganz bestimmt brauchen wir Bob nicht. Wie auch immer, im

Moment macht Mom Überstunden, und Bob öffnet sein erstes Bier bereits am Nachmittag. Es dauert mindestens bis sieben oder acht, bis er auf dem Sofa eingeschlafen ist.«

»Tja, du könntest bei uns zu Abend essen. Mein Dad kocht, da kann ich nicht versprechen, dass es auch schmeckt. Tatsächlich muss man eher vom Gegenteil ausgehen. Aber ich kann dir versprechen, dass kein Bob mit am Abendbrottisch sitzt.«

Die beiden gingen die Straße entlang, vorbei am flackernden, frühabendlichen Licht der Straßenlaternen. Doch sie waren noch nicht weit gekommen, als Eric die Hand ausstreckte und Daniel festhielt.

»Riechst du das?«, fragte er und rümpfte die Nase.

»Wie? Was?«

»Irgendwas stinkt fürchterlich.«

Daniel blickte sich um und schnupperte. »Das Abendessen?«

»Nein, es ist …«

Und dann roch Daniel es auch. Einen Gestank, wie es in Noble's Green keinen zweiten gab. Einen Gestank, der so unsagbar widerlich und übelkeiterregend war, dass es sich nur um eine Person handeln konnte.

Bud.

Der dicke Rowdy kam nur ein paar Meter vor ihnen aus dem Wald. Er war außer Atem und kämpfte mit etwas, das er in seinen bratpfannengroßen Händen hielt. Was es auch immer war, es war sogar für den massigen Bud zu schwer. Er war so damit beschäftigt, dieses große Was-es-auch-immer-war festzuhalten, dass er Eric und Daniel gar nicht bemerkte.

»Guten Abend, Bud«, sagte Eric.

Erics Stimme erschreckte Bud so sehr, dass er das Etwas fallen ließ. Er schrie vor Schmerz, als ein großer Felsbrocken auf seinem Fuß landete.

»Au! Au! Auuu!«, brüllte Bud und hüpfte von einem Bein aufs andere. Gleichzeitig wurde der Gestank – dieser ganz spezielle Bud-Geruch – noch stärker. Wie ein hart gekochtes Ei, getunkt in Milch, das man in einem heißen Auto vergessen hatte.

Daniel hielt sich den Ärmel vors Gesicht. Von allen Superkräften in ganz Noble's Green war Buds zweifellos die schlimmste.

»Sorry, Bud«, sagte er. »Wir wollten dich nicht erschrecken.«

»Mann!«, sagte Bud, bemüht, das Gleichgewicht zu halten und sich gleichzeitig den Fuß zu reiben. »Warum schleicht ihr euch so an?!«

»Wir sind einfach nur die Straße entlanggegangen«, entgegnete Eric. »Du bist derjenige, der aus dem Wald geschlichen kommt. Was hast du da überhaupt?«

Plötzlich schien sich Bud wieder an seine schwere Last zu erinnern, und er machte einen Schritt nach vorn, ganz offensichtlich, um Eric und Daniel die Sicht auf den Stein zu versperren.

»Das? Ach, das ist nichts.«

»Was Bud eigentlich sagen wollte«, ertönte eine Stimme hinter ihnen, »ist, dass euch das nichts angeht, du Pfadfinder.«

Von der gegenüberliegenden Straßenseite kam Clay Cudgens auf sie zu – Buds bösartiger und sehr viel gefährlicherer Kumpel. Während Bud einfach nur ein riesiges Stück Speck war, war Clay dünn und gemein. Und auch er hatte Superkräfte. Clay war mindestens so stark wie Eric und genauso unverwundbar. Er erinnerte Daniel an einen tollwütigen Hund. Er hatte in jede Hand gebissen, die man ihm hingestreckt hatte – auch in die von Daniel.

»Das Ganze hier kommt mir irgendwie bekannt vor«, sagte Eric. »Wirst du jetzt rumprahlen und uns drohen, bis ich dir schließlich wieder in den Hintern treten muss?«

Erics einziger Vorteil gegenüber Clay war, dass Clay nicht fliegen konnte und dazu auch noch Höhenangst hatte. Bis jetzt hatte das immer gereicht. Bis jetzt. In diesem Augenblick spürte Daniel, wie die Spannung zwischen den beiden Jungen immer unerträglicher wurde.

»Das bringt doch nichts«, flüsterte Daniel.

»Ich versuch nur, möglichst schnell zum lustigen Teil zu kommen«, flüsterte Eric zurück.

»Hör mal, Clay«, sagte Daniel. »Wir waren gerade auf dem Weg nach Hause, als Bud aus dem Wald stolperte. Wir sind nur neugierig, was er im Schilde führt, das ist alles.«

»Und ich habe gesagt, dass euch das nichts angeht. Du scheinst nicht nur Probleme mit den Ohren, sondern auch im Oberstübchen zu haben.«

Daniel schüttelte den Kopf. »Ich versuche nur, Ärger zu vermeiden, Clay. Aber du machst es einem wirklich schwer.«

»Schon klar.« Clay grinste. »Du willst Ärger vermeiden, weil du Fliegerbubi bei dir hast, der dir den Rücken freihält. Wenn du allein um die Ecke gekommen wärst und mich hier getroffen hättest, würdest du dir doch total in die Hosen scheißen!«

Clays letzte Einschätzung war absolut richtig. Daniel hatte bereits ein übles Zusammentreffen mit ihm gehabt, an dessen Ende er einen Berg hinabgestürzt war. Hätte Eric ihn nicht rechtzeitig aufgefangen, wäre Daniel jetzt nichts weiter als eine kleine Pfütze am Fuß des Mount Noble. Und auch wenn Clay ihnen im entscheidenden Kampf gegen den Shroud unschätzbare Hilfe geleistet hatte, war das nur ein vorübergehender Waffenstillstand gewesen. In letzter Zeit schien er umso entschlossener zu sein, ihnen das Leben schwer zu machen.

»Wenn Daniel um die Ecke kommt und dir begegnet«, sagte Eric, »lächelst du und fragst ihn nach seinem Befinden. Und gehst anschließend ganz friedlich deiner Wege. Wenn nicht, werde ich davon erfahren. Und ...«, er zeigte mit dem Finger in die Luft, »du und ich, wir werden uns dann ausführlich unterhalten. Dort oben.«

Clay blickte besorgt zum Himmel. Sein Mund zuckte vor unterdrücktem Zorn, aber in seinen Augen stand die Angst.

»Na schön. Jeder kümmert sich um seinen eigenen Kram. Wir haben niemandem was getan. Los komm, Bud.«

Bud watschelte an ihnen vorbei und seine Stinkwolke waberte hinter ihm her.

»Bud!«, sagte Clay.

»Was? Oh! Natürlich!« Bud drehte sich herum und beugte sich über den Felsbrocken, den er sich auf den Fuß hatte fallen lassen.

»Boah! Hilf mir mal, Clay.«

Clay knurrte ärgerlich und ging hinüber zu seinem Freund,

wobei er Eric und Daniel die ganze Zeit im Auge behielt. »Mach schon, Fettarsch!«

»Er ist so schwer!«, jammerte Bud, und sein Gesicht war rot vor Anstrengung.

»Moment, lass mich erst mal einen Blick draufwerfen«, sagte Clay und beugte sich weit vor. Daniel bemerkte, dass er den Stein nicht berührte, sondern ihn nur musterte.

»Es ist nur ein Stein«, sagte er schließlich.

»Aber er hat eine seltsame Form. Mann, ich hab ihn den ganzen Weg bis hierher geschleppt, wie du gesagt hast.«

»Idiot.«

Irgendetwas beunruhigte Daniel. Hier stimmte etwas nicht. Etwas mit dem Stein und mit der Richtung, aus der Bud gekommen war. Von wo hatte er ihn *den ganzen Weg bis hierher geschleppt*?

Offensichtlich war auch Eric neugierig. Er näherte sich den beiden Jungen. »Habt ihr Probleme mit eurem Lieblingssteinchen?«

»Er ist ziemlich schwer«, erwiderte Clay. »Aber ich wette, *du* kannst ihn ohne Probleme hochheben.«

Da war etwas in Clays Stimme und auch in seinem plötzlich allzu freundlichen Lächeln.

»Eric«, sagte Daniel, »... nicht.«

»Warum? Wovor sollte ich mich fürchten? Wir sind doch Freunde, oder, Clay? Es macht dir doch nichts aus, wenn ich dein Lieblingssteinchen einen Moment nehme.«

Er hob den bowlingkugelgroßen Stein hoch, als ob es nichts wäre. »Tja. Ich weiß nicht, was an dem so besonders sein soll. Aus was ist der denn, aus Kalkstein?«

Kalkstein. Der alte Steinbruch. In Daniels Kopf fügte sich alles zusammen. Er wusste ganz genau, wo Bud gewesen war und – schlimmer noch – nach was er gesucht hatte.

»Eric!«, sagte Daniel und ging zu seinem Freund. Clay war einen Schritt zurückgetreten, doch er blickte Eric mit gespannter Wachsamkeit an – wie eine Hyäne, die auf ihre nächste Mahlzeit wartet. »Lass ihn fallen!«

»Was?«, fragte Eric. »Was ist denn?« Er lächelte Daniel verwirrt an, tat aber, was er verlangt hatte, und ließ den Stein mit einem dumpfen Krachen zu Boden fallen.

»Es ist ein Kalkstein«, erklärte Daniel und warf Clay einen Blick zu. »Aus dem alten Steinbruch. Aber sie haben nicht nach Kalksteinen gesucht. Sie haben nach *Plunketts* Stein gesucht.«

Das Lächeln auf Erics Gesicht verschwand. Er legte Daniel die Hand auf die Brust und schob ihn sanft von sich weg. Dabei ließ er Clay nicht aus den Augen. Daniels Herz schlug ihm bis zum Hals. Er wusste, was sein Freund dachte, wusste, dass die Erinnerung an den letzten Kampf mit Herman Plunkett für Eric immer noch frisch war. Im alten Steinbruch hatten sich die Superkids dem Shroud und seinem schwarzen Hexenstein gestellt, der die Kräfte von Generationen von Superkids gestohlen hatte. Am Ende hatten sie mit Clays Hilfe über Plunkett triumphiert, der unter Tonnen von Kalksteinbrocken begraben wurde. Genauso wie der Hexenfeuer-Meteorit.

Während dieser einen Nacht waren alle Superhelden Verbündete gewesen, doch nun würde es Ärger geben. Auch Bud kapierte, was los war, und wich zurück, bis er außerhalb der Reichweite von Erics stillem Zorn war.

»Was denn?«, sagte Clay. »Bud will sich eine Steinsammlung zulegen, das ist alles – hey!«

Eric fasste Clay am Hemdkragen und zerrte ihn zu sich heran.

»Es reicht dir wohl nicht, ein Schläger zu sein? Du willst ein Superschurke werden, ist es das?«

»Nimm deine Hände weg!«

Eric hielt Clay mit einer Hand am Kragen fest, machte einen Satz in die Luft … und fiel herab. Seine Füße entfernten sich nicht mal einen Meter vom Boden, bevor etwas in ihm versagte und er auf der Erde zusammenbrach.

»Was zum …?« Clay schüttelte Eric ab und stolperte verwirrt rückwärts. Eric kam wieder auf die Beine, konnte aber kaum stehen. Daniel sah, dass er benommen wirkte – genau wie an der Brücke.

»Was ist denn mit dem los?«, fragte Bud.

Niemand antwortete. Niemand sagte irgendetwas. Nur auf Clays Gesicht erschien ein fieses Lächeln, das sein hässliches Gesicht noch hässlicher machte. Und wenn Clay Cudgens lächelte, war das nie ein gutes Zeichen.

»Alter«, sagte Clay. »Alles okay, Mann? Brauchst du Hilfe?«

Bevor Daniel einen Warnruf ausstoßen konnte, versetzte Clay Eric einen Stoß, der ihn nach hinten schleuderte. Die Kraft von Clays kleinem Schubs reichte aus, um Eric von den Füßen zu katapultieren. Er flog durch die Luft und prallte dann mit Wucht auf den Boden. Eric lag da, hielt sich den Bauch und rang nach Atem.

»Ich muss schon sagen«, sagte Clay, »das ist eine interessante Wendung!«

»Wow«, sagte Bud nur, und die Luft um ihn herum nahm den Geruch von verdorbenem Fleisch an.

Clay marschierte zu Erics wehrloser Gestalt und ließ die Fingerknöchel knacken.

»Tja, Rache ist süß, was?«

Eric versuchte aufzustehen, aber er bekam nicht genügend Luft. Daniel kam ihm zu Hilfe, doch selbst mit seiner Unterstützung konnte sich Eric lediglich hinknien. Wenn es ihm nicht bald besser ging, steckten sie beide in ernsthaften Schwierigkeiten.

»Vielleicht sollte ich dich einfach Bud überlassen«, sagte Clay. »Ich wette, selbst Fettarsch könnte jetzt mit dir fertigwerden.«

»He!«, murrte Bud.

»Doch um ganz sicherzugehen, werde ich dich vorher noch ein bisschen weich klopfen, glaube ich. Das wird lustig!«

Vor nicht allzu langer Zeit hatte Daniel miterlebt, wie Mollie Lee Clay entgegengetreten war. Damals hatte sie Daniel beschützt, und auch wenn sie superschnell war, konnte sie gegen Clays Kraft nichts ausrichten. Wenn es wirklich zu einem Kampf gekommen wäre, hätte Clay ihre Schläge wohl nicht mal bemerkt. Dennoch war sie nicht zurückgewichen; sie war für einen Jungen eingetreten, den sie kaum kannte.

Daniel versuchte die Erinnerung an Mollie festzuhalten, den Anblick ihres Gesichts voll sturen Muts. Und als er sich jetzt zwischen Clay und Eric stellte, schob er diese Erinnerung vor alle anderen Gedanken.

»Lass ihn in Ruhe, Clay.«

Clays Grinsen wurde breiter und, falls das überhaupt möglich war, noch fieser.

»Du überraschst mich, Neuer. Ich dachte, du wärst schon halb zu Hause. Du brauchst doch einen Ort, wo du deine Unterhosen wechseln kannst.«

Er lachte, ging hinüber zur vordersten Baumreihe des Walds und schlang die Arme um einen kräftigen Ahorn. Der Stamm war so dick, dass Clay ihn nicht ganz umfassen konnte, dennoch grub er seine Finger in die Rinde und zog. Und zog. Die Adern an seinem Hals traten hervor und seine Arme begannen zu zittern. Nach ein paar Sekunden hörte man ein tiefes Knacken. Wurzeln rissen entzwei, der ganze Baum löste sich aus dem Boden und zog einen riesigen Klumpen Erde mit sich.

Clay hob den Baum über den Kopf und grinste wie ein Wahnsinniger.

»Der wird euch beide plattmachen.«

»Clay«, sagte Bud, »was machst du denn da? Damit wirst du Daniel zu Brei schlagen!«

»Dann sollte er lieber zur Seite gehen!«

Clay nahm wie selbstverständlich an, dass Daniel weglaufen würde. Genauso wie er annahm, dass Eric einen solchen Schlag locker wegstecken konnte. Er hatte ihn schon Härteres einstecken sehen. Aber dieser Baum würde ihn töten.

»Clay!«, brüllte Daniel. »Warte! Nicht!«

»Fang!«, sagte Clay.

In einer Wolke aus Blättern und Dreck schleuderte Clay ihnen den Baum entgegen. Es war ein lascher Wurf, dennoch flogen ungefähr 500 Kilo todbringendes Holz auf Daniel zu. Ihm blieb kaum Zeit. Er musste weglaufen, er musste …

Die Blätter hatten aufgehört zu rascheln und der Staub trieb ihm Tränen in die Augen. Überrascht stellte Daniel fest, dass er immer noch am Leben war.

Clay stand wie erstarrt über dem Loch, das der Baum hinterlassen hatte. Blickte mit offenem Mund Daniel an. Dann den Baum über dessen Kopf.

Daniel schaute hoch und sah den Ahorn über sich schweben. Er warf einen schnellen Blick über die Schulter, um zu sehen, ob Eric hinter ihm stand. Doch sein Freund saß noch immer am Boden. Und sein Gesicht hatte den gleichen entgeisterten Ausdruck wie das von Clay.

Daniel hielt den Baum. Ganz allein. Über seinem Kopf. Ohne fremde Hilfe. 500 Kilo massives Holz und Dreck.

Sie staunten schweigend, bis Bud schließlich die Stille brach.

»Wow.«

5 Der erste Flug

Als Daniel das erste Mal superheldenmäßig geflogen war, hatte Eric ihn mitgenommen und war mit ihm über die Wälder des Mount Noble hinweggebraust. Der kalte Wind peitschte ihm ins Gesicht und ein kribbelndes Schwindelgefühl hatte ihm die ganze Zeit über den Magen umgedreht. Es war großartig, aber auch beängstigend gewesen. Seine Arme hatten Eric wie ein Fangeisen umklammert. Der ganze Flug war ein Kampf zwischen der Freude am Fliegen und der Angst vor einem Absturz. Aber Daniel war nicht wirklich geflogen – Eric hatte die ganze Zeit über die Kontrolle. Daniel war nur sein Begleiter gewesen.

Diesmal war es anders. Daniel spürte die Kälte nicht – oder besser gesagt, er spürte sie nicht mehr so, wie er sie zuvor gespürt hatte. Zwar war ihm bewusst, dass ihm der Wind ins Gesicht blies, und er spürte ihn auch, doch es tat nicht weh. Es war kalt, aber die Kälte konnte ihm nichts mehr anhaben. Und was das Festklammern an Eric betraf – nun, das würde schwer werden, denn Eric war nichts weiter als ein kleiner Punkt am Boden unter ihm. Der mit jeder Sekunde noch kleiner wurde.

Daniel flog. So richtig. Er war sich nicht im Klaren, *wie* er es machte – es war nicht wie Gehen oder Laufen, wo es den eindeutigen Kontakt zwischen Fuß und Boden gab, der einen daran erinnerte, was man tat. Er war sich einfach nur sicher, dass er es konnte, dass er die Fähigkeit dazu hatte. Er konnte Berge versetzen. Oder über sie hinwegfliegen.

Endlich war Daniel ein Superkid.

Nach dem Streit mit Clay war Daniel genauso erschrocken wie die anderen – oder sogar noch erschrockener –, als er merkte, dass er den Baum wie einen Taktstock in der Luft hielt. Wäre das in einem Comic passiert, hätte er jetzt etwas Heldenhaftes sagen müssen – einen genau passenden, witzigen Superhelden-Spruch, der sich an den Schurken richtete, den er soeben ausgetrickst hatte. Stattdessen sagte er nur das Offensichtliche:

»Eric! Ich hab einen Baum in der Hand!«

»Ich weiß«, erwiderte Eric. »Aber wie?«

»Keine Ahnung! Was mache ich jetzt damit?«

»Leg ihn ab!«

»Wo?«

»Egal wo, nur nicht auf mir!«

Bud war schon länger verschwunden und Clay trat ebenfalls den Rückzug an. Bevor er ganz außer Sichtweite war, erhaschte Daniel noch einen Blick auf sein Gesicht. Seine ohnehin schon fiese Schlägervisage war verzerrt vor Hass – Hass auf die Superkids von Noble's Green und Hass auf Daniel. Das hätte ihn normalerweise beunruhigt, und vielleicht hätte es ihn sogar beunruhigen *sollen*, doch in Daniels Gehirn war einfach kein Platz mehr für Clay Cudgens. Die Dinge hatten sich geändert.

Daniel ließ den Baum mit einem lauten Schlag zu Boden fallen. Es kitzelte unter seinen Fußsohlen. Normalerweise hätte man fünf erwachsene Männer gebraucht, um so einen Baum überhaupt vom Fleck zu bewegen. Doch für Daniel war er nicht schwerer als ein Klappstuhl. Er blickte auf seine Hände. Sie sahen nicht anders aus als vorher, aber wenn er sich konzentrierte, dann spürte er etwas. Ein Summen, die Schwingungen einer besonderen Energie in seinen Muskeln, die nur darauf wartete, freigesetzt zu werden. Es fing in seinem Herzen an und lief durch seine Adern, von den Zehen bis zu den Fingerspitzen.

»Eric, was geht hier vor sich?«, fragte er.

Sein Freund schüttelte den Kopf. »Keine Ahnung. Wie fühlst du dich?«

»Eigentlich ganz normal, ehrlich. Irgendwie ein bisschen kribbelig. Allerdings klopft mein Herz wie verrückt.«

»Probier mal was anderes«, sagte Eric. »Heb Buds Stein hoch.«

Daniel schaute auf das Stück Kalkstein. Er streckte die Hände aus, um es hochzuheben.

»Nicht so«, sagte Eric. »Versuch es mit einer Hand.«

Daniel legte die Finger auf den Stein. Bud war ein wirklich kräftiger Junge, und er war kaum in der Lage gewesen, ihn mit beiden Händen zu tragen. Daniel hob ihn mühelos auf und balancierte ihn auf der Handfläche wie einen Basketball.

»Himmel«, sagte Eric. »Kannst du noch mehr?«

Daniel legte die andere Hand auf den Stein und drückte zu.

Er musste sich ein bisschen anstrengen, aber nach ein paar Sekunden zerquetschte er den Stein zwischen seinen Handflächen. Eric musste sich ducken, um nicht von den umherfliegenden Gesteinssplittern getroffen zu werden.

»Du hast mehr Kraft als ein ICE«, sagte Eric. Er deutete hoch zum Himmel. »Kannst du auch auf hohe Gebäude springen?«

»Bestimmt nicht«, erwiderte Daniel. »Oder meinst du …?«, fragte er dann.

»Es gibt nur eine Möglichkeit, es herauszufinden.«

Daniel schaute nach oben. Am blau-violetten Abendhimmel leuchteten gerade die ersten Sterne. Er holte tief Luft, füllte seine Lunge mit Sauerstoff, und dann spürte er, wie sich die Energie in ihm in etwas anderes verwandelte. Es war, als flösse Strom durch ihn hindurch. Seine Waden kribbelten und wollten lospringen. Seine Arme hatte er bereits hoch über den Kopf gestreckt, sie reckten sich unwillkürlich gen Himmel. Sein ganzer Körper befahl ihm, vom Boden abzuheben.

Er flog. Ein Sprung und er schoss nach oben. Er stieß einen Schrei aus, während er sich höher und höher schraubte und nie wieder zur Erde zurückkehren wollte. Daniel war nun ein Geschöpf der Luft. Alles andere hatte keine Bedeutung mehr, nicht mal Eric, der seinen Namen rief. Durch das Heulen des Windes und sein eigenes Gelächter nahm er Erics Warnung, die wie ein Echo an sein Ohr drang, kaum wahr.

»Stopp! Du bist zu schnell«, rief Eric. »Flieg nicht zu hoch!«

Daniel verstand ihn nicht. Wie konnte er zu hoch fliegen? Das hier war großartig. Das war Fliegen! Es war all das, was

Eric und Mollie erlebten, was Daniel sich aber immer nur vorgestellt hatte. Das hier war Freiheit.

Der Traum eines jeden Kindes.

Die Welt um ihn herum verblasste. Selbst das Heulen des Windes war nicht lauter als ein weit entferntes Summen, leise wie ein Wiegenlied. Seine Augen waren geschlossen – warum waren seine Augen geschlossen? Der Boden prallte gegen ihn wie eine Abrissbirne. Oder genauer gesagt: *Daniel* prallte gegen den Boden. Als die Erde endlich wieder stillstand, öffnete er die Augen. Er war durch eine Reihe von Tannen gepflügt. Um ihn herum rieselten Tannennadeln wie Schnee auf die Erde. Nach ein paar Minuten kam Eric herbeigerannt. In Daniels Kopf war ein dumpfer Schmerz, der im gleichen Rhythmus pochte wie sein Herz in den Schläfen.

»Was …, was ist passiert?«, fragte Daniel.

»Du bist zu schnell nach oben gestiegen«, erklärte Eric. »Du bist so hoch geflogen, dass du nicht mehr genug Sauerstoff bekommen hast. Mann, du hast mir vielleicht Angst eingejagt. Ich war nicht sicher, ob du einen solchen Sturz überleben würdest.«

Daniel blickte ihn verständnislos an.

»Daniel, du bist geflogen!«

Daniel betrachtete die abgebrochenen Tannenzweige und die Schneise aus Dreck und Erde, die er im Wald hinterlassen hatte, als er so unsanft gelandet war. Er erinnerte sich an den Wind. Aus irgendeinem Grund roch die Luft dort oben anders. Er hatte einen Kloß im Hals und konnte kaum sprechen. Aber ihm fehlten sowieso die Worte, deshalb nickte er nur.

»Wow, Daniel«, sagte Eric. »Du bist wirklich geflogen. Und dieser Baum ..., wie hast du das gemacht?«

Daniel räusperte sich, plötzlich war er verlegen.

»Keine Ahnung. Pubertät?«

»Red keinen Mist«, sagte Eric. »Das hier ist ernst!«

»Das ist mir klar! Aber ich weiß nicht, was ich sagen soll. Ich habe keine Ahnung, was mit mir passiert.«

»Hast du das Gefühl, du könntest es noch mal machen?«

Daniel verlagerte sein Gewicht und dachte an den Wind. Wieder fühlte er das Kribbeln in Händen und Füßen, nur war es diesmal etwas schwächer. Er konzentrierte sich darauf und seine Füße hoben vom Boden ab. Dann wurde ihm plötzlich schwindelig. Sein Magen schlug einen Purzelbaum und er musste sich wieder hinsetzen.

»Langsam, langsam, immer mit der Ruhe«, sagte Eric und legte Daniel die Hand fest auf die Schulter. »Vorhin hättest du dich beinahe umgebracht.«

Daniel holte tief Luft und sah hinauf zu den Sternen. Wie hoch war er geflogen? Er hatte von Bergsteigern gehört, die auf dem Gipfel des Mount Everest einen Höhenrausch bekamen – und der war fast 9000 Meter hoch. Eric hatte recht: Daniel hatte nicht mal gemerkt, was er da tat, hatte nicht gemerkt, wie schnell oder wie hoch er geflogen war. Es war, als hätte ihn der Wind einfach mit sich gerissen. Als wäre ihm die Welt völlig gleichgültig. Und Angst existierte nicht.

»Du warst flugtrunken«, sagte Eric.

»Was?«

»So hat Michael es immer genannt. Du steigst mit dem Wind nach oben und dann verlierst du dich irgendwie selbst.

Es passiert ganz schnell, aber es ist gefährlich. Michael hat immer gewitzelt, dass man Freunde nicht betrunken fliegen lassen soll.«

Michael war eins der letzten Opfer des Shroud, dem an seinem dreizehnten Geburtstag seine Superkräfte und seine Erinnerung gestohlen wurden. Vor diesem Tag war Michael der beste Flieger gewesen, den Noble's Green je gesehen hatte.

»Eric, ist so was schon mal passiert? Ich meine, dass jemand Superkräfte bekommen hat, der nicht hier geboren wurde?«

Eric überlegte einen Augenblick. »Nein, nicht dass ich wüsste. Aber es ziehen nicht so viele Kinder hierher, deshalb war es vielleicht nur eine Frage der Zeit.«

»Ich kann es einfach nicht glauben«, sagte Daniel.

Eric lächelte. »Tja, also ... Willkommen im Club, Superkid.«

Daniel schüttelte den Kopf. Er fühlte sich gerade ganz bestimmt nicht super. Ihm war zwar nicht mehr übel, aber er war schwach und erschöpft – als ob er bei 40 Grad Lufttemperatur einen Marathon gelaufen wäre. Alles, was er wollte, war schlafen.

»Ich fühle mich furchtbar. Wenn du mich jetzt aus einem Flugzeug schubsen würdest, glaube ich nicht, dass ich fliegen könnte.«

»Nun, vielleicht dauert es ja eine Weile, bis sich deine Kräfte richtig entfalten. Vielleicht hast du noch nicht genug Superkraft oder so gespeichert, weil du hier nicht aufgewachsen bist. Vielleicht hast du auch nur einen kleinen Tank.«

Daniel zuckte die Achseln. Das Ganze klang nicht besonders überzeugend, doch im Augenblick war ihm jede Erklärung recht. Er war so müde, dass ihm das Denken wehtat. Doch trotz seiner Benommenheit schoss ihm etwas durch den Kopf. Etwas, das ihm Sorgen bereitete.

»Eric«, sagte Daniel, »warum bist du nicht geflogen?«

»Was meinst du?«, fragte Eric. Daniel bemerkte, dass sein Freund ihn nicht ansah. Eric sah einem beim Sprechen sonst immer in die Augen.

»Als ich losgeflogen bin, bist du mir nicht gefolgt. Wenn du dir wirklich solche Sorgen um mich gemacht hast, warum bist du mir dann nicht gefolgt? Eric, sieh mich an.«

Eric sah Daniel ins Gesicht. Und Daniel entdeckte etwas in seinen Augen, das er bei ihm noch nie gesehen hatte: Angst.

»Du bist mir nicht hinterhergeflogen, weil du es nicht konntest«, sagte Daniel. »Stimmt's?«

»Ich hab's versucht, aber ... meine Kraft war ... weg.«

Daniel schüttelte den Kopf. Erics Kräfte waren verschwunden. Und im gleichen Moment hatte er selbst welche bekommen.

»War es genau wie am Fluss?«

Eric nickte.

»Eric ...?«

»Nein! Sag es nicht. Denk es nicht mal.«

»Jetzt komm schon!«, sagte Daniel. »Deine Fähigkeit zu fliegen und deine Superkraft gehen genau in dem Moment verloren, wo ich superstark werde und fliegen kann?!«

»Nein. Du bist nicht wie er. Du bist nicht der Shroud!«

»Ich sage ja gar nicht, dass ich das bin, aber ...«

»Vergiss es, Daniel, schlag dir den Gedanken, dass deine Kräfte und meine Probleme irgendwie zusammenhängen, aus dem Kopf. Du wirst ein Superkid, weil du es verdient hast, Daniel. Du wirst nicht Herman Plunkett. Und was immer mit mir los ist, wir kriegen das wieder hin. Ich fühle mich schon besser. Vielleicht habe ich einfach nur die Superhelden-Grippe oder irgend so was Blödes.«

Daniel nickte zögernd. Er glaubte Eric nicht, aber er war zu müde, um sich noch länger zu streiten, und zu erschöpft, um klar denken zu können. Aber er erinnerte sich an die Nacht vor ein paar Monaten, als er in der Höhle im alten Steinbruch aufgewacht war. Eric hatte bewusstlos dagelegen und der Shroud hatte ihm im Dunkeln ein Angebot zugeflüstert. Er hatte ihm Macht angeboten. Daniel hatte Nein gesagt. Damals.

»Noch was«, sagte Eric. »Auch wenn ich es kaum erwarten kann, Mollies Gesicht zu sehen, wenn du an ihrem Fenster vorbeifliegst – lass uns den anderen lieber noch nichts davon erzählen, okay? Wir beide werden das Problem allein lösen, ich möchte die anderen nicht beunruhigen.«

»Na schön. Aber wenn es schlimmer wird …«

»Wenn es schlimmer wird, werden wir es ihnen erzählen.«

Eric half Daniel dabei, sich, so gut es ging, den Staub abzuklopfen. Doch Daniels Haare waren total verfilzt, und er sah aus, als sei er bäuchlings durch den Wald gerobbt.

»Ich glaube, es ist das Beste, wir gehen den Rest des Wegs zu Fuß, meinst du nicht auch?«, fragte Eric.

Daniel nickte und die beiden Freunde marschierten auf die Lichter der Elm Lane und das Haus der Corrigans zu.

»Steht das Angebot mit dem Abendessen noch?«, fragte Eric.

»Na klar«, sagte Daniel. »Wir sollten das Ganze mit einem wirklich furchtbaren Essen feiern.«

Eric kicherte. Dann liefen die beiden schweigend an den hell leuchtenden Straßenlaternen vorbei. Und den ganzen Heimweg über glaubte Daniel, leise flüsternde Stimmen in der Dunkelheit zu hören.

6 SUPERHELD 101

In dieser Nacht kehrte der Traum zurück. Nach dem Abendessen und einem sehr müden Abschied von Eric schaffte es Daniel kaum noch in sein Zimmer. Er schlief einfach ein, ohne sich auszuziehen. Wieder war er im alten Steinbruch und kämpfte gegen den Shroud. Wie zuvor rang er mit Herman Plunkett und versuchte, den Anhänger mit dem Stein vom Hals des alten Mannes zu reißen. Und wieder verbrannten seine Finger wie in einer heißen Flamme. Alles war genau gleich, die erneute Wiederholung des Traums. Bis auf das Ende, als sich plötzlich die Shroud-Tarnung auflöste und darunter der alte Mann zum Vorschein kam. Herman flehte Daniel an, er bettelte um etwas. Um Gnade? Aber Daniel hörte nicht auf ihn. Er stand über seinem besiegten Feind und hob seine zerstörte rechte Hand hoch. Sie bestand ganz aus grünen Flammen.

Als Daniel erwachte, hatte er seine rechte Hand fest an die Brust gepresst. Er lag einen Augenblick da, sah hoch zur Decke, versuchte den Phantomschmerz in seiner Hand zu verstehen, und bemerkte etwas Seltsames. Normalerweise wachte er mit Blick auf sein sonnenbeschienenes Fenster auf, doch diesmal schaute er auf sein Bücherregal, das definitiv an der gegenüberliegenden Zimmerwand stand. Er rieb sich den Schlaf aus den verklebten Augen und auch der Rest des Zimmers wurde für ihn sichtbar.

Er lag auf dem Boden, zu Füßen des Bücherregals. Offenbar hatte er auf den harten Holzdielen geschlafen, wusste aber absolut nicht, wie er dorthin gekommen war. Der Schmerz in seiner Hand verschwand, aber nur, um von einem sehr realen steifen Hals und einem fiesen Stechen im unteren Rücken abgelöst zu werden – anscheinend hatte er die Nacht auf einem Bauteil der *H.M.S. Nelson* verbracht.

Der Bettüberwurf war faltig, die Bettdecke aber nicht aufgeschlagen. Und auch sonst schien in seinem Zimmer alles an seinem Platz zu sein. Er war wohl geschlafwandelt, anders konnte er sich das nicht erklären. Aber in letzter Zeit tat er ja eine Menge Dinge, die er zuvor nicht getan hatte.

Zum Beispiel konnte er fliegen. Oder zumindest war er geflogen. Gestern konnte er es. Er war höher hinaufgeflogen als je ein Superkid vor ihm.

Aber wo war die Kraft dazu hergekommen? Hatte Eric recht, dass Daniel nun endlich ein Superkid war? Oder gab es eine andere, beängstigendere Erklärung? In seinem Traum stand er über dem besiegten Herman, die Hand aus smaragdgrünen Flammen. *Hexenfeuer.*

Daniel setzte sich auf und rieb seine nackten Arme warm. Am Morgen war es nun kühler, der Herbst würde in diesem Jahr früh beginnen. Daniel aber fühlte eine Kälte in den Knochen, die nichts mit dem Wechsel der Jahreszeiten zu tun hatte. Er stand vor dem Bücherregal und bewegte die Finger, blickte noch einmal auf seine bloße Hand. Er trug keine Uhr und er besaß nur einen Ring. Den Ring, den er niemals trug.

Er reckte sich hoch zum obersten Regalbrett und holte ein besonderes Buch herunter. Es war eine alte gebundene Ausgabe von Doyles Geschichte *Das letzte Problem* mit einer goldgeprägten Illustration auf dem Einband. Sie zeigte den Kampf zwischen Sherlock Holmes und seinem Erzfeind Moriarty am Reichenbachfall. Für seine Größe war das Buch ungewöhnlich leicht, Daniel hatte einen Teil des Buchblocks herausgeschnitten, um für einen kleinen Ring aus poliertem schwarzem Stein Platz zu schaffen. Er schlug das Buch an der ausgehöhlten Stelle auf und betrachtete den Ring. Der hässliche Reif sah aus wie aus Kohle gemacht, doch Daniel wusste es besser. Es war ein Geschenk von Herman Plunkett, der ihm erzählt hatte, dass der Ring aus dem gleichen Bruchstück des Meteoriten gefertigt war, der ihm selbst seine Shroud-Fähigkeiten verlieh. Und als sein Protegé sollte Daniel den Ring benutzen, so hatte es der alte Schurke geplant.

Daniel hatte ihn nie getragen, aber auch nicht zerstört. Er hatte ihn nicht an der tiefsten Stelle des Bergbachs ins Wasser geworfen oder ihn in einem abgelegenen Waldstück vergraben. Aber noch schlimmer war, dass er niemandem vom Ring erzählt hatte. Er bewahrte ihn hier in seinem Bücherregal auf, als sein Geheimnis. Er redete sich selbst ein, dass dies der sicherste Ort wäre, dass er den Ring davor schützen musste, in falsche Hände zu gelangen. Aber vor wem schützte er ihn eigentlich? Vor seinen Freunden?

Ein paarmal während der letzten Monate war er kurz davor

gewesen, es den Superkids zu erzählen. Doch jedes Mal hatte er im letzten Moment gekniffen. Er besaß ihn nun schon so lange, und wenn er es den anderen erzählte, gestand er damit gleichzeitig ein, dass er etwas vor ihnen verborgen hatte. Etwas, das zu einer Bedrohung für sie alle werden konnte. Je länger er es vor ihnen verheimlichte, desto schuldiger fühlte er sich. Und je schuldiger er sich fühlte, desto schwieriger wurde es, seinen Freunden die Wahrheit zu sagen.

Daniel legte das Buch auf seinen Schreibtisch und starrte auf den Ring. Wenn er in einem bestimmten Winkel vom Sonnenlicht beschienen wurde, bekam er einen grünlichöligen Schimmer. Daniel dachte an das smaragdgrüne Feuer, das der Anhänger des Shroud abgestrahlt hatte; er dachte an die grüne Flamme, die seine Hand im Traum der letzten Nacht verzehrt hatte.

Sein Unterbewusstsein war nicht gerade subtil. Und es hatte womöglich recht. Der Ring war gefährlich und er sollte ihn besser sofort zerstören. Er sollte einen Hammer nehmen und ihn zu Staub zerschlagen. Doch was, wenn Daniel nun auch ein Superkid war? Herman Plunkett hatte erzählt, wie Daniels Großmutter ihre Superkräfte und damit auch alle ihre Erinnerungen daran verlor, nachdem sie das kleine Bruchstück des Meteoriten nur ganz kurz angefasst hatte. Nur eine leichte Berührung und sie war für immer verändert.

Der Ring war wie eine Giftschlange in einem Korb. Wenn man sie loswerden wollte, riskierte man, gebissen zu werden.

Daniel ließ die Hand sinken. Er klappte den Buchdeckel zu und der schwarze Ring schlummerte unangetastet in seinem Versteck. Und dort würde er vorläufig auch bleiben.

Daniel stand auf und reckte sich. Außer dass er einen steifen Hals hatte und ihm der Rücken wehtat, fühlte er sich nicht anders als sonst. Und ganz bestimmt fühlte er sich nicht superheldenhaft. Doch am gestrigen Abend hatte er seine besondere Kraft auch erst erkannt, als er sie tatsächlich benutzte. Bis er den 500-Kilo-Baum über seinem Kopf festhielt, hatte er sich überhaupt nicht superstark gefühlt. Er wusste nicht, dass er fliegen konnte, bis er tatsächlich geflogen war. Was sollte er tun? Sollte er das Ganze noch mal ausprobieren …?

»Hey, Georgie!«, rief Daniel. Daniels Zimmer befand sich im Dachgeschoss des Hauses, sein kleiner Bruder hingegen schlief ein Stockwerk tiefer im einstigen Kinderzimmer, das nun nur noch Großer-Junge-Zimmer genannt werden durfte. Und normalerweise kam Georgie schon angerannt, wenn Daniel nur leise in Richtung von Georgies Zimmertür flüsterte.

Doch heute reagierte er nicht. Als Daniel die Dachbodentreppe herunterstieg, drangen aus der Küche Stimmen zu ihm nach oben. Alle saßen schon beim Frühstück – und ihn ließen sie ausschlafen. Perfekt. Daniel legte keinen Wert darauf, seinen neugierigen kleinen Bruder um sich zu haben, bei dem, was er probieren wollte.

In Georgies Zimmer stand ein Stück der Corrigan'schen Familiengeschichte – in Form einer Kirschholzkommode. Sie wirkte schwer und gedrungen, reichte Daniel kaum bis an die Brust und war von seiner Großmutter als Wickeltisch benutzt worden. Sie hatte Daniels Mutter darauf aus- und angezogen, als diese noch ein Baby gewesen war. Gram hatte sie all die Jahre behalten, immer mit der Absicht, sie als Erinnerungsstück weiterzuvererben. Doch dabei gab es ein Problem: Sie war zu schwer. Die Kommode war ein wahres Ungetüm der Handwerkskunst, ein echter Brocken, und niemand traute sich, sie vom Fleck zu bewegen. Tatsächlich war Georgie nur deswegen in diesem Zimmer untergebracht worden, weil der Wickeltisch schon darin stand und nirgendwo anders hingebracht werden konnte. Er war mittlerweile ein fester Bestandteil des Hauses. Die Menschen kamen zum Wickeltisch und nicht umgekehrt.

Daniel lauschte oben auf dem Treppenabsatz und hörte das Klappern von Tellern, die abgeräumt wurden. Jetzt oder nie.

»Okay«, sagte er und taxierte die Kommode. »Nur du und ich!«

Daniel schlang die Arme um das Möbelstück. Seine knochigen Gliedmaßen sahen kein Stück muskulöser aus als sonst, aber wenn man Eric anschaute, kam man auch nicht auf die Idee, dass er ein Auto hochheben konnte, ohne dass ihm der Schweiß ausbrach. Wenigstens normalerweise nicht.

Daniel ruckelte an der Kommode. Dann gab er ihr einen Schubs. Er grunzte. Er zog und zerrte. Einen Augenblick lang dachte er, er könnte spüren, wie sie nachgab. Doch es war nur das Knacken seiner Knie. Nach einer kurzen Zeit nutzlosen Bemühens gab er auf.

War das gestern nur ein glücklicher Zufall gewesen? War es nur eine verrückte Laune der besonderen physikalischen Gesetzmäßigkeiten in Noble's Green, die ihm Superkräfte verliehen hatte, um sie ihm dann wieder wegzunehmen? Daniel sah aus Georgies Zimmerfenster und blickte in den Vorgarten.

Es war keine so atemberaubende Aussicht, wie Daniel sie von seinem Dachfenster aus auf den Mount Noble hatte, doch über den Bäumen entdeckte er trotzdem ein Stück klaren Himmels.

Er schaute hoch zu dem blauen Streifen und dachte daran, wie es gewesen war, dort oben zu sein, nur der Wind als Begleiter. Er musste es wissen. Er musste feststellen, ob er noch immer …

»Fliegen! Fliegen! Georgie will fliegen!«

Georgie kam ins Zimmer gerannt. Er trug nichts weiter als ein Schlafanzugoberteil, einen braunen Papiertütenhut und einen Handtuchumhang. Daniels kleiner Bruder konnte Hosen nicht ausstehen.

»Angriff!«, brüllte Georgie, streckte die Arme aus und rannte auf Daniel zu. Daniel fing seinen kleinen Bruder auf und wirbelte ihn in einer einzigen fließenden Bewegung herum. Georgie juchzte vor Freude.

»Fliegen! Georgie fliegt!«

Daniel schleuderte seinen Bruder dreimal im Kreis, dann setzte er ihn vor seinen Füßen auf dem Boden ab.

»Mehr! Mehr, Daniel, mehr!« Georgie war so benommen, dass er sich nicht mal hinsetzen konnte, trotzdem wollte er unbedingt weitermachen.

»Jetzt nicht, Georgie. Mir tun die Arme weh.«

»Meeeeehr!« Georgie strampelte mit den Beinen in der Luft, doch Daniel hatte keine Lust.

»Georgie, ich kann nicht mehr, verstehst du? Ich bin nicht stark genug!«

»Ist hier alles in Ordnung?« Daniels Mutter erschien in der

Tür, in der Hand einen Bagel und ein Glas Orangensaft. Als sie sah, dass Georgie auf dem Boden mit den Beinen strampelte, runzelte sie die Stirn. »Oh-oh. Ist Georgie mal wieder im roten Bereich?«

Roter Bereich war das Codewort der Corrigans, wenn ihr Jüngster kurz vor einem Wutausbruch stand. Es war das Signal, alles stehen und liegen zu lassen und sämtliche beweglichen Sachen in seinem Umfeld in Sicherheit zu bringen. Georgies Tobsuchtsanfälle waren eine Naturgewalt.

Daniel blickte seinen Bruder misstrauisch an, doch Georgie kicherte und prustete nur verächtlich.

»Nein«, sagte Daniel. »Falscher Alarm.«

»Tja, schön, dass du endlich aufgewacht bist«, sagte seine Mutter. »Georgie muss angezogen werden und du was essen. Ich habe Eric gesagt, dass ihr Bagels und Saft nehmen könnt.«

»Eric?«

Kaum hatte Daniel den Namen seines Freundes ausgesprochen, erschien dieser bereits in der Tür. Er lächelte, den Mund voll mit Bagel und Frischkäse.

»Tut mir leid, dass ich dich so überfalle«, sagte Eric, »aber ich wollte gern früh loslegen.«

»Mit was früh loslegen?«, fragte Daniel.

»Mit Superheld 101!«

»Ihr Jungs und eure Spiele«, sagte Daniels Mutter und nahm Georgie den Handtuchumhang und den Papierhut ab. »Wir sehen uns dann zum Mittagessen.«

»Superheld 101?«, fragte Daniel außer Hörweite seiner Mutter, als sie zusammen die Treppe zu seinem Zimmer hinaufgingen.

Eric lächelte und zuckte nur mit den Schultern. »Ich bin hierher geflogen. Meine Kräfte sind wieder voll da. Wie fühlst *du* dich?«

Daniel dachte an die Wickelkommode. Ihre Massigkeit. Ein absolut unverrückbares Möbelstück.

»Nicht besonders. Sieht so aus, als wäre ich wieder der alte mickrige Daniel.«

»Na, dann wollen wir das mal testen. Ich möchte herausfinden, was hier vor sich geht.« Eric deutete auf Daniels Füße. »Zieh dir was Besserriechendes an und schnapp dir deine Schuhe. Der Unterricht fängt an!«

Die Sonne tauchte über den Bäumen auf und vertrieb die morgendliche Kälte. Es würde ein warmer Tag werden, vielleicht einer der letzten in diesem Sommer. Der Himmel war strahlend blau, der Boden noch leicht mit Nebel bedeckt und es war ein wenig schwül. Sie liefen durch den nahe gelegenen Wald, bis sie eine kleine Lichtung erreichten. Die Sträucher wuchsen zum Teil hüfthoch und Daniel blieb mit seinen Jeans dauernd in den Dornen hängen. Aber wenigstens waren sie für sich.

»Okay«, sagte Eric. »Das Wichtigste zuerst. Flieg los. Aber diesmal schön langsam!«

»Ich kann nicht!«, entgegnete Daniel. »Ich hab dir doch gesagt, meine Kräfte sind weg!«

»Hattest du gestern Morgen irgendwelche?«

»Nein.«

»Aber am Abend. Also müssen wir das jetzt testen. Wir gehen ganz wissenschaftlich vor. Ich weiß Bescheid, weil ich eine gute staatliche Schule …«

Daniel hob die Hand, um Eric zum Schweigen zu bringen. »Schon gut, es reicht. Ich versuch's. Wenn du bloß die Klappe hältst.«

Eric grinste dämlich, hielt aber tatsächlich den Mund.

Daniel konzentrierte sich. Er spürte nichts außer einem sich langsam steigernden Drang zu niesen. Er machte einen Hopser. Nichts.

»Siehst du?«, sagte er. »Mein Akku ist leer.«

»Jetzt mal richtig«, sagte Eric. »Arme hoch!«

»Hör auf!«

»Arme hoch!«

Seufzend hob Daniel die Arme und streckte die Finger himmelwärts. Eric beobachtete ihn erwartungsvoll.

»Über den Wolken!«, sang Daniel.

Nichts.

»Na schön«, sagte Eric. »Fliegen ist nicht. Was ist mit Superkraft?«

»Habe ich schon ausprobiert. Ich hab es nicht mal geschafft, ein Möbelstück zu verrücken. Ist dir das wissenschaftlich genug?«

Eric rieb sich das Kinn. Dann hob er einen guten Meter vom Boden ab und schwebte auf der Stelle. Daniel konnte nichts dagegen tun: Die Eifersucht versetzte ihm einen Stich. Es war, als ob etwas an seinem Inneren nagte.

»Deine Kräfte scheinen also verschwunden zu sein«, sagte Eric. »Und meine sind zurückgekehrt. Wenn der Shroud Superkräfte gestohlen hat, sind die nie zurückgekehrt. Nie.«

»Vielleicht funktioniert das bei mir nur vorübergehend. So wie eine Art Shroud ... Light?«

Eric schüttelte den Kopf. »Das glaube ich nicht. Wenn du Kräfte stiehlst, warum dann jetzt gerade nicht meine?«

»Das beweist gar nichts«, widersprach Daniel. »Der Shroud hat seine Opfer immer berührt.«

»Okay. Versuchen wir's.« Und bevor Daniel protestieren konnte, streckte Eric den Arm aus und fasste seine Hand.

»Keine Sorge«, sagte er. »Falls ich wieder schlappmache, werde ich den Sturz aus dieser Höhe wohl locker überstehen.«

Daniel holte tief Luft und wartete. Wieder passierte nichts.

»Streng dich an«, kommandierte Eric, der immer noch Daniels Hand hielt. »Versuch mir meine Kraft abzunehmen. Stell dir vor, wie du fliegst!«

Daniel tat, was ihm befohlen wurde. Er stellte sich vor, wie er schwebte, losgelöst von der Erde und der Schwerkraft.

Immer noch nichts. Und Daniel war froh darüber.

»Tja«, sagte Eric. »Ich würde sagen, meine Hypothese hat noch immer Bestand. Was du auch bist, ein Shroud bist du nicht.«

»Wir sollten da nicht so sicher sein. Das hier ist doch wohl kaum ein endgültiger Beweis.«

»Also, mir reicht's. Was wissen wir sonst noch?«

Daniel zählte die Fakten auf. Das konnte er gut. Hier ging es um Hinweise – und das war Detektivarbeit.

»Das allererste Mal sind deine Kräfte an der Brücke verschwunden, oder?«

»Stimmt«, bestätigte Eric. »Und hast du dort irgendwas Superheldenmäßiges gemacht?«

Darüber hatte Daniel bereits nachgedacht. »Ich habe das Auto von dir weggeschoben.«

»Aber im Wasser«, sagte Eric. »Außerdem war im Auto immer noch jede Menge Luft und es hatte sich wahrscheinlich auch noch nicht richtig im Schlamm festgesetzt. Das heißt also höchstens vielleicht.«

»Gut, dann gehört das in die Kategorie ›unzureichende Angaben‹.«

»Jetzt klingst du wie Rohan.«

»Wo wir schon über ihn sprechen: Vielleicht fällt ihm ja was zu alldem hier ein?«

»Nein!«, sagte Eric entschieden.

Daniel war so erschrocken über Erics plötzliche Heftigkeit, dass er einen Schritt zurückwich.

»Tut mir leid«, lenkte Eric ein. »Es ist nur – bis wir mehr wissen, wäre es mir lieber, wenn das Ganze unter uns bleibt, einverstanden? Rohan macht sich immer so viel Sorgen und Mollie ..., es sollte unter uns bleiben.«

Daniel nickte. In Wahrheit war es so: Eric war für sie alle ein Held, und Daniel konnte sich nicht vorstellen, den anderen zu erzählen, dass Eric seine Kräfte verlor und er vielleicht der Grund dafür war. Es war wirklich besser so.

»Es bleibt unter uns«, bekräftigte Daniel. »Weiter: Das zweite Mal, dass du deine Kräfte verloren hast, war gestern, oder?«

»Ja«, sagte Eric. »Mir ging's bestens, bis ich mit Clay aneinandergeraten bin.«

»Und genau da haben sich meine Kräfte eingestellt«, sagte Daniel. »Gab es noch andere Gelegenheiten, von denen du mir noch nicht erzählt hast?«

»Nein. Und was sagt uns das alles jetzt?«

Daniel blickte auf seine Finger. Zwei Mal hatten Erics Kräfte ihn verlassen. Und beide Male war Daniel dabei gewesen.

»Dass unser Wissen noch immer nicht ausreicht«, sagte Daniel. »Und unser Versuch, das Ganze zu wiederholen, war ein Misserfolg …«

»Also warten wir ab.«

Daniel nickte, aber er war nicht zufrieden. Er wollte etwas tun – er war ein Detektiv, und das hieß, dass er nach Antworten suchte. Er wollte nicht einfach nur abwarten. Doch was blieb ihm anderes übrig?

»Wir sollten uns gegenseitig auf dem Laufenden halten«, schlug Eric vor. »Wenn ich wieder so einen Aussetzer habe, sag ich es dir. Und wenn du zwischen den Baumwipfeln herumfliegst, dann sagst du's mir.«

Die beiden Freunde gaben sich die Hand und verabschiedeten sich. Daniel suchte sich seinen Weg zurück durch den Wald und Eric flog davon. Nach dem bisherigen Verlauf des Vormittags war Daniel halb erleichtert und halb enttäuscht. Seine Gedanken wirbelten durcheinander, er war frustriert und fühlte sich gleichzeitig schuldig. Und der Tag wurde auch nicht besser, als er nach Hause kam und feststellte, dass dort ein grinsender Theo Plunkett auf ihn wartete und sein Mittagessen verschlang.

7 THEO UND DIE BRÜCKE

»Superleckeres Sandwich, Mrs Corrigan«, sagte Theo, und die Krümel flogen ihm beim Sprechen aus dem Mund. »Die Pastrami ist so dünn geschnitten, dass sie fast an die beste von ganz Manhattan rankommt.«

»Die war bei unserem Metzger im Sonderangebot«, sagte Daniels Mutter. »Aber trotzdem danke.«

Theo Plunkett saß an Daniels Küchentisch und verputzte zufrieden das Mittagessen. Es war so unwirklich, dass Daniel für einen kurzen Moment fürchtete, er sei wieder in seinem Traum.

»Theo, was machst du denn hier?«

Theo zuckte die Schultern. »Du hast gesagt, du würdest mir heute Noble's Green zeigen. Schon vergessen? Deine Mutter war so nett, mich hier auf dich warten zu lassen. Ihr Pastrami-Roggenbrot-Sandwich ist spitze.«

Daniel hatte ihn vergessen. Nach den Ereignissen des gestrigen Abends hatte er Theo Plunkett ganz und gar vergessen. Er schien ihm nur noch ein kleiner Störfaktor zu sein, ein kleines Ärgernis. Und jetzt wollte der Typ eine Stadtführung?

»Ach ja, richtig. Und dein Vater ist einverstanden?«

Theo schnaubte. »Ja, verdammt. Du hast gestern ziemlich Eindruck auf ihn gemacht. Er glaubt, es ist gut für mich, wenn ich ein bisschen Zeit mit einem edlen, aufrechten Bürger verbringe. Wie du einer bist.«

Theo musste den Blick gesehen haben, den Daniels Mutter ihm zuwarf, denn das eingebildete Grinsen verschwand aus seinem Gesicht und wurde durch ein verlegenes Lächeln ersetzt.

»Ich meine, ich würde mich wirklich freuen, hier ein paar Freunde zu finden«, sagte er. »Es ist nicht leicht, der Neue zu sein.«

»Nun«, sagte Daniels Mutter, »Theo hat mir erzählt, dass er der Junge ist, der vorgestern den Unfall hatte – war das etwa der Unfall mit dem *Auto*?«

So wie Daniels Mutter das Wort *Auto* betonte, hätte sie auch gleich *lebenslänglich ohne Begnadigung* sagen können. Natürlich kannte sie die Geschichte vom Unfall am Fluss (die zensierte Fassung – es gab keinen Grund, den fliegenden Jungen zu erwähnen). Und sie hatte nicht viel Gutes über jemanden zu sagen gehabt, der sich an seinem neuen Wohnort bekannt machte, indem er das Auto seines Vaters klaute und damit von der Brücke stürzte.

»Äh, ja«, sagte Daniel.

»Aber wir machen unsere Stadtführung heute *zu Fuß*«, ergänzte Theo. »Ich habe geschworen, die Finger von … anderer Leute Autos zu lassen.«

Daniels Mutter verzog keine Miene.

»Ich habe Theos Vater gesagt, dass ich Theo die Stadt zeigen würde«, kam ihm Daniel zu Hilfe.

»Hast es sogar versprochen«, verbesserte Theo.

»Stimmt«, bestätigte Daniel. »Ich hab es wohl versprochen.«

Schließlich ließ seine Mutter ihn und Theo gehen, doch Daniel sah ihr an, dass sie immer noch misstrauisch war. Und ihm selbst ging es genauso.

Sie drückte Daniel ein Pastrami-Sandwich und eine Banane in die Hand und sagte, er solle vor dem Abendessen zu Hause sein.

Sobald sie draußen waren, gab Theo ihm einen nett gemeinten Klaps auf den Rücken. Daniel grummelte nur und schlang das Essen hinunter. Offensichtlich deutete Theo Daniels schlechte Laune falsch. Sie hatte nämlich kaum etwas mit ihm zu tun. Daniel wollte jetzt gerade einfach niemanden sehen. Er wollte dort oben sein und fliegen.

»Hey«, sagte Theo, »das Ganze tut mir echt leid, aber mein Vater macht mich wahnsinnig, und ich musste mal raus. Er hat mit der Werkstatt telefoniert und rumgebrüllt wegen der ganzen Kosten für die Reparaturen am Porsche. Als ob wir das Geld dafür nicht hätten. Ich glaube, er wollte mir einfach ein schlechtes Gewissen machen.«

»Also?«, fragte Daniel und bemühte sich um einen freundlicheren Ton. »Wird dein Vater dir die Reparaturkosten vom Taschengeld abziehen?«

Theo lachte. »Taschengeld? Der ist gut, Daniel! Das gefällt mir wirklich an dir – du hast einen total schrägen Humor.«

Daniel lächelte, aber seine Frage war nicht als Witz gemeint. Er hätte gern gewusst, wie reich Theos Familie wirklich war.

»Sollen wir los?«, fragte Theo.

»Gern. Wir könnten hoch zur Mount-Noble-Sternwarte fahren. Von da hat man einen großartigen Blick ins Tal. Es gibt einen Bus, der von der Hauptstraße dorthin fährt, und ich glaube nicht, dass dein Vater was gegen öffentliche Verkehrsmittel sagen würde.«

Theo hob die Hand und schüttelte den Kopf. »Eigentlich«, sagte er, »wollte ich woandershin.«

An der Stelle, wo Theos Wagen die Steinmauer der Bergbachbrücke durchbrochen hatte, war eine provisorische Leitplanke errichtet worden – eine niedrige Betonmauer, auf der oben zwei orangefarbene Warnkegel aus Plastik saßen. Die Leitplanke wirkte an der stilvollen alten Brücke völlig deplatziert. Sie war falsch hier. Und genauso falsch fand Daniel es auch, dass er mit Theo hergekommen war. Sie waren wie Verdächtige, die an den Ort des Verbrechens zurückkehrten.

Theo stand am Rand des Geländers, die Hände in den Taschen vergraben, und blickte hinunter auf den Fluss. Die Sonne hatte diesen Teil der Brücke noch nicht erreicht und das grünliche Wasser sah im Schatten schwarz aus. Daniel stand ziemlich nah hinter ihm. Ihm war schmerzhaft bewusst, wie schlecht es ihm gelang, so zu tun, als sei alles ganz normal. Er wäre überall lieber gewesen als hier.

»Weißt du«, sagte Theo, »man würde doch nicht glauben, dass ein Mensch einen Sturz wie diesen unverletzt überleben kann. Ich schätze, ich hatte echt Glück, dass das Auto so weich … gelandet ist.«

»Ja«, erwiderte Daniel. »Meine Großmutter hätte es als Wunder bezeichnet.«

»Hätte?«, fragte Theo.

»Sie ist letztes Jahr gestorben.«

Theo wandte den Blick vom dunklen Wasser ab. »Das tut mir leid. Ich habe noch nie jemanden verloren. Jedenfalls keinen, der mir nahestand. Großonkel Herman kannte ich ja kaum.«

»Meine Gram war toll. Sie besaß einen sehr schwarzen Humor – sie hätte dir sicher gefallen.«

»Ich wette, das hätte sie. Allerdings hätten wir uns über eine Sache gestritten.«

»Und worüber?«, fragte Daniel.

»Ich glaube nicht an Wunder«, antwortete Theo und stieg über die Leitplanke. »Und ich will mir einen genaueren Eindruck verschaffen.«

Daniel hatte Mühe, dem älteren Jungen zu folgen. Theos lange Arme und Beine machten es ihm leicht, sich über den Brückenrand zu schwingen und das Holzgerüst herabzusteigen. Daniel kletterte sonst immer vom Fluss aus nach oben, er fand die Kraxelei in die Gegenrichtung schwierig und auch ein bisschen beängstigend. Er fragte sich, was passieren würde, wenn er abstürzte. Würde er bis tief hinunter ins Wasser fallen – oder würde er fliegen?

»Pass auf«, sagte Theo, als Daniel mit dem Fuß von einem Pfeiler abrutschte. »Hier, nimm meine Hand.«

Daniel stieg vorsichtig weiter nach unten, bis er sicher auf dem Streben neben ihrer Absprungstelle saß – auf dem gleichen Platz, wo er gesessen und zugesehen hatte, wie Theos Wagen über den Brückenrand geschossen war.

»Das ist also der geheime Badeplatz deiner Clique, hab

ich recht?« Während er redete, lehnte sich Theo, so weit er konnte, über den Fluss – eine Hand am Gerüst, die andere streckte er in die Luft, als ob er das gegenüberliegende Ufer berühren wollte.

»Hm-hm, stimmt.«

»Ich nehme an, er ist jetzt nicht mehr so besonders geheim. Bei den ganzen Feuerwehrwagen, die nach dem Unfall hier aufgetaucht sind, ist das Geheimnis wohl gelüftet worden, oder?«

Der Anblick von Theo, der da weit vorgebeugt über dem Fluss hing, rief ihm deutlich den Nachmittag des Unfalls in Erinnerung. Wie das Auto von der Brücke stürzte und mitten im Fall von Eric aufgefangen worden war. In einem Augenblick hatte es sich in freiem Fall befunden, im nächsten schwebte es unbeweglich in der Luft. Das Ganze hatte bestimmt nur eine Sekunde gedauert, doch es war lang genug gewesen, dass sich die Blicke von Daniel und Theo trafen. Und da hatte Daniel es in seinen Augen gesehen. Theo wusste, dass irgendetwas Unglaubliches mit ihm passierte. Zwar konnte er Eric nicht sehen, und in seinem Schockzustand war er wahrscheinlich auch nicht in der Lage, besonders viel zu verstehen, aber er hatte kapiert, dass er eigentlich fallen müsste und es nicht tat. Zumindest das wusste er. Und dieses Wissen war gefährlich.

Daniel verfluchte sich, dass ihm das nicht früher eingefallen war. Natürlich wollte Theo Zeit mit ihm verbringen und natürlich hatte er ihn hierhergelotst. Daniel war so mit seinen eigenen unglaublichen Erlebnissen beschäftigt gewesen, dass er nicht gemerkt hatte, was wirklich vor sich ging.

Er spionierte nicht Theo Plunkett aus, Theo Plunkett spionierte ihn aus.

»Wie geht es deinem Freund Eric?«, fragte Theo. »Ist er wieder fit und geht schwimmen?«

»Klar«, sagte Daniel und versuchte ganz normal zu klingen. »Ihm geht es prima. Ich glaube, das habe ich dir auch schon gestern …«

»Ich würde ihn gern mal treffen«, unterbrach ihn Theo. »Und den anderen Jungen auch, den indischen.«

»Rohan.«

»Genau. Ich hab ein paar Fragen zu diesem Tag, weißt du? In meinen Gedanken gehe ich das Ganze immer wieder durch. Und da gibt es Dinge, die ich einfach nicht verstehe.«

Daniel merkte, dass Theo sehen wollte, wie er reagierte. Doch sein Verstand hatte sich bereits mit dem eines anderen Plunkett gemessen – eines viel gewiefteren, als dieser verwöhnte reiche Junge es war.

»Was ist es denn, was du nicht verstehst?«, fragte Daniel. »Ich war ja da, ich hab alles gesehen.«

»Zum einen war da diese Welle«, sagte Theo. »Wo kam das ganze Wasser her? Der Fluss ist sicher zehn Meter unter uns, da kann doch keiner von euch mit einem Sprung das Wasser so hochspritzen lassen.«

»Das war ein Regenschauer. Die haben wir hier oben öfter. Sie kommen aus den Bergen, aber ich würde sie nicht als Welle bezeichnen.«

Theo antwortete nicht sofort. Aber er lächelte ungläubig.

»Das muss es wohl gewesen sein. Trotzdem würde ich mich

gern mit deinen Freunden treffen. Es ist nicht leicht, neu in einer Stadt zu sein und so, verstehst du?«

»Klar. Natürlich. Sie freuen sich bestimmt, dich kennenzulernen.«

»Klasse«, sagte Theo. »Abgemacht. Weißt du was? In ein paar Tagen muss mein Vater verreisen, und obwohl er nicht will, dass ich das Haus verlasse, kann ich doch vielleicht ein paar Leute einladen. Warum kommt ihr nicht alle zu uns? Wir bestellen uns Pizza – ihr habt doch einen Lieferservice in der Stadt, oder?«

»Logisch.«

»Super!« Theo zog sich sein Hemd über den Kopf.

»Was machst du da?«

»Sieht aus, als würde es ein heißer Tag, und ich weiß nicht, wie viele wir davon noch haben werden. Also werde ich ihn nicht vergeuden!«

In perfekter Haltung sprang Theo in den Bergbach und ließ Daniel auf dem Stützpfeiler zurück. Er hatte ihn nicht gefragt, ob er auch baden wollte. Wahrscheinlich war Theo ein Typ, der die Dinge gewöhnlich allein machte.

Und das war Daniel auch mehr als recht. Das Letzte, was er tun wollte, war, in den Fluss zu springen. Er hatte genug vom Bergbach.

Daniel hatte Eric versichert, dass Theo kein Problem darstellen würde. Jetzt wusste er, wie falsch er damit gelegen hatte.

8 Das Baumhaus

Während Theo am nächsten Tag in seinem palastähnlichen Haus hockte und ertragen musste, was in seiner Familie als Bestrafung galt, wurde eine Sitzung der Superkids einberufen. Es dauerte ziemlich lange, mit dem Fahrrad zum Baumhaus zu kommen, denn Daniel musste die alte, kaum befahrene Bundesstraße entlangfahren, die sich um den Berg herum bis auf die Nordseite zog und schließlich zum alten Steinbruch führte. Doch lange bevor die Straße ihr gefährliches Ziel erreichte, bog Daniel in einen verborgenen Fußweg ein, der von dichtem Wald umgeben war. Wie viele Male zuvor schob er sein Rad den Pfad entlang, als ihm eine Mädchenstimme ins Ohr kicherte. Es war ein heller, sonniger Tag und trotz des üppigen Blätterdachs über ihm drang viel Licht bis nach unten. Daniel blickte sich um und stellte fest, dass er – Gelächter hin oder her – allein war. Außer ihm war niemand da. Zumindest niemand, den er sehen konnte.

»Hey, Rose«, sagte er.

Das Kichern verstummte und bis auf den Gesang der Vögel und ein paar zirpende Grillen war es still im Wald. Lautlos begann Daniel zu zählen. Er kam bis sieben, dann war wieder ein Kichern zu hören, das in ein prustendes Gelächter mündete.

»Woher wusstest du das?«, fragte die Stimme eines Mädchens.

»Es gibt nur ein unsichtbares Mädchen mit diesem Lachen, Rose«, erwiderte Daniel. In Wahrheit gab es auch überhaupt nur ein unsichtbares Mädchen. Den Geräuschen nach zu urteilen war sie irgendwo links von ihm. Er kniff die Augen zusammen und sah kleine Fußspuren, die das Unterholz platt drückten, als ob jemand vor und zurück wippte.

»Manno, ich wollte dich erschrecken!«, sagte die unsichtbare Rose.

»Du *hast* mich erschreckt«, entgegnete Daniel. »Du warst schon viel besser diesmal. Du warst fast sieben Sekunden lang still. Das ist neuer Rekord!«

Wieder kicherte Rose, doch diesmal war es ein stolzes Kichern. Obwohl er sie nicht sehen konnte, hatte Daniel den Eindruck, dass sie rot geworden war.

»Wo ist deine Schwester, Rose?«

»Louisa ist ein Stück weiter vor uns. Ich bin mal wieder weggelaufen.«

»Sie macht sich bestimmt Sorgen um dich. Komm mit.«

Während Rose das jüngste Superkid war, war ihre ältere Schwester Louisa zweifellos das ... zurückhaltendste. Alle Superkids liebten ihre Fähigkeiten, Louisas Körperlosigkeit hingegen machte sie lediglich befangen. Die Kräfte der beiden Schwestern waren irgendwie miteinander verbunden – man konnte Rose nicht sehen, es sei denn, sie wollte es so, und Louisa konnte man nicht fühlen. Doch während Rose im Zusammensein mit den Superkids die meiste Zeit über unsichtbar war, setzte Louisa ihre Fähigkeit fast nie ein. Mollie hatte Daniel einmal erzählt, dass sie vermutete, Louisa hätte Angst, eines Tages so zu bleiben und dann nie mehr etwas zu spüren oder berühren zu können.

Doch Daniel wusste, dass etwas anderes dahintersteckte: Louisa wollte einfach nur normal sein. Auf eine Art waren sie und er sich ähnlich – sie gaben beide vor, etwas zu sein, was sie nicht waren.

»Rose, tust du mir einen Gefallen?«

»Was denn?«

»Kannst du dich wieder sichtbar machen? Jetzt, wo du mich erfolgreich erschreckt hast, wäre es schön, wenn ich sehen könnte, mit wem ich rede.«

»Oh, klar.«

Rose erschien plötzlich neben ihm, im Schatten einer kleinen Tanne. Sie war fast sechs Jahre alt und hatte das lange schwarze Haar und die haselnussbraunen Augen ihrer Schwester.

»Rose! Rose!« Vor ihnen auf dem Pfad tauchte Louisa auf. Panisch wirkte sie nicht. Dennoch war sie ganz offensichtlich erleichtert, ihre verloren gegangene Schwester wiederzusehen. Mittlerweile waren sie alle daran gewöhnt, dass Rose ständig verschwand – im wahrsten Sinne des Wortes.

»Da bist du ja!«

»Ich habe Daniel erschreckt!«, sagte Rose und grinste ihre Schwester breit an. »Ich habe ganze sieben Sekunden lang nicht gelacht!«

»Nicht schlecht«, sagte Louisa. »Hallo, Daniel.«

Immer wenn Louisa Daniel begrüßte, lächelte sie auf eine Weise, dass Mollie die Augen verdrehte und Daniel ein mulmiges Gefühl bekam. Louisa war hübsch und verhielt sich ihm gegenüber viel netter als Mollie (zum Beispiel hatte sie ihm noch nie einen Schlag auf den Arm verpasst). Doch Daniel war für Herzensangelegenheiten nicht gerüstet. Gegen Superschurken zu kämpfen, das war einfach, Herzensangelegenheiten waren kompliziert.

»Hey, Louisa«, sagte er. »Bin ich der Letzte?«

»Ja, aber keine Sorge, die Flieger sind gerade erst angekommen, und die brauchen nur zwei Minuten von der Stadt bis hierher.«

Daniel grinste zustimmend, doch die Vorstellung, wie Eric und Mollie über die Baumwipfel hinwegglitten, verdarb ihm die Laune. Jetzt, wo er wusste, wie sich Fliegen wirklich anfühlte, war seine Eifersucht schlimmer denn je. Das gefiel ihm zwar nicht, aber es war nun mal so.

Die drei gingen gemeinsam den Pfad entlang, und als sie das Baumhaus schließlich erreichten, wartete der Rest der Superkids schon auf sie. Tief verborgen in den Wäldern an der Südseite des Mount Noble war das Hauptquartier der Superkids, ein Mittelding zwischen einem geheimen Stützpunkt und einem provisorischen Museum. Keiner wusste, wie alt das Baumhaus wirklich war. Der Innenraum war vollgestopft mit Comics, Zeichnungen und anderen Erinnerungsstücken, die frühere Generationen von Superkids zurückgelassen hatten. Außen war es über die Jahre hinweg so oft erweitert und repariert worden, dass vermutlich nur noch wenig von der Originalkonstruktion vorhanden war. Der neueste Anbau war ein Krähennest oben auf dem Baumhaus, das dem ganzen Gebäude die Gestalt eines morschen Piratenschiffs verlieh. Es sah aus, als ob Captain Hooks Piratenschiff auf den Ästen zweier riesiger Bäume Schiffbruch erlitten hätte.

Eric und Mollie hockten im Krähennest und winkten, als Daniel näher kam. Durch das oberste Fenster erblickte er Rohan, der die Nase in einem Buch vergraben hatte. Er konnte nicht fliegen, trotzdem war er ganz bestimmt als Erster hier gewesen. So war er nun einmal. Seine Fähigkeiten führten dazu, dass er sich leicht ablenken ließ, doch auch wenn er vielleicht nicht wusste, wo er sich gerade überhaupt befand, kam er immer mehr als pünktlich.

Als sie vollzählig versammelt waren, erzählte Rose zunächst allen Superkids, wie sie Daniel erschreckt hatte – erst danach konnten sie mit ihrer offiziellen Sitzung beginnen. Sie erzählte es jedem Einzelnen, ganz persönlich, und jedes Mal fügte sie ein neues Detail hinzu. Als sie bei Mollie angelangt war, ließ Rose Daniel bereits kreischend davonlaufen. Alle verdrehten die Augen über Roses kleine Ausschmückungen, nur Mollie nickte einfach und sagte: »Tja. Klingt nach Daniel.«

Die Treffen der Superkids waren recht zwanglos, nur Rohan und Eric bestanden immer noch darauf, sie überhaupt Sitzungen zu nennen. Vor nicht allzu langer Zeit hatten sie jede Sitzung mit dem Vorlesen der Regeln eröffnet – einer Reihe von Geboten, die angeblich vom ersten Superhelden Johnny Noble stammten. Daniel hatte herausgefunden, dass die Regeln in Wahrheit vom Shroud verbreitet worden waren, um die Superkids unter Kontrolle zu halten. Dafür hatte er auch Terror und Geschichtsfälschung eingesetzt.

Seit dieser Entdeckung waren die Regeln verbannt worden und die Sitzungen begannen jetzt mit einem schlichten *Hallo*.

»Hallo zusammen«, sagte Daniel. »Danke, dass ihr gekommen seid.«

Er räusperte sich. Vor ihm machten es sich die Superkids auf alten Sitzsäcken, Kisten oder Teppichen gemütlich. Daniel war nervös – auch wenn er nur vor einer Gruppe von Freunden sprechen musste. Louisa und Rose saßen ganz vorn und Louisas Starren verstärkte seine Nervosität noch. Also beschloss er, sich auf Eric zu konzentrieren, der hinten stand und aufmunternd beide Daumen hochstreckte. »Also«, begann Daniel, »ich nehme an, ihr alle wisst bereits, dass wir einen neuen Jungen in Noble's Green haben und dass er Plunkett heißt.«

»Plunketts sind böse«, sagte Rose. »Sie machen einem Angst.«

»Psst«, sagte Louisa. »Lass ihn ausreden.«

»Schon okay, Louisa. Es stimmt, Rose, Herman Plunkett hat einem wirklich Angst gemacht. Doch es ist nicht Herman. Es ist sein Großneffe Theo.«

Mollie streckte die Zunge heraus und wollte etwas sagen, aber Eric bemerkte ihr Vorhaben aus dem Augenwinkel und trat gegen die Kiste, auf der sie saß. Mollie musste ihm schneller als der Blitz eine verpasst haben, denn einen Augenblick lang grinste Eric, und im nächsten rieb er sich die Nase, die sich bereits knallrot färbte. Eric legte Wert darauf, dass die Sitzungen geordnet abliefen, was ihm nicht selten einen Schlag von Mollie einbrachte.

»Wir haben keinen Grund anzunehmen, dass Theo genauso gefährlich ist, wie sein Großonkel es war«, sagte Daniel und machte eine Kunstpause. »Aber er ist gefährlich.«

Jetzt hatte er ihre ungeteilte Aufmerksamkeit.

»Letztens hast du ihn doch noch verteidigt!«, sagte Eric.

»Das war eben letztens. Gestern Mittag ist er bei mir vorbeigekommen, und ich glaube jetzt, dass er uns ernsthafte Schwierigkeiten bereiten könnte. Er ist uns auf der Spur. Ich fürchte, es ist nur noch eine Frage der Zeit, bis er über die Superkids Bescheid weiß.«

Als er den anderen vom Ausflug zur Bergbachbrücke erzählte, wurde es still im Baumhaus. Während Daniel redete, war ihm bewusst, dass sie alle das Gleiche dachten – weil sie alle die gleichen Ängste hegten. Nicht auszudenken, was passieren würde, wenn ihr Geheimnis gelüftet würde. Vielleicht kämen Männer in schwarzen Autos und brächten sie weg. Oder Wissenschaftler würden sie wie Laborratten untersuchen. Daniel musste aufpassen, sie nicht in Panik zu versetzen. Wenn er wollte, dass sie für zehn Sekunden ernst blieben, musste er ein bisschen dick auftragen, das schon. Doch das Ganze sollte auch nicht aus dem Ruder laufen.

Zum Glück reagierte Rohan mit einer sachlichen Frage. »Du hast gesagt, er hätte dich über den Unfall ausgequetscht. Glaubst du, er hat noch weitere Informationen?«

Daniel schüttelte den Kopf. »Bisher nicht. Er weiß nur, dass etwas Seltsames passiert ist. Er weiß, dass sein Auto eigentlich in den Fluss hätte stürzen müssen, statt sanft nach unten zu schweben.«

»Sicher doch«, sagte Mollie.

»Ich hatte gehofft, der Schock hätte ihn vielleicht verwirrt«, sagte Rohan. »Es sind nur ein paar Sekunden vergangen, bis er dann doch in den Fluss gestürzt ist.«

Ein verlegenes Schweigen entstand, als jeder für sich den unausgesprochenen Teil von Rohans Ausführungen ergänzte – Theos Wagen war abgestürzt, weil Eric ihn fallen ließ.

»Wie auch immer«, fuhr Daniel fort, »Theo weiß, dass irgendwas im Busch ist, und er will mit uns reden. Vor allem mit Eric und Rohan. Er hat uns zum Pizzaessen eingeladen.«

»Hört sich nicht gerade wie der Plan eines Verbrechergenies an«, sagte Rohan. »Eine Pizzaparty?«

»Ich glaub, er ist gefährlich, aber nicht wirklich böse«, sagte Daniel. »Er ist auf ein Rätsel gestoßen und ist fest entschlossen, es zu lösen.«

»Genau wie du«, sagte Rohan und lächelte.

»Stimmt«, erwiderte Daniel. »Und ihr alle seid ein großes Risiko eingegangen, als ihr mir die Wahrheit erzählt habt.«

»Was sollen wir also deiner Meinung nach tun?«, fragte Rohan. »Du kennst ihn besser als jeder andere von uns – meinst du, wir sollten es ihm erzählen?«

»Er hat Eric das Leben gerettet«, sagte Louisa. »Ich meine natürlich, mit Daniels Hilfe. Ich kann mir nicht vorstellen, dass Herman Plunkett so etwas getan hätte.«

Mollie riss die Hände hoch. »Ich kann nicht fassen, dass wir darüber überhaupt reden! Natürlich werden wir ihm *nichts* erzählen! Daniel war anders. Die beiden kann man nicht vergleichen.«

»Ja, Daniel ist ganz besonders, das stimmt«, sagte Louisa.

»Ich wollte sagen, dass Daniel *alles andere* als bedrohlich ist. Er war ein magerer Neuling, der von Clay und Bud bedrängt wurde. Er brauchte unsere Hilfe.«

»Wow, danke, Mollie«, sagte Daniel.

»Du weißt genau, was ich meine«, entgegnete Mollie. »Theo Plunkett hat Fähigkeiten, die wir nicht haben.«

»Und welche sind das genau?«, fragte Rohan.

»Er ist reich«, antwortete Daniel, bevor Mollie es sagen konnte. »Mollie hat recht. Es gefällt mir zwar nicht, es zuzugeben, aber sie hat recht. Ich war nur ein ganz normaler Junge, trotzdem hätte ich euch Probleme bereiten können. Aber Theos Familie ..., wer weiß schon, was passiert, wenn sie die Wahrheit über euch rausfinden?«

»Denkst du an schwarze Hubschrauber und so Zeug?«, fragte Rohan.

»Ich möchte nicht paranoid klingen. Aber auch wenn ich Theo wegen seiner Familie nicht vorverurteilen will, können wir diesen Umstand nicht leugnen.«

»Also, was schlägst du vor?«, fragte Eric.

Daniel kratzte sich am Kopf. Wieder einmal benahm er sich wie der Anführer ihrer Truppe. Und wieder einmal fühlte er sich der Aufgabe nicht ganz gewachsen, hoffte aber, dass das nicht weiter auffiel. Sie warteten auf Vorschläge von ihm. »Ich meine, wir sollten das Angebot annehmen. Wir teilen uns eine Pizza, hängen zusammen ab und überzeugen ihn davon, dass ihr alle völlig normal seid. Wir langweilen ihn einfach zu Tode, dann hört er auf, herumzuschnüffeln.«

»Das wird Rohan ja nicht schwerfallen«, sagte Mollie.

»Ach, sei still«, sagte Rohan. »Was ist, wenn es nicht funktioniert, Daniel? Wenn er genauso hartnäckig ist, wie du es warst?«

Daniel hob die Schultern. »Allein wegen eines Verdachts kann er nichts unternehmen. Er braucht einen Beweis.«

»Es gibt einen noch viel wichtigeren Grund, in sein Haus zu gelangen«, fügte Mollie hinzu. »Wenn Herman irgendetwas Belastendes hinterlassen hat, dann ist das die beste Gelegenheit, es uns zu schnappen.«

»Stimmt«, sagte Daniel. »Herman hatte in seinem Arbeitszimmer einen geheimen Safe – er hat ihn mir mal gezeigt. Ich kenne die Kombination dafür nicht, aber wenn jemand die Fähigkeit hätte, in den Safe zu gelangen, ohne ihn zu öffnen … Was meinst du, Louisa? Kannst du dich dematerialisieren und – falls da etwas im Safe wäre – es mit hinausbringen?«

Alle Augen richteten sich auf Louisa. Sie war die Allerletzte, die sich freiwillig für einen solchen Einsatz melden würde, aber sie war auch die Einzige, die die Möglichkeit hatte, unbemerkt in den Safe zu kommen.

»Ja, meine Kräfte übertragen sich, wenn ich etwas berühre«, sagte sie. »Könnte gehen.«

»Prima!«, sagte Daniel. »Also nehmen Rohan, Eric und ich die Einladung zur Pizzaparty an und bringen Louisa mit.«

»Ich will auch mit«, jammerte Rose.

»Tut mir leid, Rose. Das ist was für Größere.«

»Immer ist es nur was für Größere«, sagte Rose und verschränkte die Arme vor der Brust. Sie würde jetzt eine Weile schmollen, sich schließlich aber damit abfinden.

»Louisa und ich werden uns wegschleichen, um nach dem

Safe zu suchen, während Eric und Rohan Theo davon überzeugen, dass sie ganz normale Jungs sind.«

»Was hast du gesagt?«, fragte Rohan. »Sorry, ich habe mich von einer Ameisenkolonie unter dem Baumhaus ablenken lassen. Es klingt so, als sei ihre Königin bereit, noch mehr Eier zu legen!«

Mollie schlug sich gegen die Stirn. »Wir sind so was von erledigt.«

»Es wird alles gut gehen«, sagte Eric. »Ich versprech's.«

Daniel nickte und atmete tief aus, um die Luft, die er die letzten zehn Minuten über angehalten hatte, entweichen zu lassen. Wenigstens hatten sie jetzt einen Plan.

Sie beschlossen, so bald wie möglich von Theos Angebot Gebrauch zu machen. Louisa, Daniel, Rohan und Eric kamen überein, sich morgen dort zu treffen – die Erlaubnis ihrer Eltern vorausgesetzt. Elite-Spionage war viel schwieriger, wenn sie von elterlicher Seite erst gestattet werden musste.

Sobald die Sitzung geschlossen war, gingen die Superkids in kleinen Grüppchen davon. Eric folgte Daniel, doch er sagte kein Wort über die Sache mit Daniels Superkräften, denn Mollie schien immer in Hörweite zu sein. Sie mussten das ein andermal besprechen.

Der Plan stand. Das Spiel hatte begonnen.

9 Zu mehreren ist man sicherer

Daniel war nicht wohl in seiner Haut, und das lag nicht so sehr daran, dass er Theo anlügen musste (darin war er mittlerweile ziemlich gut). Es lag eher an dem Gefühl, dass sie sich vielleicht direkt in die Höhle des Löwen begaben. Zugegeben, es war sein eigener Plan, doch wann immer er bisher mit Theo – oder auch mit Herman – geredet hatte, war er allein gewesen. Zwar war es irgendwie tröstlich, seine Freunde um sich zu haben, aber es bedeutete auch, auf mehr Menschen als nur auf sich selbst aufzupassen. Jedes Mal wenn er den alten Herman zu Hause besuchte, hatte sich das Ganze wie eine gut durchdachte Schachpartie abgespielt: Plunkett hatte mit diesem Vergleich den Wettkampf in ihrer Beziehung beschrieben. Und nach ihrem Ausflug zur Brücke war sich Daniel ziemlich sicher, dass Theo mehr als nur ein paar Tricks seines Onkels übernommen hatte. Theo würde darauf lauern, dass Daniel und seinen Freunden irgendein Fehler unterlief, und Daniel würde umgekehrt das Gleiche tun.

Theos überaus erfreute Reaktion, als Daniel ihn angerufen hatte, um sich und seine Freunde bei ihm einzuladen, war für

Daniel daher keine Überraschung. Theos Eltern würden an dem Morgen geschäftlich verreisen und die Hausangestellten hatten ihren freien Tag. Außer Theo und seinem Großvater würde also niemand im Haus sein. Daniel dachte daran, dass Herman und Oliver Plunkett sich für völlig unterschiedliche Lebensmodelle entschieden und das des jeweils anderen verachtet hatten. Die bessere Wahl lag bei Oliver. Immerhin besaß er eine Familie und würde somit noch etwas anderes außer Geld hinterlassen. Immerhin hatte er Menschen um sich.

Daniel, Eric, Rohan und Louisa verabredeten sich für den nächsten Tag vor dem Haus der Plunketts. Daniel verbrachte eine weitere von Albträumen geplagte Nacht und wachte gerade noch rechtzeitig auf, um ein schnelles Frühstück hinunterzuschlingen, bevor auch schon Mollie Lee auf der Veranda vor seinem Haus erschien. Daniel war gereizt. Vielleicht war er einfach nur nervös wegen ihres Vorhabens, doch es konnte auch an etwas anderem liegen: Obwohl er es vor sich selbst nicht zugeben wollte, erwachte er jeden Morgen in der Hoffnung … ein Superkid zu sein. Aber das war er nicht. Jeder Tag endete damit, dass er der Gleiche geblieben war. Der ganz gewöhnliche Daniel. Es sah mehr und mehr so aus, als wäre die ganze Sache nichts als ein Zufall gewesen. Und als er jetzt merkte, wie Mollie ihn durch das Fliegengitter hindurch zornig anfunkelte, ging ihm das so richtig auf die Nerven.

»Was ist?«, fragte er. Er machte sich nicht mal die Mühe, Hallo zu sagen.

Falls Mollie irgendwie vor den Kopf gestoßen war, versteckte sie das hinter ihrer eigenen abweisenden Fassade.

»Erstens: Du bist ein Trottel, weil du deine Strategie ausgeheckt hast, ohne mich einzuplanen«, sagte sie.

»Hä?« Daniel blinzelte sie verwirrt an.

»Außer mir und Rose gehen alle zu Theo Plunkett. Du hast mich zusammen mit den Sechsjährigen auf die Strafbank gesetzt.«

»Und was ist das Pro…?«

»Zweitens«, fiel ihm Mollie ins Wort, »komme ich heute mit, ob es dir passt oder nicht. Du kannst mich nicht davon abhalten.« Wie immer interessierte sie nur die eine Seite der Unterhaltung. Nämlich ihre.

»Äh, prima«, sagte er. »Ganz wie du willst. Lass uns gehen.«

Das brachte sie aus dem Konzept. Mollie hatte bereits auf stur geschaltet und sich auf einen Streit eingestellt. Die meiste Zeit über schien ihr das sogar zu gefallen. Sie war es nicht gewohnt, kampflos ihren Willen zu kriegen. Doch diesen Kampf würde Daniel heute nicht mit ihr austragen. Er konnte sie nicht davon abhalten, warum sollte er es dann versuchen?

»Ich sagte, lass uns gehen.« Daniel schob sich an ihr vorbei. »Ich möchte nicht zu spät kommen. Wir sind schließlich nicht alle superschnell.«

Vielleicht zum allerersten Mal in seinem Leben war Daniel Mollie Lee einen Schritt voraus. Er hatte bereits den Rasen überquert und den Gehweg erreicht, als sie endlich den erstaunten Gesichtsausdruck abschüttelte und ihn einholte.

»Gut«, sagte sie und marschierte neben ihm her. »Ich bin froh, dass das geklärt ist.«

»Und ich erst«, antwortete Daniel, fest entschlossen, ihr nicht in die Falle zu gehen.

Frustriert runzelte Mollie die Stirn und verbarg ihre Augenbrauen unter ihrem dunklen Pony. Den ganzen Weg bis zum Haus der Plunketts behielt sie ihr wütendes Schmollen bei, während Daniel selbstzufrieden schwieg. Eric stand vor der Auffahrt und winkte ihnen zu. Louisa und Rohan waren auch schon da.

»Rohan hat euch zwei kommen gehört«, rief Eric. »Er hat gesagt: ›Da kommen Daniel und Mollie. Sie klingt wütend.‹«

»Wie konnte ich wütend klingen?«, fragte Mollie. »Wir haben auf dem ganzen Weg kein einziges Wort gesprochen!«

»Du atmest wütend«, sagte Rohan, ohne dabei irgendjemand anzublicken und anscheinend völlig fasziniert von seinem Schuh. »Das ist typisch für dich.«

»Du nervst echt«, sagte Mollie.

Rohan hob die Schultern.

»Da wir nun vollzählig sind«, sagte Eric, »sollten wir nicht reingehen? Es hat doch keinen Sinn, hier rumzustehen.«

»Einverstanden«, antwortete Daniel. »Lass uns aber vorher noch mal den Plan durchgehen.«

»Es gibt einen Plan?«, fragte Eric.

Daniel beachtete ihn nicht. »Wenn wir drin sind, sitzen wir eine Weile zusammen. Dann stehe ich auf, um aufs Klo zu gehen. Nach ein paar Minuten sagst du Theo, dass du auch auf die Toilette musst, Louisa. Ich bin mir sicher, dass es in einem so großen Haus jede Menge Toiletten gibt.«

»Ich lüge nicht besonders gut«, sagte Louisa. »Nur damit ihr Bescheid wisst.«

»Es ist doch nur eine winzig kleine Lüge«, beruhigte Daniel sie. »Sag ihm einfach nur, dass du pinkeln musst.«

»Ich werde immer rot«, wandte Louisa ein.

»Du schaffst das schon«, erwiderte Daniel. »Sag ihm, du musst mal, und dann gehst du statt auf die Toilette mit mir zusammen in Hermans Arbeitszimmer. Dort ist der Safe.«

»Was hoffst du denn darin zu finden?«, fragte Eric.

»Ich hoffe gar nichts«, erwiderte Daniel. »Aber Herman hat über jeden Menschen in dieser Stadt Aufzeichnungen besessen, uns alle eingeschlossen. Wir müssen sicherstellen, dass in diesem Ding nichts ist, was euch gefährlich werden könnte.«

»Uns?«, fragte Louisa. »Machst du dir denn überhaupt keine Sorgen um dich selbst?«

Als er antwortete, vermied Daniel es, Louisa anzusehen. »Ich habe keine Superkräfte. Ich bin nicht in Gefahr.«

Siehst du?, wollte er sagen. *Lügen ist ganz leicht – es ist die einfachste Sache der Welt. Schau nur, wie gut ich darin geworden bin.*

Er spürte, wie Eric ihn beobachtete, achtete aber nicht drauf. Es war Zeit, sich auf die Aufgabe zu konzentrieren.

»Während Louisa und ich Hermans Safe auskundschaften, müsst ihr drei Theo ablenken, damit er keinen Verdacht schöpft.«

»Das ist ein Kinderspiel«, sagte Eric. »Wir machen ihm einfach Komplimente über seine Fahrkünste.«

»Sei vorsichtig«, sagte Daniel, »er ist schlauer, als du denkst.« Daniel wusste, dass sie Theo Plunkett besser nicht unterschätzen sollten. Er hatte Herman unterschätzt und dafür hätten sie alle beinahe mit ihrem Leben bezahlt.

»Was ist das Signal, wenn ihr eure Aufgabe erledigt habt?«,

fragte Rohan. »Ein Vogelruf oder so was? Woher wissen wir, dass ihr im Arbeitszimmer fertig seid?«

»Ähm, ihr werdet wissen, dass wir fertig sind, wenn wir fertig sind und wieder zurückkommen«, entgegnete Daniel.

Mollie schnaubte und fing an, leise Vogelrufe von sich zu geben. Diesmal war es Rohan, der ihr einen Blick zuwarf. »Ja, schon klar. Ich meine doch nur für den Fall, dass ihr beiden Probleme bekommt.«

»Alles wird klappen, wenn wir aufpassen«, sagte Daniel. »Auch wenn ich nicht will, dass Theo Plunkett die Wahrheit über die Superkids herausfindet, sind wir bei ihm nicht wirklich in Gefahr. Wir haben es diesmal nicht mit dem Shroud zu tun.«

Bei der Erwähnung ihres alten Feindes verstummte die Gruppe. Selbst Mollie blickte nachdenklich. Daniel kapierte, dass sie nur deshalb diese ganzen Witze übereinander rissen, um nicht an ihn denken zu müssen. Außer Daniel hatte noch nie einer von ihnen einen Fuß in Hermans Haus gesetzt. Daniel hatte von Angesicht zu Angesicht mit Herman Plunkett gesprochen und wusste, dass der ein geistesgestörter und gefährlicher alter Mann gewesen war. Aber eben nur ein Mann. Der Rest von ihnen war immer nur dem Shroud begegnet – dem Schatten in der Dunkelheit, dem Wesen, das sie in ihren Träumen verfolgte, der Legende. Die meisten hatten noch nicht mal sein wahres Gesicht gesehen. Keiner wollte es zeigen, aber sie hatten Angst.

»Ehrlich«, sagte Daniel und lächelte sie – wie er hoffte – beruhigend an. »Alles wird gut gehen. Ich verspreche es.«

10 NEUE FREUNDE UND ALTE FEINDE

Theo freute sich sehr über ihren Besuch. Als er die Tür öffnete, hatte er sein übliches Grinsen aufgesetzt und verströmte seinen scheinbar so fröhlichen Humor – genau wie Daniel es erwartet hatte. Was Daniel nicht erwartet hatte, war die Art, wie sich Mollie und Louisa Theo gegenüber benahmen. In dem Augenblick, wo er die Tür öffnete, veränderten sich die beiden Mädchen. Bei Louisa war es nur eine ganz kleine Veränderung: Plötzlich strich sie ihre Haare zurück, wann immer sie lachte. Was sehr häufig der Fall war, bei jedem Witz, den Theo machte, und bei jeder Geschichte, die er über seine Reisen zu dieser oder jener Insel oder in diese oder jene europäische Stadt erzählte. Bei Mollie war es viel offensichtlicher und deshalb umso erschreckender: Mollie haute niemanden, sie teilte nicht einen einzigen Schlag aus, und sie lächelte. Sie lächelte viel und fast ausschließlich in Theos Richtung. Diese Mollie Lee war kaum wiederzuerkennen.

Daniel hätte es kommen sehen müssen. Theo sah gut aus, aber nicht nur das, er hatte *den Blick*. Er bot allen ein Stück Pizza an, nur Mollie bekam ihres mit einem Zwinkern gereicht. Führung durchs Haus? Alle waren dazu eingeladen, nur bei Louisa wurde die Einladung von einem Zwinkern begleitet. Daniel glaubte nicht, dass Theo absichtlich flirtete – immerhin waren beide Mädchen mindestens zwei Jahre jünger als er. Es lag einfach in seiner Natur. Bisher hatte Daniel zwei Seiten an ihm kennengelernt – die höhnische und die charmante –, und heute war er ein wahrer Charmebolzen.

Eric bemerkte es auch, doch er reagierte anders als Daniel, den das Ganze eher verwirrte. Eric verstummte. Er verdrehte bei jedem mädchenhaften Gekicher die Augen. Wenn Theo nicht hinsah, steckte er sich den Finger in den Hals und tat so, als müsse er sich übergeben. Eric war eifersüchtig.

Auch wenn ihn diese plötzliche Verwandlung seines bisher so stabilen, verlässlichen Freundeskreises irritierte, verdrängte Daniel das Wer-flirtet-mit-wem und konzentrierte sich auf ihre Mission: Hermans Safe. Theo führte sie kurz durchs Haus, doch es war ziemlich deprimierend, sich das Heim des alten Mannes anzuschauen. Selbst mit weit geöffneten Fenstern machte das Haus noch einen klaustrophobischen Eindruck. Jegliches helles Sonnenlicht, das ins Haus drang, wurde von stockfleckigen Teppichen und der sich ablösenden Holzverkleidung absorbiert. Das düstere Anwesen des Shroud war ein Ort, wo alle Freude erlosch.

Als sie während der Tour an der geschlossenen Tür von Hermans Arbeitszimmer vorbeikamen, warf Daniel Louisa einen Blick zu, den er für verschwörerisch hielt. Sie zwinkerte schüchtern zurück und lächelte, sodass Daniel sofort knallrot wurde. Jetzt flirtete sie also wieder mit ihm! Die ganze Sache lief völlig aus dem Ruder.

Glücklicherweise war es wenigstens im Billardzimmer einigermaßen auszuhalten, und nachdem sie es sich dort gemütlich gemacht hatten, brach Mollies Wettkampfgeist den Bann, in den Theos gutes Aussehen und sein Charme sie gezogen hatten. Sie schlug ihn dreimal hintereinander vernichtend im Poolbillard und sofort ließ Theo das Zwinkern bleiben. Währenddessen wetteiferten Rohan und Eric darum, wer das größere Stück Pizza in seinen Mund stopfen konnte.

Es schien eine gute Gelegenheit für ein bisschen Spionagetätigkeit zu sein.

Als Daniel verkündete, dass er zur Toilette musste, schien es so, als ob niemand Notiz davon nahm. Einen Augenblick lang befürchtete er, dass seine Freunde den Plan vergessen hatten. Doch auf dem Weg zur Tür sah Daniel, wie Rohan die Finger kreuzte, und nahm an, dass das ihm galt und nicht dem Wettbewerb im Pizzaessen. Um vom Billardraum im Keller zu Hermans Arbeitszimmer zu gelangen, musste man die Treppe hoch, dann durch den Flur und am Zimmer von Theos Großvater vorbei. Als Daniel auf Zehenspitzen an der Tür des alten Mannes vorbeischlich, hörte er ihn schnarchen. Anscheinend machte er einen Mittagsschlaf. Daniel konnte sich nicht vorstellen, dass sein teuflischer Zwilling Herman jemals mitten am Tag ein Nickerchen gehalten hätte. Zweifellos war der Shroud zu sehr damit beschäftigt gewesen, Pläne zu schmieden und an seinen Intrigen zu feilen.

Die Tür zum Arbeitszimmer war unverschlossen, also wartete Daniel nicht auf Louisa. Innen sah alles genau wie in seiner Erinnerung aus. Die Luft war abgestanden und es roch nach modrigem Papier. Im Gegensatz zu allen anderen Fenstern im Haus waren diese nicht geöffnet worden und auch die Vorhänge waren zugezogen. Bücher über Bücher stapelten sich. Der abgewetzte Lesesessel stand vor einer Wand voller gerahmter Skizzen, Tuschezeichnungen von Herman Plunketts Comichelden und Schurken. Unter den Zeichnungen war auch das Bild eines Mannes mit einer schwarzen Dominomaske: Hermans unvergesslicher Johnny Noble, sowohl Hermans Gegenspieler im wahren Leben als auch seine berühmteste Comicfigur. Der Steinanhänger, der dem Shroud die Fähigkeit verlieh, die Superkräfte der Kinder von Noble's Green zu stehlen, stammte von demselben Meteoriten, der Jonathan Noble in ein übermenschliches Wesen verwandelt hatte. Auch wenn der historische Jonathan Noble in einem traumähnlichen Wirrwarr von kindlicher Heldenverehrung und Stadtfolklore verschluckt wurde, wusste Daniel, dass der echte Johnny die einzige Person war, vor der Plunkett Angst gehabt hatte. Der alte Mann verspottete seinen Feind in *Phantastische Zeiten mit Johnny Noble* und spielte darin ihre Rivalität in neun farbigen Bildern pro Seite nach. Ihre Rollen als Superheld und Superschurke vertauschte er natürlich.

Das Absurdeste an dem Ganzen war, dass sich Herman in der Realität tatsächlich für den Helden hielt. Er hatte sich selbst vorgemacht, er würde die Welt vor einer ganzen Generation von rücksichtslosen und gefährlichen Superkindern retten. Nur in seinen eigenen Comics kam die Wahrheit ans Licht und seine Niedertracht wurde offenkundig.

In diesem Zimmer zu stehen, löste viele verstörende Erinnerungen aus. Daniel war froh, als Louisa ihren Kopf durch die Tür streckte und er nicht mehr allein war.

»Mollie erzählt Geschichten über den alten Steinbruch«, sagte sie. Als sie Daniels erschrockenen Blick bemerkte, fügte sie schnell hinzu: »Nicht *diese* Art von Geschichten. Alte Geistergeschichten und so Zeugs. Ich glaube, sie will einfach nur vor Theo angeben.«

»Ich nehme an, er sieht ganz gut aus. Was auch immer.«

Louisa lächelte. »Das tut er, aber das nutzt sich nach einer Weile irgendwie ab. Um aus dem Zimmer gehen zu können, habe ich die Toiletten-Entschuldigung benutzt, aber ich fürchte, er hat mir nicht geglaubt. Ich habe dich gewarnt, ich hasse es zu lügen.«

»Natürlich hat er dir geglaubt«, erwiderte Daniel. »Er hat keinen Grund, es nicht zu tun. Und überhaupt: Warum solltest du dich sonst nur ein paar Minuten nach mir davonschleichen? Warum sollten wir beide allein sein wollen …?«

Louisa hob nur die Augenbrauen.

»Oh«, sagte Daniel. »Du meinst, er denkt, dass wir …, ich meine, dass du … und ich …«

Louisa schwieg. Daniel wünschte, sie würde etwas sagen.

Er räusperte sich und selbst das hörte sich in seinen Ohren verlegen an. Das hier war nicht Teil seines Plans gewesen. Detektivarbeit und unbeholfene Romanzen passten nicht gut zusammen.

»Dann lass uns mal loslegen«, sagte er schließlich. »Mit dem Safe, meine ich! Bevor, äh, bevor jemand kommt und nach dir sucht.«

Daniel ging zum Schrank auf der gegenüberliegenden Seite des Zimmers und öffnete ihn. Ein kleiner, in die Wand eingelassener Safe kam zum Vorschein. Wäre Daniel nur ein halb so toller Detektiv gewesen, wie er gern sein würde, dann hätte er sich die Kombination eingeprägt, als Herman ihn vor einem halben Jahr geöffnet hatte. Doch was Zahlen betraf, war Daniel eine Niete.

Zum Glück hatte er die beste Safeknackerin der Welt bei sich – eine, die nicht mal die Tür öffnen musste.

»Tja, das ist er«, sagte Daniel. »Was meinst du?«

Louisa prüfte die Abmessungen des Safes. Er war ungefähr 60 Zentimeter breit. »Ich kann meinen Kopf hineinstecken und nachschauen, doch ich würde wohl nichts sehen«, sagte sie. »Ich kann aber auch einfach hineinfassen und herausziehen, was immer sich dort drinnen befindet. Auch wenn das vielleicht nicht ganz ungefährlich ist.«

Daniel stellte sich vor, wie ihre Hand nach einer Schlange tastete, die zusammengerollt im Dunkel lag und darauf wartete, zuzubeißen.

Natürlich war das albern. Es war viel naheliegender, sich zu sorgen, ob sie irgendeinen stummen Alarm auslösen könnte. Es würde bestimmt nicht leicht werden, das der Polizei zu erklären.

»Wenn du es nicht tun willst, verstehe ich das«, sagte Daniel. »Wir können immer noch versuchen, uns hier reinzuschleichen, wenn keiner zu Hause ist. Dann kann Eric die Tür einfach rausreißen.«

Louisa schüttelte den Kopf. »Nein, ich schaffe das schon. Wenn Eric den Safe aufmacht, wird es mehr als offensichtlich sein, dass *er* ihn geöffnet hat. Er geht nicht gerade besonders diskret vor.«

Sie sah Daniel an und lächelte. »Ich möchte euch helfen.

Ich bin ein Teil der Gruppe, auch wenn ich mich manchmal nicht so verhalte. Ich empfinde eben einfach nicht den gleichen Kick wie du bei dem Ganzen.«

»So was verschafft mir keinen Kick«, widersprach Daniel. »Aber es ist wichtig.«

»Natürlich ist es das. Es ist wichtig und du versuchst uns allen zu helfen. Du trägst das Herz am richtigen Fleck, aber mach dir selbst nicht vor, dass du das nicht toll findest, Daniel. Du liebst das Geheimnis, das Abenteuer. Gib's ruhig zu. Und Eric ist genauso. Der Detektiv und der Superheld; ihr beiden seid die besten Kumpel der Welt.«

Daniel öffnete den Mund, um zu protestieren, schwieg dann aber. Sie hatte recht. Daniel belastete die Gefahr, in der seine Freunde schwebten, aber er sehnte sich nach der Aufregung, die ein neues Geheimnis mit sich brachte. Er hatte gar nicht gemerkt, wie gelangweilt er gewesen war – vor allen Dingen während der letzten sorglosen Sommermonate. Und gerade jetzt hatte er das Gefühl, als brauchte er diese Aufgabe ganz besonders – damit seine Gedanken um etwas anderes kreisten als nur ums Fliegen. Wenigstens lenkte ihn das hier ab.

»Mach mal Platz«, sagte Louisa.

Daniel positionierte sich als Späher an der Tür und Louisa legte ihre schmalen braunen Finger auf die Safetür. Es gab kein äußerliches Anzeichen dafür, dass sie ihre Superkraft aktivierte, weder einen Lichtblitz noch ein zischendes Geräusch. Ihre Hand glitt einfach durch die massive Stahltür. So mühelos, als ob sie sie in eine Schüssel mit Wasser tauchte – bis ihr Arm fast bis zum Ellbogen verschwunden war.

»Jetzt kommt der schwierige Teil«, sagte sie. »Meine Hand muss sich wieder materialisieren, damit ich das Innere des Safes abtasten kann. Doch der Rest meines Arms muss körperlos bleiben. Das macht mir immer ein bisschen Angst, um ehrlich zu sein.«

Ein schrecklicher Gedanke kam Daniel: Was würde passieren, wenn sich ihr ganzer Arm wieder materialisierte, während er noch immer im Safe steckte? Lieber nicht darüber nachdenken.

Daniel hielt es für ratsam, Louisa in dieser Phase nicht anzusprechen. Nach einer Minute des Schweigens stieß sie einen frustrierten Seufzer aus. »Hm, es scheint nichts drin zu sein. Er ist leer ... Warte mal, ich hab was gefunden.«

Louisa zog den Arm aus dem Safe und hielt ein Stück Papier in der Hand. Es war ein einzelnes, einmal gefaltetes Blatt.

»Ist das alles?«, fragte Daniel und versuchte, nicht zu enttäuscht zu klingen. »Keine Mappen oder Ordner oder so?«

»Daniel«, sagte Louisa und blickte auf das Papier, »das ist für dich.«

»Was soll das heißen?«

Louisa hielt es ihm hin: In großen kursiven Buchstaben stand dort sein Name – Daniel Corrigan.

»Sieht so aus, als ob dich jemand erwartet hätte«, sagte sie.

Daniel streckte die Hand aus und nahm das Schriftstück entgegen. Seine Hand zitterte. Er hatte gerade einen Geist gesehen, und nun würde er lesen, was dieser Geist zu sagen hatte.

Er faltete das Papier auseinander und las die Nachricht laut vor:

Mein hoch geschätzter Rivale,

wenn Du das hier liest, dann muss ich Dir gratulieren. Unser Kampf ist vorbei und ich habe mich offensichtlich als der Schwächere erwiesen. Obwohl ich enttäuscht darüber bin, dass Du Dich geweigert hast, mir dabei zu helfen, die Welt vor der sehr realen Bedrohung durch Deine Freunde zu schützen, bin ich dennoch beeindruckt von Deiner Genialität, mit der Du mich besiegt hast.

Vielleicht liest Du dies hier, weil Du nach den Fotos von Deinen Freunden suchst. Hab keine Angst, diese Beweise existieren nicht mehr. Ich möchte nicht, dass sie in die falschen Hände gelangen. Ich habe mein Leben lang die Geheimnisse dieser Stadt gehütet, und ich möchte nicht, dass sie enthüllt werden – nicht mal im Falle meines Todes.

Ich bin der Beschützer dieser Welt, ob Du das nun glauben möchtest oder nicht.

Und jetzt, wo ich nicht mehr bin, fällt diese Rolle Dir zu, wie ich es schon immer vorausgesehen habe. Doch bevor Du diese Bürde auf Dich nimmst, musst Du die Wahrheit kennen. Du musst nur den Hinweisen folgen. Und weil Du Dich entschieden hast, meine Hilfe abzulehnen, bist Du dabei auf Dich selbst gestellt. Die Macht des Hexenfeuer-Kometen brennt in den Adern der Kinder von Noble's Green, und sie muss unter Kontrolle gehalten werden, sonst verzehrt sie uns alle.

Ich vertraue darauf, dass Du die Herausforderung annimmst.

Hochachtungsvoll
Herman Plunkett

»Er ist verrückt«, sagte Louisa, als Daniel geendet hatte. »Selbst nach seinem Tod ist er noch immer verrückt.«

Daniel nickte, aber er antwortete nicht sofort. Er war zu sehr mit dem Nachsatz unter Hermans Unterschrift beschäftigt. Mit dem einen Satz, den er nicht laut vorgelesen hatte:

PS: Hast Du schon den Ring ausprobiert?

»Daniel. Daniel!« Louisa legte ihm die Hand auf den Arm. Reflexartig faltete er das Blatt wieder zusammen und verbarg den letzten Satz vor ihr.

»Worüber du auch immer grübelst – er ist tot, Daniel. Das hier ist nur sein letzter, blöder Versuch, sich in deinem Kopf breitzumachen.«

Louisa zuliebe brachte Daniel ein halbherziges Lächeln zustande. Aber ihre Worte beruhigten ihn nicht im Geringsten.

»Los, komm«, sagte er. »Wir sollten lieber zurückgehen. Hier gibt es nichts als Müll.«

»Alles in Ordnung mit dir?«

»Ja. Du hast recht – er bringt mich wirklich durcheinander. Aber mir geht's gut.«

Louisa beugte sich vor und überraschte ihn mit einem Kuss. Es war kein langer Kuss, doch er war mehr als nur freundschaftlich gemeint. Er war sanft und angenehm, aber auch sehr unerwartet. Und es war immer noch ein Kuss. Daniels erster.

Als es vorbei war, blinzelte Louisa ihn an. Sie hatte wirklich wunderhübsche Augen. Braun mit kleinen grünen Sprenkeln.

»Alles in Ordnung?«, fragte sie.

Daniel nickte nur. Reden konnte er gerade nicht.

»Geh du doch als Erster zurück«, schlug sie vor. »Ich komme dann in ein bis zwei Minuten nach.«

Wieder nickte er. Vielleicht ein bisschen zu nachdrücklich.

»Und atme ein paarmal tief durch, bevor du wieder nach unten gehst. Du bist echt knallrot.«

Theos Großvater schnarchte so laut wie ein ganzes Sägewerk, und Daniel kam sich plötzlich ziemlich albern vor, wie er da auf Zehenspitzen über den Flur schlich. Er ging ganz normal weiter und überlegte, was er Eric und den andern über Hermans Nachricht erzählen sollte. Aber ihm fiel einfach nichts Brauchbares ein. Seine Gedanken kreisten immer noch um den Kuss. Oder, besser gesagt, das Geküsstwerden. Louisa hatte ihn geküsst, aber hatte er sie zurückgeküsst? Er vermutete, dass es so gewesen war. Und er hatte es nicht sehr gut gemacht.

Warum hatte sie ihn geküsst? Glaubte sie, dass zwischen ihnen mehr als nur Freundschaft war? Wollte sie das gern? Wollte er es? Plötzlich wurde Daniel von der unbegründeten Angst gepackt, dass seine Freunde herausfinden könnten, was er und Louisa getan hatten. Oder, genauer gesagt, dass Mollie es herausfinden würde. Sie würde es nie mehr vergessen, sie würde ihn künftig gnadenlos damit aufziehen – und diesen Gedanken konnte Daniel nicht ertragen. Mollie durfte es niemals erfahren. Nicht Mollie. Niemals.

Daniel drehte sich um und ging zurück zum Arbeitszimmer. Er musste Louisa sagen, dass sie nur gute Freunde waren. Dass der Kuss schön gewesen war, mehr nicht.

Doch als Daniel die Tür zum Arbeitszimmer erreichte, sah

er Louisa regungslos auf dem Boden liegen und über ihr eine dunkle Gestalt. Eine Kreatur. Sie war weder dreidimensional, noch schien sie irgendeine Substanz zu haben – es war, als hätte sich der Schatten eines Menschen von der Wand abgelöst und schwebte nun mitten im Zimmer. Und die Kreatur wirkte überaus bedrohlich und bösartig. Daniel konnte das Böse in der Luft fast schmecken, als das Wesen Licht und Wärme aus dem Zimmer saugte und seine langen Finger nach Louisa ausstreckte.

Daniels erster Gedanke – der einzige, der einen Sinn ergab – war, dass der Shroud zurückgekehrt war. Doch selbst während sein unter Schock stehender Verstand noch versuchte, mit dem klarzukommen, was er da sah, merkte er, dass dies hier nicht der gleiche Shroud war, gegen den er vor ein paar Monaten gekämpft hatte. Dieses Wesen war kleiner – und es schien aus nichts zu bestehen. Auch das brennende Herz aus Feuer, der Hexenfeuer-Anhänger des Shroud, fehlte. Diese Kreatur bestand aus reiner Dunkelheit. Ein Schatten.

Während es Louisas Kopf streichelte, wandte das Wesen Daniel sein gestaltloses Gesicht zu. Louisa war ganz offensichtlich noch am Leben, aber ohne Bewusstsein. Sie bewegte sich, als ob sie im Schlaf gegen etwas ankämpfte, als ob ein schrecklicher Traum sie gefangen hielt.

Daniel sah sich nach einer geeigneten Waffe um, aber außer Büchern fand er nichts. Er griff nach dem dicksten, das er finden konnte, damit er der Gestalt zumindest eins auf den Kopf geben konnte. Doch als er es packen wollte, geschah gar nichts. Er konnte das Buch nicht hochheben! Warum bekam er es bloß nicht zu fassen?

Der Schatten hatte sich von Louisa abgewandt und kam jetzt auf Daniel zu. Er streckte die Arme nach Daniels Gesicht aus, und Finger wie Krallen fuhren durch ihn hindurch, ohne ihm Schaden zuzufügen. Er hatte Daniel nicht verfehlt – er konnte ihn einfach nicht berühren. Daniel war nicht greifbar, wie ein Geist. Wie Louisa.

Wütend taumelte die Gestalt zurück, dann attackierte sie Daniel immer wieder, ohne Erfolg. Genauso gut hätte der Schatten versuchen können, die Luft zu erdrosseln. Plötzlich hörten die Angriffe auf, und der Schatten legte den Kopf schief, als lausche er nach etwas.

Und dann war er verschwunden. Er flog aus dem Raum wie ein kalter Windhauch und bewegte sich dabei so schnell, dass Daniel nicht mal genug Zeit blieb, zu sehen, in welche Richtung. Mit einem einzigen Wimpernschlag schoss er an ihm vorbei oder durch ihn hindurch und zur Tür hinaus.

Auf der Treppe waren Schritte zu hören. Jemand kam angerannt.

Daniel kniete sich neben Louisa. Sie schien nicht verletzt zu sein, aber sie war immer noch bewusstlos. Daniel streckte die Hand aus und sah, wie sie Louisas Körper durchdrang. Er konnte sie nicht berühren. Er konnte überhaupt nichts mehr berühren.

»Daniel?«, rief eine Stimme.

Theo stand in der Tür, er schnappte nach Luft.

»Sie ist bewusstlos«, sagte Daniel. Theo kniete sich ebenfalls hin und rüttelte Louisa sachte an der Schulter. Ihre Lider öffneten sich flatternd und sie sah die beiden Jungen an.

»Hey«, sagte sie benommen. »Was starrt ihr so?«

Jetzt erschienen auch die anderen im Flur, Mollie war die Erste. »Was ist los? Ihr beiden wart so lange verschwunden, wir haben uns Sorgen gemacht!«

Mit Theos Hilfe setzte sich Louisa auf. Daniel wollte ihr die Hand reichen, wagte es aber nicht, sie zu berühren.

»Ich glaube, mir geht es so weit gut«, sagte Louisa.

»Du bist im Arbeitszimmer meines Großonkels«, sagte Theo und blickte sich um. »Hast du eine Ahnung, wie du hierhingekommen bist?«

»Äh, nein«, erwiderte Louisa und warf Daniel einen kurzen Blick zu.

Theo blickte Daniel fragend an.

»Ich … war auf dem Weg von der Toilette zurück nach unten, als ich hier vorbeikam«, sagte Daniel. »Ich habe Louisa auf dem Boden liegen sehen.«

Theo sah Daniel lange an. Daniel kannte diesen Blick und er gefiel ihm nicht. Er hatte das Gefühl, unter einer Verhörlampe zu sitzen.

»Aha«, sagte Theo schließlich. »Ich hatte ein Geräusch gehört und beschlossen, nachzuschauen.«

»Du warst gar nicht bei den anderen?«, fragte Daniel.

»Er wollte noch mehr Limo aus der Küche holen«, erklärte Eric. »Wir haben ihm gesagt, dass wir gar keinen Durst haben, aber er ist eben einfach ein zu guter Gastgeber.« Daniel verstand die unausgesprochene Warnung hinter Erics Worten: Theo hatte bald nach Louisa den Raum verlassen, und es war ihnen nicht gelungen, ihn daran zu hindern. Dann waren sie misstrauisch geworden und hatten angefangen, nach ihm zu suchen.

»Ich habe mich wohl verlaufen«, sagte Louisa.

»Nun, offensichtlich bin ich doch kein so guter Gastgeber«, sagte Theo. »Meine Gäste verirren sich und fallen in Ohnmacht. Daniel ist der wahre Held. Immer gleich zur Stelle.«

Bevor Daniel reagieren konnte, streckte Theo den Arm aus und klopfte ihm fest und aufmunternd auf die Schulter. Daniel seufzte vor Erleichterung.

»Ein bisschen nervös, was?«, fragte Theo.

»Ich mache mir nur Sorgen um Louisa«, antwortete Daniel.

»Mir geht es gut«, sagte Louisa. »Wirklich. Wahrscheinlich ist mir schwindlig geworden.«

Sie halfen ihr beim Aufstehen, dann verließ einer nach dem anderen das Arbeitszimmer. Theo war der Letzte. Als sie hinausgingen bemerkte Daniel, wie seine Augen das Zimmer absuchten.

»Merkwürdig, dass sie hier gelandet ist«, sagte er. »Die Toilette ist ganz am anderen Ende des Hauses.«

»Es ist ein großes altes Haus«, erwiderte Daniel. »Man kann sich leicht verlaufen.«

»Mag sein. Nun, wir sollten lieber gehen. Dad hat dieses Zimmer für tabu erklärt. Es war Hermans Privatbereich. Der alte Kerl hat wohl ziemlich viel gelesen.«

Daniel nickte, im Gehen wandte er sich noch einmal um und blickte zurück zum Schrank. Die Tür stand noch einen Spalt offen und man konnte den Safe sehen. Louisa und er hatten vergessen, sie zu schließen. Wenn Theo das ebenfalls bemerkt hatte, war ihm vermutlich klar, dass hier jemand herumgeschnüffelt hatte. Der seltsame Verlauf ihres heutigen Besuchs würde ihn sicher noch misstrauischer machen.

Instinktiv tastete Daniel nach dem Brief in seiner Hosentasche.

»Nach dir«, sagte Theo und machte Daniel Platz. »Helden zuerst.«

Wieder nickte Daniel und ging an Theo Plunkett vorbei. Die Situation hatte sich verändert und ehrlich gesagt waren ihm Theos Verdächtigungen momentan völlig egal. Sie hatten jetzt größere Probleme.

Der Shroud war zurückgekehrt.

11 NACHBEBEN

Als Daniel den anderen erzählte, was er im Arbeitszimmer gesehen hatte, was er *wirklich* dort gesehen hatte, reagierten sie mit Schweigen. Bei Rohan, der immer lange über alles nachdachte, hatte er das erwartet. Die anderen aber machten ihn wirklich wahnsinnig. Er hatte ihnen soeben erzählt, dass der Shroud zurückgekehrt war, und sie quittierten diese Nachricht nur mit unberührtem Starren. Nachdem sie das Anwesen der Plunketts verlassen hatten, versammelten sich die Superkids im Baumhaus. Louisas unerklärlicher Ohnmachtsanfall lieferte ihnen einen guten Grund, den Besuch bei Theo schnell zu beenden und das Weite zu suchen. Louisa konnte ihnen nicht viel sagen. Daniel hatte das Arbeitszimmer verlassen und sie noch einen Augenblick abgewartet; als sie ebenfalls hinausgehen wollte, stürzte sich ein schwarzer Schatten vom Flur aus auf sie. Sie erinnerte nur noch, dass ihr kalt geworden war, danach nichts mehr.

Daniels Gedanken kreisten nur um eine Frage: Was mit ihm während des Kampfes passiert war. Er glaubte, den Auslöser für seine neuen Kräfte endlich gefunden zu haben, und er gefiel ihm ganz und gar nicht. Als Clay ihn attackiert hatte und Daniels Leben in Gefahr gewesen war, war er superstark geworden und konnte plötzlich fliegen. Als ihn der Shroud angriff, hatte Daniel sich dematerialisiert, damit er ihm nichts anhaben konnte. Beide Male war er in ernster Gefahr gewesen. Beide Male war er in engem Kontakt mit einem Superkid gewesen. Erics Superkraft und seine Fähigkeit zu fliegen. Louisas Körperlosigkeit.

Daniel war eine Laus. Ein Parasit. Er war der wahre Shroud.

»Er ist also wieder da«, sagte Rohan schließlich. »Irgendwie hat Herman den Einsturz des Steinbruchs überlebt und nun macht er wieder Jagd auf uns.«

Daniel nickte.

»Herman oder jemand anders. Er sah zwar nicht ganz genau wie der Shroud aus, war ihm aber sehr ähnlich. Wenn es Herman ist, dann ist er schwächer als früher. Kleiner und mehr wie ein Geist.«

»Na toll«, sagte Rohan. »Wir werden von Geistern gejagt.«

Er hatte einen Witz machen wollen, aber niemand lachte. Keiner der anderen sagte ein Wort. Daniel hatte erwartet, dass ihm wenigstens Mollie widersprechen und ihm sagen würde, er hätte sich das nur eingebildet und müsse zum Augenarzt. Oder etwas Ähnliches. Aber alles, was sie taten, war, ihn anzustarren. Sie hatten sich in einem Halbkreis versammelt, als ob dies ein ganz gewöhnliches Treffen der Superkids wäre. Um sie herum, an den Wänden des Baumhauses, hingen die Zeichnungen und Poster von früheren Superkid-Generationen. Diese Bilder – hier eine verblasste Bleistiftskizze eines fliegenden Jungen, dort das mit Wasserfarben gemalte

Bild eines Mädchens ganz in Gelb, leuchtend wie die Sonne – waren die Geister, die diesen Ort ebenfalls heimsuchten. In ihrer stummen Akzeptanz, dass der Shroud zurückgekehrt war, schlossen sie sich seinen Freunden an, als ob sie das die ganze Zeit schon erwartet hätten.

Wie ein Blitzschlag traf ihn der Gedanke, dass es vielleicht wirklich so war. Sie hatten es erwartet. Seine Freunde hatten so lange in Angst gelebt, dass sie nie wirklich geglaubt hatten, es könnte vorbei sein. Tief in ihrem Inneren ließen die Jahre des Schreckens sie nicht los. Der Shroud war zurückgekehrt. Das war viel wahrscheinlicher als der Gedanke, er würde jemals für immer verschwinden. Er war Teil ihres Lebens, und auch wenn sie es nicht zugeben würden, wussten sie, dass er es immer sein würde.

Nun blieb ihnen nichts weiter übrig, als zu überlegen, was zu tun war. Aus diesem Grund sahen alle Daniel an, den Neuen. Sie warteten auf seine Anweisungen.

»Das Wichtigste zuerst«, sagte Daniel. »Wir müssen herausfinden, ob es wirklich Herman ist. Und wenn er es ist, was er will.«

»Was meinst du damit?«, fragte Mollie. »Du weißt, wer er ist. Und er will, was er schon immer gewollt hat – unsere Superkräfte!«

»Nach dem Angriff auf Louisa ist das wohl ziemlich eindeutig«, sagte Eric.

»Ich bin mir da nicht so sicher. Was ich in Hermans Arbeitszimmer gesehen habe, war anders, Leute. Kleiner. Mehr der Schatten dessen, was der Shroud einmal gewesen ist.«

Darüber dachten sie eine Weile nach. Dass dieses Wesen

vielleicht nicht so mächtig war, erfüllte sie zumindest ein klein wenig mit Hoffnung.

»Und warum hat er gewartet, bis wir in sein Haus gekommen sind?«, fuhr Daniel fort. »In der Vergangenheit hat er uns immer im Schlaf angegriffen, wenn wir besonders schutzlos waren. Auch jetzt wären wir ein leichtes Ziel für ihn. Warum hat er gewartet?«

»Du hast gesagt, er hätte schwächer gewirkt«, sagte Rohan. »Vielleicht hat der Zusammenbruch des alten Steinbruchs Herman nicht getötet, ihn aber so schwer verletzt, dass er nicht mehr zu uns kommen konnte. Er hat darauf gewartet, dass wir zu ihm kamen. Offensichtlich hat er gewusst, dass wir auftauchen würden – jedenfalls hat er das in seinem Brief geschrieben.«

Daniel hatte ihnen erzählt, was im Safe gewesen war; und auch den Inhalt des Spottbriefs. Den Satz über den Ring hatte er nicht erwähnt und bislang hatte auch noch keiner der anderen den Brief selbst anschauen wollen. Doch das war nur eine Frage der Zeit, und Daniel beschloss, dass er dann reinen Tisch machen würde. Jetzt war nicht der passende Moment für Geständnisse.

»Vielleicht hast du recht, Rohan«, sagte Daniel, »aber ich kann mir nicht vorstellen, wie sich Herman im Haus aufgehalten haben sollte, ohne dass Theo ihn bemerkt hätte. Wer auch immer diese Kreatur war, ich glaube nicht, dass sie dort gewartet hat – ich glaube, sie ist uns dorthin gefolgt.«

»Vielleicht steckt Theo dahinter«, warf Eric ein. »Vielleicht ist er doch ein kleiner Shroud.«

»Er hat uns zu sich eingeladen«, sagte Rohan. »Das Ganze

war seine Idee, und als der Angriff stattfand, war er nicht bei uns.«

»Stimmt«, bestätigte Eric, »er ist ganz elegant aus dem Zimmer entschwunden.«

»Aber es war nicht seine Idee, dass wir im Haus herumschnüffeln«, warf Mollie ein.

Alle Blicke richteten sich auf sie. Es sah Mollie gar nicht ähnlich, einen Plunkett zu verteidigen.

»Was denn?«, fragte sie. »Ich meine doch nur.«

»Theo war so zerknirscht«, sagte Louisa. »Ich glaube, er hat sich wirklich Sorgen um mich gemacht.«

»Das war doch total aufgesetzt!«, widersprach Eric. »Wenn es einen künftigen Superschurken gibt, dann ist das Theo.«

Daniel blickte zu Rohan, aber der zuckte nur die Achseln. Die Frage nach Theos Glaubwürdigkeit spaltete die Geschlechter plötzlich – und wahrscheinlich ziemlich vorhersehbar – in zwei Lager.

Es schien, als sei Daniel das Zünglein an der Waage.

»Für mich gilt in diesem Fall die Unschuldsvermutung«, sagte er. »Aber ich traue ihm auch nicht wirklich über den Weg. Ich glaube, er hat etwas von der Verschlagenheit seines Großonkels geerbt, vielleicht sogar dessen Verfolgungswahn. Aber ich glaube nicht, dass er mit ihm im Bunde ist.«

»Wie auch immer«, murmelte Eric.

»Wenn es Herman war, dann verstehe ich nicht, warum er mit seinem Angriff so lange gewartet hat«, sagte Daniel. »Louisa, kannst du dich nicht doch an irgendwas erinnern? Was hast du gemacht, als du allein im Arbeitszimmer warst?«

Louisa schüttelte den Kopf. »Nichts. Ich habe nur darauf

gewartet, zu euch zurückgehen zu können, wie wir es besprochen hatten. Vielleicht habe ich mir die Bücher im Regal angeschaut, allerdings nicht besonders aufmerksam.«

»Denkst du, dass Herman dort etwas versteckt hatte?«, fragte Rohan.

»Vielleicht«, entgegnete Daniel. »Vielleicht verteidigt er auch einfach nur sein Revier.«

»Sein Revier ist ein anderes«, sagte Mollie. »Wir sollten die Höhle nicht vergessen.«

Mollie und Daniel hatten zusammen Plunketts Shroud-Höhle entdeckt, seinen wahren Unterschlupf. Doch der lag nun unter Tonnen von Kalksteintrümmern begraben. Es würde schwer werden, dort irgendwelche Hinweise zu finden.

»Und ich bin immer noch der Meinung, dass Theo da mit drinhängt«, sagte Eric. »Jetzt kommt schon: In Noble's Green taucht ein neuer Plunkett auf, und dann soll es nur Zufall sein, dass zur selben Zeit der Shroud zurückkehrt?«

»Hat Theo dir nicht das Leben gerettet?«, fragte Louisa.

»Daniel hat mir das Leben gerettet«, entgegnete Eric.

»Okay, das reicht!«, sagte Daniel. Er verstand immer noch nicht, was Eric so gegen Theo aufbrachte. Außer dass er ein Plunkett war. »Ich will nicht ausschließen, dass er dahintersteckt. Wir sollten uns aber trotzdem immer nur auf eine Sache konzentrieren.«

»Klingt vernünftig«, sagte Mollie. »Was sollen wir also als Nächstes tun?«

»Ich … überleg mir was. Wir sollten demnächst noch mal den alten Steinbruch überprüfen, nur für den Fall. Wir alle zusammen. Es könnte gefährlich werden und deshalb sollten wir möglichst viele sein. In der Zwischenzeit … habt einfach noch ein bisschen Geduld, bis ich das Ganze genau überdacht habe. Und seid auf der Hut.«

Das war nicht gerade ein Schlachtruf, doch mehr hatte Daniel im Moment nicht zu bieten. Falls sie sich eine Idee oder eine Ermunterung von ihm erhofften, dann hatten sie leider Pech gehabt. Allerdings war er fest entschlossen, dem Shroud nicht kampflos das Feld zu überlassen. Diesmal würde es Herman sein, der auf der Flucht war.

Als das Treffen zu Ende ging, fasste Eric Daniel am Arm und zog ihn beiseite.

»Hör mal«, sagte er, »ich glaub noch immer, dass du Theo unterschätzt, aber ich möchte mich trotzdem bei dir bedanken.«

»Wofür?«

»Dass du diese Angelegenheit behandelst, als wäre es auch dein Problem«, erwiderte Eric. »Du hättest schon vor langer Zeit abhauen und mit uns brechen können, aber du bist geblieben.«

»Tja, also …«

»Und du hast *wir* gesagt.«

Daniel blickte ihn an. »Ich habe was gesagt?«

»Bisher hast du uns Superkids immer als *ihr* bezeichnet. Daniel und die Superkids waren immer zwei verschiedene Dinge, und ich weiß, dass das an unseren Superkräften liegt. Aber heute hast du *wir* gesagt. Das ist toll.«

Superkräfte. Die Sache, von der Daniel ihnen nichts erzählen wollte. Alle nahmen an, dass der Shroud geflohen war, als Daniel dazugekommen war. Sie wussten nicht, wie er sich verteidigt hatte. Sie wussten nicht, was er getan hatte.

»Eric«, sagte Daniel, »ich muss dir was sagen. Es ist wieder passiert.«

Eric lächelte. »Das mit den Superkräften? Das ist doch großartig!«

»Nein!«, entgegnete Daniel. »Ist es nicht! Ich …«

Daniel konnte den Satz nicht beenden, jemand rief seinen Namen. Es war Mollie.

»Daniel! Eric! Kommt schnell!«

Die beiden drehten sich um. Daniel spürte, wie Eric die Muskeln anspannte, wie sich sein Freund zum Kampf bereit machte. Und auf alles gefasst war.

Doch darauf hätte sich keiner vorbereiten können. Mollie und Rohan standen zusammen mit Louisa an der Tür des Baumhauses. Louisa wirkte erschüttert, dennoch war weit und breit kein Shroud zu sehen. Es gab überhaupt keine Anzeichen irgendwelcher Probleme.

»Was ist?«, fragte Daniel. »Louisa?«

»Manchmal nehme ich … eine Abkürzung«, sagte sie. »Ich gehe hier durch die Wand und schon bin ich draußen. Dann schwebe ich einfach runter auf den Boden. Wenn ich mich verwandle, wiege ich ja nichts …«

»Wovon redest du?«, fragte Eric.

Daniel sah zu, wie Louisa ihre Hand an die Wand legte und dagegendrückte. Nichts passierte. Gar nichts.

»Sie kann nicht mehr hindurchgehen«, sagte Mollie. »Ihre Superkraft ist weg.«

12 EIN LANGER HEIMWEG

Daniel nahm den langen Weg nach Hause. Er fuhr, bis er in der Ferne die ersten Lichter der Stadt sah, dann bog er ab und schob sein Fahrrad über einen verschlungenen Fußweg, der schließlich auch die Elm Lane kreuzte. Normalerweise schlugen die Superkids diesen Weg nicht ein, weil er über die verlassene Müllhalde führte, die Clay und Bud als ihr Territorium beanspruchten. Doch an diesem Abend ging Daniel ohne jede Angst am Zaun der Müllhalde entlang. Es war still, man hörte weder die Geräusche sinnloser Zerstörung noch Clays Fluchen. Die beiden waren nicht da, aber wenn, hätte es auch keine Rolle gespielt. Was konnten ihm zwei Superschläger jetzt schon noch anhaben? Er würde einfach Clays Superkraft und auch seine Unverwundbarkeit stehlen und dann beides gegen ihn einsetzen. Was hatte Daniel überhaupt noch von irgendeinem Superkid zu befürchten? Er würde mit ihnen das machen, was er mit Eric gemacht hatte. Mit Louisa.

Daniel quetschte sich samt seinem Fahrrad durch einen breiten Riss im Maschendrahtzaun und lief über die Müllhalde, bis er den ausgeschlachteten alten Bus fand, der den beiden Schlägern als Versteck diente. Graffiti, die vor Rechtschreibfehlern nur so strotzten, bedeckten jeden Zentimeter des Busses, der noch nicht weggerostet war. Der Boden war mit leeren Chipstüten und Zigarrenstummeln übersät. Alles sah genauso aus wie bei Daniels letztem Besuch – der Bus war ein feuchtes, stinkendes Loch. Nur eine Sache war neu hinzugekommen: In der Ecke lag ein Haufen sorgfältig aufeinandergestapelter Steine. Es waren hauptsächlich Kalksteine, das Ganze sah aus wie die Sammlung eines Hobby-Steinesuchers. Sie hatten unterschiedliche Formen und verschiedene Schattierungen, doch keiner von ihnen war irgendwie besonders. Zweifellos aber stammten sie alle vom gleichen Ort. Vom alten Steinbruch.

Daniel wusste nicht, wann er angefangen hatte zu weinen – er wusste nicht mal genau, worüber er weinte. Er wusste nicht, ob er wegen Louisa traurig war oder ob es um ihn selbst ging. Ganz sicher heulte er nicht wegen der soeben gewonnenen Erkenntnis. Er hatte bereits bei ihrer Begegnung auf der Elm Lane geahnt, was Clay vorhatte: Die beiden Schläger wollten Eric seine Superkräfte wegnehmen. Wenn Clay erst mal dazu in der Lage wäre, würde er allen Superkids ihre Kräfte stehlen und sich selbst zum einzig existierenden Superkid krönen. Ein Superschläger in einer Welt voller Opfer.

Es war schon komisch. Clay wühlte sich durch einen Berg von Dreck und Schotter, um nach einer Kraft zu suchen, die Daniel bereits besaß.

Er konnte nicht mehr aufhören zu weinen. Wenn er so stark wie Clay gewesen wäre, dann hätte er jetzt ein paar

Metallstangen verbogen. Hätte Löcher in Autos geschlagen. Hätte ihre nutzlosen Steine zertrümmert. Aber das konnte er nicht ..., diese Superkraft gehörte einem anderen, bis er sie ihm wegnahm. Er hatte Louisas Kräfte gestohlen, als sie sie am dringendsten brauchte, und sie der Willkür des Schattenwesens überlassen.

Der Mount Noble hatte noch nie so bedrohlich ausgesehen wie an diesem Abend. Daniel war kein Superkid – er war verflucht.

Er ließ die verrosteten Wracks auf der Müllhalde hinter sich und schlug den bewaldeten Pfad ein, der von der Stadt wegführte. Dabei dachte er an ein kleines Waisenkind namens Herman Plunkett, das durch denselben Wald gegangen war, am Fuße desselben Berges – an einem Abend vor vielen Jahren. Hatte es so bei ihm angefangen? Sein erstes Opfer – Daniels Großmutter – beraubte er nicht absichtlich ihrer Kräfte. Hatte auch Herman geweint, als es das erste Mal passiert war? War er voller Scham und Reue gewesen – über das, was er getan hatte? Und wie lange hatte es gedauert, bis sich die Scham in Akzeptanz und schließlich in Vergnügen verwandelte? Wie viele Kinder brauchte es dafür?

Daniel schob sein Fahrrad über den Fußweg, dann radelte er davon – weg von Noble's Green, vom Baumhaus und von seinen Freunden. Er folgte der steinigen Straße, die in schlechtem Zustand war und sich um die verlassene Nordseite des Berges wand.

Seit dem Einsturz des alten Steinbruchs, ihrem letzten Kampf mit dem Shroud, war Daniel nicht mehr dort gewesen. Der Kalksteinbruch gehörte der Familie Plunkett, doch er hatte nur als Tarnung für Hermans wahre Absichten gedient: der sorgfältigen Freilegung der verborgenen Höhlen unter dem Berg und seiner besessenen Suche nach Bruchstücken des Hexenfeuer-Meteoriten. Doch wenn Herman wieder da war, würde er weitersuchen. Und der Shroud teilte nicht gern.

Der alte Steinbruch war ein unheimlicher Ort, der versteckt im Dauerschatten der Nordseite des Mount Noble lag. Doch die einstmals so steilen Wände der tiefen Schlucht waren während ihres Kampfes mit dem Shroud eingestürzt und nun lagen die düsteren Höhlen unter vielen Tonnen von Erde und Fels begraben. Irgendwo dort unten befand sich auch Hermans Leiche, jedenfalls hatten sie das gedacht. Keines der Superkids war besonders scharf darauf gewesen, das Grab des Shroud zu besuchen.

In seinen Träumen durchlebte Daniel diese Nacht wieder und wieder. Im wahren Leben hatten die Superkids den Kampf gewonnen und den Shroud besiegt. Doch in seinem Traum war Daniel der Unterlegene. Und wenn er doch den Sieg davontrug, dann musste er dafür einen schrecklichen Preis zahlen. Jetzt, wo er hellwach am Rand des riesigen Steinhaufens stand, blickte Daniel auf seine Hand. In seinem Traum verbrannte sie bis zum Stumpf. In wachem Zustand erschrak er manchmal, dass sie da war. Kleine Bruchstücke des Traums nisteten sich in der realen Welt ein und Daniel machte sich allmählich Sorgen um seinen Geisteszustand. Was war wahrhaftiger, die Realität oder der Traum? Und wer konnte an jenem Abend wirklich den Sieg für sich beanspruchen, die Superkids oder der Shroud?

Daniel hatte die anderen gewarnt; sie sollten sich von hier fernhalten. Er hatte vorgeschlagen, den Steinbruch gemeinsam zu überprüfen – denn wenn der Shroud wirklich zurückgekehrt war, war es zu gefährlich, allein in seinem alten Unterschlupf herumzuschnüffeln. Aber das war, bevor er merkte, was er Louisa angetan hatte. Jetzt war es zu riskant, bei den anderen zu sein. Er musste das allein machen.

Vorsichtig kletterte Daniel über die Steine und Felsbrocken. Auch wenn die steilen Wände eingestürzt waren, war der Weg nach unten noch immer gefährlich. Außerdem wusste keiner, dass Daniel überhaupt hier war. Wenn er stürzte oder sich den Knöchel verdrehte, würde ihm niemand zu Hilfe kommen. Glücklicherweise hatten sich die lose Erde und der Schotter während der letzten paar Monate zu einem relativ festen Untergrund verbunden, sodass er nicht wegrutschte. Trotzdem, es war schon spät und es wurde langsam dunkel. Als Daniel schließlich ein Loch entdeckte, dann nur deshalb, weil er fast kopfüber hineingefallen wäre.

Zuerst hatte es nur wie ein weiterer Schatten unter einer großen Kalksteinplatte ausgesehen. Doch dann bemerkte er die Haufen frisch ausgehobener, dunkler Erde. Jemand hatte hier gegraben, unter der Platte befand sich ein Loch, gerade groß genug, dass eine Person hineinklettern konnte. Oder heraus. Die Steine um das Loch wiesen überall Kratzspuren auf, ein Zeichen dafür, dass jemand etwas herausgezogen hatte. Zunächst dachte Daniel, er hätte Plunketts Fluchtweg gefunden, doch dann entdeckte er schlammige Fußspuren, die sich ständig kreuzten. Die eine Spur sah aus, als gehöre sie jemandem, der ungefähr Daniels Größe hatte, oder zumindest die gleiche Schuhgröße. Die anderen Abdrücke waren größer, breiter und tiefer.

Clay und Bud. Das war die Stelle, wo sie nach den ganzen Steinen gegraben hatten, den wertlosen Kalksteinen, von denen Clay gehofft hatte, dass einer von ihnen vielleicht ein Stück des Meteoriten sei. Daniel schauderte bei dem Gedanken, was Clay tun würde, wenn er tatsächlich einen Splitter davon in die Finger bekam. Clay war genauso bösartig wie Herman, doch er besaß nicht den Größenwahn und den Heroismus des alten Mannes. Niemand würde vor ihm sicher sein.

Und Daniel schoss ein weiterer erschreckender Gedanke durch den Kopf. Zwar war er ziemlich sicher, dass Clay und Bud bei ihrer Suche nach dem Meteoriten bisher erfolglos gewesen waren, aber man konnte nicht wissen, was sie vielleicht stattdessen freigelegt hatten. Oder genauer gesagt, *wen*.

Daniel spähte über den Rand und sah, wie tief das Loch war. Damit die Wände nicht einstürzten, war es an den Seiten abgestützt. Man sah das schwache Flackern einer Lampe, und Daniel hörte eine Reihe von Grunzern und Flüchen, die näher kamen.

Nur um ganz sicherzugehen, beugte er sich vor und hielt die Nase über den Tunneleingang. Es roch nach saurer Milch. Nach gammligem Fisch, eingewickelt in Stinkesocken. Bud.

Sein Bauchgefühl riet ihm, so schnell wie möglich von hier zu verschwinden. Bisher hatte er sein Überleben in Noble's Green einer über jeden Zweifel erhabenen Strategie zu verdanken: Wenn Clay und Bud in die eine Richtung unterwegs waren, dann rannte er in die entgegengesetzte davon. Deshalb wich Daniel zurück. Erst ganz langsam und leise, dann würde er, so schnell er konnte, zu seinem Fahrrad laufen, das auf der Straße stand. Denn keiner von beiden war besonders fix.

Aber nach zwei Schritten blieb er stehen. Die Dinge lagen jetzt anders. Er war ein anderer.

Daniel war nicht länger machtlos. Er musste nicht länger weglaufen. Er stellte sich vor das Loch und wartete. Bud kam als Erster heraus. Er schnaufte und keuchte und hantierte ungeschickt mit einem dreckverkrusteten Felsbrocken. Der arme Kerl bekam seinen massigen Körper ohnehin schon kaum durch die Öffnung, weswegen es ihm zusammen mit dem Kalksteinbrocken erst recht schier unmöglich war. Er hatte eine ziemlich seltsame Farbe, und jemand, der nicht gerade erst mit einem Meteoriten in Berührung gekommen war, konnte ihn durchaus für einen außerirdischen Stein halten – Daniel erkannte allerdings, dass dem nicht so war. Von allen Superkids war er der Einzige gewesen, der den Hexenfeuer-Stein von Nahem gesehen hatte – ob das nun gut oder schlecht gewesen war.

Mit dem Hintern voran lief Bud direkt in Daniel hinein. Er kreischte auf und ließ den Stein fallen. Dann brüllte er los, weil er ihn auf den Fuß bekommen hatte.

Clay kam nach ihm aus dem Loch, er trug einen dieser Helme mit Stirnlampe. Der war ihm zu groß und Clay musste ihn immer wieder nach oben schieben. Daniel fragte sich, wo er den wohl gestohlen hatte. Clays fiese kleine Augen entdeckten Daniel sofort. Diesmal würde Daniel sich nicht verstecken.

»Aua!«, jammerte Bud, hüpfte auf einem Bein herum und fluchte. »Mann, Daniel, das war jetzt schon das zweite Mal!«

»Was willst du?«, fragte Clay.

Jetzt, wo er hier so ganz allein mit Clay und Bud stand, ein ganzer Berg zwischen ihm und möglicher Hilfe, verlor Daniel fast die Nerven. Doch dann stellte er sich vor, wie Eric sich in dieser Situation verhalten würde. Sein Freund würde ruhig und selbstbewusst auftreten. Daniel versuchte den gleichen Wagemut heraufzubeschwören.

»Ich hab mich gefragt, äh …, wisst ihr …, wie geht's euch so?«

Nicht gerade ein toller Einstieg.

»Uns geht's gut, *Daniel,* und dir?«, antwortete Clay. Immer wenn Clay seinen Namen sagte, hörte es sich an, als kaue er erst auf dem Wort herum, bevor er es ausspuckte.

Wenigstens hielt er diesmal Abstand zu ihm. Er baute sich nicht vor ihm auf und pustete ihm seinen furchtbaren Tabakatem ins Gesicht (er klaute die Zigarren seines Vaters). Clay blieb direkt neben dem Loch stehen, sodass Bud zwischen ihnen stand.

»Nach was grabt ihr beiden da?«, fragte Daniel. »Nach noch mehr Steinen?«

»Das war seine Idee!«, stieß Bud plötzlich hervor. »Er zwingt mich dazu, sie zu schleppen, obwohl ich es gar nicht will.«

»Halt die Klappe, Bud!«, sagte Clay. »Nun, der Neue ist gar nicht mehr so normal wie früher, was? Jetzt, wo du auf einmal auch Superkräfte hast, denkst du wohl, du könntest hier deine kümmerlichen Muskeln spielen lassen?«

Der Geruch in der Luft wurde stechender. Offenbar bekam Bud es mit der Angst zu tun und seine Superkraft kam so richtig in Wallung.

»Aber in Wahrheit sind es gar nicht *deine* Fähigkeiten, oder, Daniel? Du hast den Baumstamm genau in dem Moment aufgefangen, als dein Kumpel Eric einen Schwächeanfall hatte. Ist das nicht ein Zufall?«

Daniel spürte, wie ihm das Blut in den Kopf schoss. Er hatte gehofft, dass er durch Bluffen hier wieder heil rauskommen würde, doch Clay hatte offenbar erraten, wie Daniels Superkräfte funktionierten. Er war nicht nur superfies, er war auch schlau.

Um sich zu beruhigen, holte Daniel tief Luft – und hätte wegen des Gestanks fast gekotzt. Seine Handflächen schwitzten, sein Mund war trocken wie Papier. Er hätte weglaufen sollen, als es noch die Gelegenheit dazu gab. Vielleicht konnte er die Situation entschärfen, indem er das Thema wechselte.

»Clay, ich muss dir was sagen«, sagte er. Die Luft um ihn herum verdichtete sich zu einem übel riechenden Nebel. Warum konnte Bud das nicht einfach abstellen?

»Der Shroud ist wieder da«, sagte Daniel. »Oder ein ähnliches Wesen. Ich muss wissen, was ihr beide hier macht. Was ihr gesehen habt. Weil wir alle in Gefahr sind.«

Clay antwortete nicht sofort. Er taxierte Daniel, als versuchte er abzuschätzen, ob dieser die Wahrheit sagte. Doch die Sicht wurde immer schlechter. Und obwohl Daniel nur noch in seine Armbeuge atmete, war ihm von Buds Gestank speiübel.

»Verfluchte Scheiße!«, sagte Clay schließlich. »Wie konnte der alte Sack den Einsturz nur überleben …? Mann, Bud! Hör jetzt endlich damit auf!«

Aber Bud schüttelte nur den Kopf. »Ich bin's nicht, Clay, von mir kommt das nicht! Ich mach überhaupt gar nichts!«

»Was soll das heißen?«, fragte Clay. »Und wo kommt dann dieser ganze Gestank her …?«

Sein Blick fiel auf Daniel. Der konnte mittlerweile nicht mal mehr seine eigenen Füße sehen. Um ihn herum war der widerliche Nebel am dichtesten, und der Gestank schien überall zu sein – er klebte an ihm, als ob er ihn aus seinen eigenen Poren ausschwitzte.

Aus *seinen* Poren. Daniel hatte Buds Supergestank geklaut. Daniel hatte geplant, Clays Superkraft zu stehlen, falls die Situation außer Kontrolle geriet. An Bud hatte er gar nicht gedacht. Und jetzt war er eine wandelnde Stinkwolke.

Bud stützte sich mit den Händen auf den Knien ab und übergab sich. Offenbar war der Gestank schlimmer, wenn es nicht der eigene war. Clay hatte sich sein T-Shirt über Mund und Nase gezogen.

»Es reicht wohl nicht, dass du Erics Superkräfte hast, jetzt bist du hier, um dir unsere auch noch zu holen«, sagte Clay und schnappte sich einen Kalksteinbrocken, groß genug, um Daniels Kopf aufplatzen zu lassen wie eine Melone.

»Ich werde das nicht zulassen!«, brüllte Clay, und Daniel blieb kaum Zeit, sich zu ducken, als der Kalkstein auch schon über seinen Kopf hinwegsauste.

Er wusste nicht, was er tat oder wie er es machte, aber der Nebel wurde noch dichter. Zumindest darüber war er froh.

Clay konnte Daniel nicht zu Brei schlagen, wenn er ihn nicht sah.

Das Problem war, das Daniel selbst auch nichts mehr erkennen konnte. Eine stinkende gelbe Wolke umgab ihn: Egal wohin er sich bewegte, er blieb in ihrer Mitte. Er hörte, wie Clay herumtobte, Steine zertrümmerte und blindlings alles in Daniels Richtung warf, was er in die Finger bekam. Vielleicht hatte er auch gerade nur den heftigsten Wutanfall der Welt. Doch was auch immer mit ihm los war, wenn Daniel hier nicht sofort verschwand, würde es sehr bald tödlich für ihn enden.

Es gelang ihm, sich seinen Weg aus dem Steinbruch zu ertasten, bis er die ersten Bäume erreichte und mit dem Gesicht gegen den Stamm einer mächtigen Kiefer knallte. Er war also aus dem Steinbruch entkommen, ohne sich den Schädel aufzuschlagen, und da die Bäume einigermaßen Schutz vor all den Dingen boten, mit denen Clay in seiner Wut um sich warf, verharrte Daniel einen Augenblick, um zur Ruhe zu kommen.

Nachdem sich sein Herzschlag wieder normalisiert hatte, wurde die Stinkwolke ein wenig schwächer. Hatte wirklich er diesen ganzen Nebel hervorgerufen? Glücklicherweise reinigten die kräftigen Bergwinde bereits die Luft und schließlich konnte er wieder mehr als nur die ersten anderthalb Meter sehen. Daniel wusste nicht genau, wie weit er schon gekommen war, aber er hatte das Bedürfnis, sich noch weiter zu entfernen. Wenn er es bis zur Straße schaffte, würde er sein Fahrrad schnappen und verschwinden. Ein neuerlicher Windstoß verwirbelte die Luft und für einen kurzen Augenblick konnte Daniel die Straße zum alten Steinbruch deutlich erkennen. Dort stand ein Junge und beobachtete ihn. Daniel sah ihn nur für ein paar Sekunden, dann legte sich der Wind wieder und die stinkende Nebelwand kehrte zurück.

Er hörte, wie jemand über den Schotter rannte, dann das Geräusch eines davonfahrenden Autos. Daniel ging weiter, bis er das Knirschen von Kies unter seinen Füßen spürte. Der Nebel hatte sich mittlerweile fast völlig aufgelöst, nur zwischen den Bäumen hingen noch ein paar dünne Fetzen. Da war sein Fahrrad, es lehnte unversehrt an einem Baum. So weit vom alten Steinbruch entfernt konnte er jetzt tatsächlich wieder einen Hauch des gewöhnlichen Kieferngeruchs in der Luft wahrnehmen.

Der Junge war verschwunden. Daniel hatte ihn zwar nur für ein paar Sekunden gesehen, aber das hatte gereicht, um den katzenhaften Blick zu erkennen. Es gab keinen Zweifel, wer es gewesen war.

Die Frage war, wie lange Theo Plunkett dort gestanden hatte. Und wie viel hatte er gesehen?

13 STILLSTAND

Der Supergestank verzog sich, bis er zu Hause angekommen war. Aber Daniels Probleme blieben. Am nächsten Tag rief er bei Theo an, doch niemand hob ab. Er fuhr bei ihm vorbei, aber sein Klopfen blieb unbeantwortet. Die Fenster waren geschlossen und die Vorhänge zugezogen. Das neue Schuljahr begann, und als sich Clay und Bud schließlich dazu herabließen, überhaupt in der Klasse aufzutauchen, machten sie einen großen Bogen um Daniel. Jetzt waren sie es, die ihm auswichen, wenn er ihnen auf dem Flur entgegenkam. Wenigstens das war eine Erleichterung.

Doch während er sich um Clay und Bud erst mal keine Gedanken mehr machen musste, tauchte ein neues Problem auf – Louisas Kräfte waren noch immer nicht zurückgekehrt. Als Eric seine Flugfähigkeit und seine Superstärke verloren hatte, kam beides innerhalb eines Tages zurück. Aber Louisa war nun schon seit Wochen superkraftlos. Ob ihr Zustand etwas mit dem Angriff des Schattenwesens zu tun hatte oder ob es an Daniel lag, wusste er nicht. Aber dass dies nicht noch einmal passieren würde, das wusste er. Er wollte seine neue Fähigkeit auf keinen Fall nutzen, deshalb gab er sich alle erdenkliche Mühe, nicht in Situationen zu geraten, in denen er unabsichtlich die Kräfte seiner Freunde stehlen könnte. Also blieb er nach der Schule und am Wochenende für sich. Er wollte noch nicht mal Werfen und Fangen mit den Superkids spielen, denn es hätte ja sein können, dass seine neue Fähigkeit plötzlich beschloss, sich die Superkraft von jemand anderem auszuborgen, nur um einen Ball zu werfen.

Allein Eric wusste über Daniels Zustand Bescheid, doch der war mit seinen eigenen Problemen beschäftigt. Bei ihm zu Hause lief es immer schlechter. Seine Mutter und ihr Freund Bob hatten wieder angefangen zu streiten, und wenn sie nicht da war, ließ Bob seine Launen an Eric aus. Obwohl Eric es nicht beweisen konnte, vermutete er, dass Bob sein Fahrrad verscherbelt hatte, um sich Bier zu kaufen. Doch anstatt abzuhauen, hielt Eric alles aus. Er hatte Angst, Bob könnte seiner Mutter etwas antun, wenn ihr Streit außer Kontrolle geriet. Und deshalb blieb er. Seine Mutter hatte einen persönlichen Superhelden, der auf sie aufpasste, und wusste es nicht einmal. Der Shroud war nicht das einzige Monster in Noble's Green.

In der Zwischenzeit verliefen Daniels Nachforschungen im Sande. Die Tage flossen dahin und er bekam das Wesentliche einfach nicht zu fassen. Ihm war nicht klar, wie die Indizien zusammenpassten – in Wahrheit sah er nicht mal irgendwelche Indizien –, falls es denn welche gab. Es war schwer, einen Schurken zu jagen, wenn man Angst davor hatte, selbst ein Schurke zu werden. Seine langen Tage waren voller Sorge und die Nächte voller quälender Albträume. Die Träume wurden schlimmer und kamen immer häufiger. In den meisten Nächten wachte Daniel schweißgebadet auf und konnte dann nicht mehr einschlafen. Seine Eltern machten sich langsam Sorgen um ihn, weil die Ringe unter seinen Augen tiefer wurden.

Eines Nachmittags nach der Schule, als er mit einem aufgeschlagenen Buch auf dem Schoß vor sich hin döste, streckte Rohan den Kopf in sein Zimmer. Daniel hatte sich angewöhnt, den vom Frühstück übrig gebliebenen Kaffee seiner Eltern zu trinken, trotzdem hatte er die Türklingel vor lauter Müdigkeit wohl überhört, wenn es überhaupt geläutet hatte. Rohan hatte keinerlei Skrupel, unangekündigt im Haus aufzutauchen.

»Liest du was Gutes?«, fragte er und blickte auf das Buch in Daniels Schoß.

»Eigentlich nicht. Es ist von Conan Doyle, aber mir gefallen seine Bücher über Sherlock Holmes besser. Das hier handelt von Dinosauriern, die in einem abgelegenen Teil von Südamerika leben. Nicht besonders glaubwürdig.«

»Das sagt der Junge, der mit Superkindern rumhängt«, erwiderte Rohan.

»Tja, da hast du wohl recht.«

»Du siehst schlecht aus«, sagte Rohan.

»Oh, danke. Du siehst *fantastisch* aus.«

»Ich meine ja nur. Du solltest ein bisschen mehr schlafen. Du wirkst … zerknautscht.«

Daniel grunzte. Seine Erschöpfung machte es ihm wirklich nicht leichter, mit Rohans üblicher Taktlosigkeit klarzukommen.

Rohan nahm Daniel das Buch weg und blickte auf das

Cover. Ein Tyrannosaurus Rex verfolgte eine Gruppe alter Männer.

»Hm, *Die vergessene Welt*. Hast du schon mal *Die Reise zum Mittelpunkt der Erde* gelesen? Da leben die Dinosaurier im Inneren der Erde. Wo wir gerade von glaubwürdig sprechen.«

Er gab Daniel das Buch zurück. »Immerhin geht es gut aus. Vielleicht solltest du ihm noch eine Chance geben.«

Daniel legte das Buch auf den Schreibtisch neben seine Holmes-Pfeife und rieb sich den Schlaf aus den Augen.

»Also, was gibt's?«, fragte er und gähnte.

»Ein paar von uns wollen rüber zum Baumhaus. Da du, anstatt deine Hausaufgaben zu machen, Bücher über Dinos liest, dachte ich, du hättest vielleicht Lust mitzukommen.«

Ein Ausflug zum Baumhaus klang wirklich verlockend. Daniel war es leid, zu Hause rumzusitzen. Der Oktober hatte zwar eine Kältewelle mit sich gebracht, trotzdem sehnte er sich nach frischer Luft. Er traute sich nur selbst nicht genug, um mit seinen Freunden zusammen zu sein.

»Weißt du, ich glaub, ich versuch's noch mal mit dem Buch«, sagte er. »Ihr amüsiert euch sicher auch ohne mich.«

»Soso«, sagte Rohan. »Ich habe erwartet, dass du etwas in der Richtung sagst.«

»Wie? Was meinst du?« Doch Daniel wusste nur zu gut, was Rohan meinte. Er hatte diese Unterhaltung kommen sehen.

»Ich meine, dass du in letzter Zeit ständig Ausreden erfindest, um nicht mit uns zusammen zu sein«, entgegnete Rohan. »In der Schule ist alles prima, aber den Rest der Zeit bist du wie vom Erdboden verschluckt. Nicht mal für ein kleines Basketballmatch kann man dich begeistern.«

»Du bist ein lausiger Basketballspieler.«

»Stimmt – ich bin der Einzige, den du überhaupt schlagen kannst, und nicht mal dazu kann ich dich bringen. Das ist doch *die* Gelegenheit, so zu tun, als wärst du eine Sportskanone.«

Trotz Rohans scherzhafter Neckerei spürte Daniel, wie er sich unter dem Blick des Freundes wand. Wegen seiner extrem scharfen Sinne war Rohan oft abgelenkt und konzentrierte sich auf Sachen, die nur er wahrnehmen konnte. Aber wenn ein Problem erst mal seine Aufmerksamkeit erregte, war er nicht mehr zu stoppen. Er gab nicht auf und konzentrierte all seine Fähigkeiten darauf, es zu lösen. Das war eine Qualität an Rohan, die Daniel sehr bewunderte, und es hatte sie zu guten Freunden gemacht.

Es bedeutete aber auch, dass es fast unmöglich war, Rohan anzulügen. Daniel musste auf der Hut sein. Rohan könnte Daniels Herzschlag lauschen, um festzustellen, ob ein nervöses Schlagen darauf hindeutete, dass Daniel nicht die Wahrheit sagte. Er könnte auch die winzigen Schweißperlen auf Daniels Oberlippe entdecken. Vielleicht würde er aber auch nur einer Familie von Feldmäusen zuhören, die unter dem Haus einen neuen Gang grub. Bei Rohan konnte man nie wissen.

»Hör zu«, fing Daniel an. Er versuchte sich zusammenzureißen, ruhig und locker zu atmen. »Ich bin einfach ein bisschen schlecht drauf. Wegen dem, was mit Louisa passiert ist, und auch, weil der Shroud zurückgekehrt ist.«

Gut. Bisher war nichts von dem, was er sagte, gelogen. Er filterte nur Teile der Wahrheit heraus.

»Klar«, bestätigte Rohan. »Wir alle sind durch den Wind. Aber wir helfen uns gegenseitig. Von wegen zu mehreren ist man sicherer und so.«

Er ging rüber zum Bücherregal und schaute sich die Reihen gebundener Bücher an. Daniels Mutter hielt große Stücke auf »richtige Bücher«. Taschenbücher gab es bei den Corrigans kaum.

»Weißt du«, sagte Rohan und strich abwesend über eine verblichene Ausgabe von *Dr. Jekyll und Mr Hyde,* »Louisa nimmt das irgendwie persönlich. Sie glaubt, dass du vor allem ihr aus dem Weg gehst. Ich glaube, du hast sie verletzt.«

»Was? Warum sollte ich ...?« Daniel sprach den Satz nicht zu Ende. Er fühlte sich tatsächlich schuldig wegen Louisa und ging ihr aus dem Weg. Andererseits ging er ihnen allen aus dem Weg.

»Daniel, ich sag doch gar nicht, dass sie recht hat, aber du weißt, dass sie schon immer eine Schwäche für dich hatte.«

»Das ist nicht wahr.«

»Red keinen Unsinn – das ist doch offensichtlich. Es ist auch nicht so, dass du gleich mit ihr zusammen sein musst oder so was, aber du könntest dich wenigstens bemühen ..., ich weiß auch nicht ..., nett zu sein. Sie hat es gerade ziemlich schwer, und ich dachte einfach, du könntest ihr vielleicht ein bisschen beistehen.«

»Du meinst, weil ich der Einzige von euch bin, der weiß, wie es ist, keine Superkräfte zu haben?«

Rohan hob die Schultern, aber er leugnete es nicht.

Mit Louisa war alles schon ziemlich kompliziert gewesen, bevor sie ihre Superkraft verloren hatte. Daniel wusste wirklich nicht genau, was er für sie empfand. Wenigstens musste er sich keine Sorgen mehr machen, ob Rohan ihn beim Lügen ertappte – er war so verwirrt und beschämt, dass Rohans sensorische Fähigkeiten vermutlich völlig überlastet waren.

»Es ist so, Rohan, ich gehe niemandem aus dem Weg, vor allem nicht Louisa …, ich bin nur …«

»Ein dämlicher Junge?«, sagte eine Stimme. Es war Mollie.

Sie schwebte direkt vor seinem Fenster und hatte die Arme missbilligend vor der Brust verschränkt. Daniel kannte diesen Blick. Er kannte ihn gut.

»Was tust du da?«, sagte er. »Jemand könnte sehen, wie du vor meinem Fenster herumfliegst!«

»Entspann dich, ja?«, sagte Mollie und glitt ins Zimmer. »Ich hab vorher nachgeschaut, ob die Luft rein ist.«

Rohan schüttelte den Kopf. »Du hast gesagt, du würdest als Verstärkung kommen, nicht, dass du herein*fliegen* würdest.«

»Ich verstehe nicht, was daran so schlimm ist«, entgegnete Mollie.

»Ihr seid einfach zu sorglos«, sagte Rohan, »du und Eric. Die Leute haben doch Augen im Kopf.«

»Und du bist ein altes Waschweib«, sagte Mollie.

»Das reicht, hört auf, alle beide«, sagte Daniel. »Und was soll das bedeuten, dass Mollie deine *Verstärkung* ist? Ist das hier eine Art Einsatz?«

»Er dachte, dass du vielleicht überzeugt werden musst, also habe ich ihm gesagt, ich würde rüberkommen und mit dir reden.«

»Sie hat versprochen, dich zu verhauen, wenn du nicht mitkommst«, sagte Rohan.

»Ich hab es angeboten«, sagte Mollie, »nicht versprochen.«

Wenn Daniel nichts dagegen unternahm, würden Rohan und Mollie immer so weitermachen. Ihre Kabbeleien waren wie ein Pingpongspiel – bis Mollie das Hin und Her schließlich satthatte und beschloss, den ersten Schlag auszuteilen.

»Na prima«, sagte Daniel. »Ihr beide seid also hergekommen, um mich dazu zu zwingen, das Haus zu verlassen und Spaß zu haben. Unter Androhung von Schlägen.«

»Im Ernst, was ist mit dir los?«, fragte Mollie. »Rohan glaubt, dass du bloß Angst vor dem Shroud hast.«

»Mollie!«, sagte Rohan.

»Aber so ist es doch!«

Sie dachten also, er verstecke sich vor dem Shroud. Louisa dachte, dass sie ihn irgendwie abstieß, und diese beiden glaubten, er verstecke sich wie ein ängstliches Kleinkind vor dem schwarzen Mann.

Einen kurzen Moment lang überlegte er, ob er ihnen die Wahrheit sagen sollte. Die beiden waren seine besten Freunde und normalerweise würden sie ihm bei allen Problemen zur Seite stehen. Doch hier lag die Sache anders. Der Shroud war wieder da – was würden sie also denken, wenn sie wüssten, dass er selbst quasi auch ein Shroud war? Denn das war die schreckliche Wahrheit: Wenn der Shroud sie nicht in die Finger bekam, dann würde Daniel das übernehmen. Er musste einen Weg finden, sein Problem in den Griff zu kriegen.

»Ich habe genauso viel Angst vor dem Shroud wie jeder von euch«, sagte Daniel. »Ich verstecke mich nicht vor ihm. Ehrlich, Leute. Ich weiß, Louisa denkt, dass ich ihr aus dem Weg gehe, und ihr beiden glaubt, dass ich ein Feigling bin …«

»Das glauben wir nicht«, sagte Rohan.

»Aber ich gehe niemandem aus dem Weg. Ich bin bloß …, mir ist heute einfach nicht danach, zum Baumhaus zu gehen. Am Wochenende komme ich gerne mit.«

»Bist du sicher?«, fragte Mollie. »Sicher, dass mit dir alles in Ordnung ist?«

»Alles bestens«, erwiderte Daniel. »Keine Sorge.«

Der letzte Satz war eine glatte Lüge. Er konnte nur hoffen, dass er damit durchkam.

Die drei verabschiedeten sich voneinander und Mollie verschwand durchs Fenster. Als ob sie vergessen hätte, wozu Türen eigentlich gut waren.

Sobald er wieder allein war, stellte Daniel *Die Vergessene Welt* zurück ins Bücherregal. Er hielt seine Hand für einen kurzen Augenblick in die Nähe des obersten Regalbretts, nur wenige Zentimeter vom Versteck des schwarzen Rings entfernt. Mit den Fingerspitzen strich er über den Rücken des ausgehöhlten Buchs. Nur mit den Spitzen, ganz kurz, aber es reichte, den Traum aufflammen zu lassen. Seine Hand, die verbrannte. Die Stimme des Shroud, die Daniels Namen rief.

Seine Freunde machten sich Sorgen um ihn. Der Shroud hatte sie alle in Panik versetzt – und Daniel verwirrte und kränkte sie noch mehr. Eric und die anderen Superkids, Daniel, Theo – sogar Clay und Bud –, sie alle lebten in Angst.

Der Shroud war irgendwo da draußen und Daniel würde ihn finden.

Aber zuerst musste er sich bei jemandem entschuldigen.

14 Louisa

Louisa und Rose wohnten in einem kleinen weißen Haus, das nicht wie ein echtes Haus, sondern eher wie der Traum eines perfekten Hauses war. Der Rasen im Vorgarten war so tiefgrün, dass er unnatürlich wirkte, fast wie Kunstrasen. An allen vier Seiten umgab ein Blumenbeet das Haus – mit satter schwarzer Erde und Blumen wie aus der leuchtenden Farbpalette eines Malers. Alles war unglaublich gepflegt und reizend, genau wie die beiden Schwestern selbst. Die einzigen sichtbaren Hinweise auf irgendein Chaos waren zwei Fahrräder, die nachlässig an der Garage lehnten, und ein einsamer Fußball im Garten – eine kleine Bestätigung, dass es hier Kinder gab, die die langweilig-perfekte Ordnung stören konnten.

Jedes Mal, wenn er sich dem Haus näherte, wurde Daniel unsicher. Sein Aussehen war nämlich alles andere als reizend. Er hatte einen unzähmbaren Wirbel am Hinterkopf. Und seine neuen Turnschuhe waren einfach nicht so bequem wie diese gut belüfteten mit dem Loch neben dem großen Zeh. Alle Eigenschaften, die aus Daniel Daniel machten, ließen ihn neben diesem Haus hervorstechen wie ein bunter Hund.

Er blieb vor der Haustür stehen und prüfte, ob seine Schuhe dreckig waren. Dann versuchte er, den Wirbel zu glätten, indem er mit der Zunge seine Handfläche befeuchtete und sich übers Haar fuhr. Doch jetzt klebte nur der Rest seiner Haare am Kopf, der Wirbel aber nicht. Wenigstens hatte er ein fast sauberes T-Shirt an.

Die Mutter der Mädchen öffnete die Tür. Hinter ihr tauchte Rose auf, die mit einem breiten Grinsen all ihre Zähne zeigte. Weil sie in die erste Klasse ging, hatte Daniel Louisas kleine Schwester seit Wochen nicht mehr gesehen. Als Rose ihn erkannte, quiekte sie los und führte einen kleinen Freudentanz auf. Sie war völlig aus dem Häuschen.

»Daniel! Daniel! Daniel!«, schrie sie und drehte eine kleine Pirouette

»Hallo, Rose«, sagte Daniel. »Guten Tag, Mrs Rodriguez. Ist Louisa zu Hause?«

Louisas Mutter lächelte ihn höflich an, so wie sie auch einen räudigen Welpen angelächelt hätte, den ihre Töchter mit nach Hause brachten. Er war niedlich anzuschauen, und vielleicht konnte man ihn sogar hinter den Ohren kraulen, aber sie wollte ihn nicht auf ihrem Teppich.

Wieder strich Daniel verlegen über seinen Wirbel.

»Schön, dich zu sehen, Daniel«, sagte Mrs Rodriguez. »Louisa ist in ihrem Zimmer. Ich hole sie.«

Sie ließ ihn mit Rose an der Tür zurück. Wenigstens die freute sich über seinen Besuch.

»Schon lange her, dass wir uns gesehen haben, Rose, was?«

»Ewig! Wo hast du gesteckt?«

»Oh, ich war beschäftigt«, erwiderte Daniel. »Wirklich ziemlich beschäftigt.«

»Ach! Hast du ... nach *ihm* gesucht?«, fragte sie in überdeutlichem, verschwörerischem Flüsterton und zwinkerte ihm zu.

Mit dem Shroud war nicht zu spaßen – sie verstand, welche Bedrohung er darstellte –, doch wie alles im Leben war das Ganze für Rose doch nur so etwas wie ein Spiel.

»Ich arbeite daran, Rose«, sagte Daniel. »Ich arbeite daran.«

»Ich weiß. Ich hab es allen gesagt! Ich hab gesagt, Daniel ist beim letzten Mal mit ihm fertiggeworden und Daniel wird ihn wieder besiegen. Ich hab's ihnen gesagt.«

Daniel lächelte und schwieg. Arme Rose. Sie erwartete, dass er den Bösewicht verjagte. Wie sie von ihrem Vater erwartete, dass er die Monster unter ihrem Bett verscheuchte. Wenn es doch nur so einfach wäre.

»Bist du nur wegen Louisa hier?«

»Ich wollte euch beide besuchen.«

»Wirst du mich wegschicken und sagen, dass ich spielen gehen soll? Louisa schickt mich in Gegenwart von Jungs nämlich immer weg und sagt mir, dass ich spielen gehen soll.«

Daniel dachte an den Kuss, diesen kleinen Kuss, den Louisa ihm kurz vor dem Angriff in Herman Plunketts Arbeitszimmer gegeben hatte. Der Anlass seines heutigen Besuchs hatte nichts mit Küssen zu tun.

»Natürlich kannst du bleiben«, sagte Daniel und war dankbar für ihre Gesellschaft.

Louisa freute sich ebenfalls, Daniel zu sehen, und sie begrüßte ihn mit einem Lächeln und einer ungeschickten Umarmung. Die Anspannung zwischen ihnen war deutlich spürbar. Sie wirkte verlegen, ja sogar beschämt. Daniel versuchte die Stimmung mit ein paar blöden Witzen aufzulockern, was bei Rose zu großer Heiterkeit führte. Louisa hingegen war ein anspruchsvolleres Publikum.

Die drei gingen nach hinten in den Garten, wo Daniel und Louisa auf den Schaukeln herumdümpelten, während Rose sie mit Radschlagen und Handständen zu beeindrucken versuchte.

»Wie geht es dir denn?«, fragte Daniel. »Ohne …, ohne deine Superkraft?«

Louisa zuckte mit den Schultern und kaute auf einer Haarsträhne herum. Das schien eine neue Angewohnheit zu sein.

»Ich versuche, nicht zu viel darüber nachzudenken«, antwortete sie. »Aber es ist nicht leicht wegen Rose. Sie ist so sicher, dass alles wieder in Ordnung kommt.«

»Es kommt wieder in Ordnung, Louisa!«, brüllte Rose. »Guckt mal! Guckt!«

»Vielleicht hat sie recht«, sagte Louisa und applaudierte den Turnkünsten ihrer Schwester. »Aber wenn sie nicht zurückkehrt …, weißt du, dann komm ich schon damit klar. Wirklich. Ich fühle mich ja nicht wie ein Freak oder so was.«

»Verstehe«, sagte Daniel.

Louisa sah Daniel an, ihr dämmerte, was sie da gerade gesagt hatte.

»Ach, Daniel, ich habe natürlich nicht gemeint, dass du …,

ich meine, du bist ja schon immer so gewesen, also ist es was ganz anderes.«

»Schon okay, Louisa. Ich weiß, was du sagen wolltest.«

»Ach, ich mach wohl alles nur noch schlimmer, Daniel.«

»Nein, also, ich bin derjenige, der sich entschuldigen muss. Ich hab mich kaum mehr blicken lassen, und ich weiß, wie sehr du gerade deine Freunde brauchst. Jeden einzelnen.«

Louisa kaute weiter auf ihrem Haar herum und schaukelte sachte hin und her. Daniel sah es ihr an. Sie hatte ihn gebraucht und er war nicht da gewesen.

»Ich bin heute vorbeigekommen, um dir zu sagen, dass ich dein Freund bin, Louisa.«

»Hey!«, rief Rose. »Jetzt nur mit links! Radschlagen mit links ist echt schwer!«

Wieder applaudierten Louisa und Daniel, doch diesmal etwas weniger enthusiastisch.

»Danke, Daniel«, sagte Louisa.

»Und ich bin auch vorbeigekommen, um dir zu sagen, dass ich alles dafür tun werde, um das wieder in Ordnung zu bringen. Ich kriege den Shroud.«

Louisa hörte auf zu schaukeln. »Ich habe befürchtet, dass du so was sagst.«

»Aber ist es denn nicht das, was du willst? Wir haben ihn schließlich schon einmal besiegt und wir können es wieder schaffen!«

»Und was dann?«, fragte Louisa.

»Ja, was dann?«, wiederholte Rose, aber sie sah genauso verwirrt aus wie Daniel.

»Was meinst du?«

»Was ich meine?«, fragte Louisa und blickte Daniel zum ersten Mal direkt in die Augen. »Nehmen wir an, du findest den Shroud. Nehmen wir an, du stellst fest, dass es Herman ist, der überlebt hat. Oder Theo, der in die Fußstapfen seines Großonkels tritt. Oder jemand völlig anderes – was willst du denn dann tun?«

»Also«, sagte Daniel, »das überlege ich mir, wenn es so weit ist …«

»Nein, das wirst du nicht«, sagte Louisa. »Du und Eric, Rohan, sogar Mollie, ihr glaubt, ihr wärt … so eine tolle … Superhelden-Truppe! Als ob ihr das Ganze mit einem Faustkampf regeln und so den Bösewicht vertreiben könntet. Aber was wollt ihr wirklich tun? Wollt ihr auf Herman Plunkett einprügeln, bis er verspricht, dass er nicht mehr der Shroud sein will?«

»Äh, nein …«

»Also werdet ihr ihn – wer auch immer es ist – der Polizei übergeben?«

»Sie würden uns nicht glauben«, sagte Daniel. »Und wenn sie es täten, bestünde die Gefahr, dass unser Geheimnis auffliegt.«

Louisa legte ihre Hand auf Daniels Arm. »Willst du ihn umbringen?«

»Louisa, natürlich nicht!«

»Gut. Aber was willst du *dann* tun?«

Daniel öffnete den Mund, um ihr zu widersprechen, doch was sie sagte, stimmte ja. Sie hatten keinen vernünftigen Plan, um Plunkett zu stoppen. Sie waren nur eine Gruppe von Kindern. Selbst Eric mit all seinen Fähigkeiten war nicht in der Lage, dem Shroud Einhalt zu gebieten.

»Ich habe viel darüber nachgedacht, Daniel. Seit dem, was mit mir ... passiert ist. Das letzte Mal haben wir doch nur Glück gehabt. Als er dich und Eric in seinen Fängen hatte, blieb uns gar keine Zeit zum Überlegen. Wir wussten einfach, dass wir euch beide rausholen mussten. Es war eine Rettungsaktion. Aber der Plan, dass *wir* jetzt Jagd auf *ihn* machen sollen ..., das ist eine Nummer zu groß für uns, Daniel. Und ist es immer gewesen.«

Das Gesicht der armen Rose war ganz verzerrt vor Konzentration. Sie hatte schon lange den Faden verloren. Daniel nicht. Louisa lag richtig: Solange die Superkids ihre Fähigkeiten geheim halten wollten, hatte der Shroud sie in der Hand. Sie konnten ihn nicht als Bösewicht enttarnen, ohne sich selbst in Gefahr zu bringen. Wie sollte es also jemals enden?

»Daniel«, sagte Rose, »wirst du das mit meiner Schwester wieder in Ordnung bringen oder nicht?«

Louisa lächelte und streichelte Rose über den Arm. »Er ist nicht für mich verantwortlich, Rose. Die Sache ist nicht Daniels Schuld, und es ist nicht seine Aufgabe, es wieder in Ordnung zu bringen. Selbst wenn er das glaubt.«

Rose zog ihren Arm zurück. »Aber du musst wieder in Ordnung kommen! Uns allen muss es gut gehen.«

»Das wird es auch, Rose«, sagte Louisa.

»Ich will nicht, dass er mich kriegt«, brüllte Rose und hatte plötzlich Tränen in den Augen. »Daniel, ich will nicht, dass der Shroud mich auch noch kriegt!«

Und damit verschwand sie. Sie hörten nur noch ihr Weinen, das sich langsam entfernte.

»Ich gehe lieber und versuche sie zu beruhigen«, sagte Louisa. »Wofür du dich auch immer entscheidest, pass gut auf dich auf, Daniel. Ich habe das Gefühl, dass alles noch schlimmer werden wird. Sehr viel schlimmer.«

15 HALLOWEEN

Eric verkündete, dass Süßes-oder-Saures in diesem Jahr obligatorisch für alle sei. Für seinen Geschmack hatten sie viel zu viel Trübsal geblasen und sich leidgetan, vor allem er selbst, deshalb würden die Superkids an Halloween zusammen durch die Straßen ziehen und den Shroud Shroud sein lassen. Keine Entschuldigungen. Keine Ausflüchte.

Während die Wochen vergingen und Halloween immer näher rückte, färbten sich die Bäume um den Mount Noble tieforange, als hätte sich eine Haube aus Rost über den Berg gelegt. Mollie meinte, sie wären schon zu alt für Süßes-oder-Saures, aber Eric duldete keinen Widerspruch. Die meisten der Superkids hatten sich bereits ein Kostüm ausgesucht. Rohan würde als glupschäugiger Alien gehen (was ihn zur Zielscheibe für Mollies zahllose Witze machte) und Eric – nicht sehr überraschend – als Superheld.

Daniel war hin- und hergerissen. Theo ließ sich nach wie vor nicht blicken. Er ging nicht auf ihre Schule, sondern auf eine private, die über eine Stunde entfernt war. Und das Einzige, was Daniel von Theos Mutter erfuhr, war, dass ihr Mann und ihr Sohn mit irgendeinem Projekt beschäftigt waren, das all ihre Zeit in Anspruch nahm. Ob das nun stimmte oder eine bequeme Möglichkeit für Theo war, Daniel aus dem Weg zu gehen, spielte keine Rolle.

Nach dem Zwischenfall mit Clay und Bud wollte Daniel nicht mehr allein zum alten Steinbruch, aber seine Freunde auch nicht gefährden, indem sie ihn begleiteten. Er trat auf der Stelle. Jegliche Spur war kalt und er fand keinen neuen Ansatzpunkt.

Was das gemeinsame Halloween mit den Superkids betraf, so musste er an diesem Abend auf Georgie aufpassen. Seine Eltern erwarteten, dass er mit dem Dreijährigen durch die Straßen zog, und Daniel war sich nicht sicher, ob er gleichzeitig mit all seinen Freunden zusammen gehen wollte. Es würde das größte Treffen der Superkids werden, seit Louisa angegriffen worden war, und das machte Daniel nervös. Schließlich war Erics Sturheit aber einfach zu überzeugend, und der Gedanke daran, den ganzen Abend allein mit Georgie (der, nebenbei bemerkt, als rosa Hase verkleidet sein würde) zu verbringen, einfach zu viel.

Also suchte Daniel die nötigen Sachen für sein Kostüm zusammen. Das erste Mal seit Monaten machte er sich keine Sorgen mehr über Shrouds, Superkräfte oder Albträume, sondern konzentrierte sich stattdessen auf etwas, was Spaß machte. Er suchte in der ganzen Stadt nach den perfekten Accessoires: einer grünen Sherlock-Holmes-Mütze aus dem örtlichen Secondhandladen, einem braunen Mantel von einem Garagenflohmarkt – und natürlich gehörte noch die lange, bauchige Pfeife dazu, die Daniel bereits besaß. Wenigstens ein paar Wochen lang konnte er wieder ein Kind sein.

Alles, was noch fehlte, war Sherlocks charakteristische Nase. Holmes hatte eine schmale Adlernase, während die von Daniel eher kurz und knopfähnlich war. Doch daran ließ sich nun mal nichts ändern, und er fand, dass er ansonsten einen ziemlich beeindruckenden Meisterdetektiv abgab. Auch wenn er ein wenig zu jung für diese Rolle war. Daniel übte sogar ein paar Redewendungen in seinem besten britischen Akzent. Er versuchte seine Mutter zu überreden, Georgie als Watson zu verkleiden – sie sollte ihm einfach einen falschen Schnurrbart ankleben, und damit hatte es sich. Doch sie weigerte sich, ihrem Zweitgeborenen irgendwelche Barthaare ins Gesicht zu kleben. Daniel würde sich damit begnügen müssen, »Elementar, mein lieber rosa Hase!« zu sagen.

Schließlich kam Halloween und sie versammelten sich vor Daniels Haus. Endlich waren alle Superkids wieder vereint: Rohan in seinem Alien-Kostüm, in dem er mehr wie ein Grashüpfer als ein Außerirdischer aussah; Rose als Cowgirl; Louisa, die einen bestimmten weiblichen Popstar verkörperte, von dem Daniel noch nie gehört hatte; Mollie, die als Mollie ging. Sie hatte sich einverstanden erklärt, mitzukommen, jedoch verkündet, dass sie fürs Verkleiden zu alt war. Rohan bemerkte, dass sie keine Verkleidung bräuchte, wenn es ihr nur einmal gelänge, gute Laune zu haben. Weil sie dann nämlich nicht mehr wiederzuerkennen sei.

Eric erschien als Letzter. Er trug ein rotes Shirt, eine schwarze Dominomaske und eine schwarze Hose. Auf das Shirt waren vorne die Buchstaben »KN« gestickt. Bis auf die dreckigen weißen Turnschuhe sah er ziemlich superheldenmäßig aus.

»Welchen Superhelden stellst du dar?«, fragte Daniel.

»Kid Noble«, erwiderte Eric.

»Kid Noble?«, fragte Rohan. »Ist der mit Johnny verwandt? Ich kann mich nicht erinnern, dass er in den Comics vorkommt.«

»Das liegt daran, dass er nicht vorkommt«, sagte Eric. »Johnny Noble war eine Enttäuschung. Ich werde ihm zeigen, wie man es richtig macht.«

Daniel gab seinem Freund einen Klaps auf den Rücken. Nachdem sie die Wahrheit über Plunketts Regeln herausgefunden hatten, hatte Eric den Glauben an Johnny Noble verloren – an den Comichelden, den er seit dem Tag verehrte, als er seine eigenen Superkräfte entdeckt hatte. Er sagte, wenn Johnny wirklich existierte, dann war es nicht zu verstehen, wie er es zulassen konnte, dass der Shroud sie all die Jahre verfolgte. Daniel war froh zu sehen, dass Eric zwar seinen Glauben an Johnny, nicht aber die Idee, dass er selbst ein Held sein wollte, aufgegeben hatte.

»Hübsche Schuhe«, sagte er und deutete auf Erics Sneakers.

»In feinen Halbschuhen kann ich nicht gegen das Verbrechen kämpfen«, entgegnete Eric. »Als was gehst du? Als Mann im mittleren Alter?«

»Rauchen ist nicht gesund!«, sagte Rose und deutete auf Daniels Pfeife.

»Pistolen auch nicht«, konterte Mollie und blickte auf die grellorangen Wasserpistolen, die Rose am Gürtel trug.

»Damit kann man doch nur Wasser spritzen!«, empörte sich Rose.

»Schon gut, Rose«, sagte Louisa. »Mollie zieht dich nur auf. Und Daniel raucht nicht wirklich. Die Pfeife ist Teil seines Kostüms.«

Sie lächelte Daniel an. »Ich finde, er sieht toll aus. Er gibt einen sehr gut aussehenden Sherlock Holmes ab.«

»Oh, Mann!«, sagte Mollie, und Eric schnaubte. Daniel wünschte sich wirklich, Louisa würde solche Sachen nicht laut sagen.

»Süßes oder Saures!«, rief Georgie und wedelte mit seiner leeren Tüte. »Ich will Süßigkeiten!«

»Genau, Georgie«, sagte Rohan. »Da wir nun vollzählig sind, können wir loslegen. Wir fangen in der Elm Lane an und gehen dann zu den Häusern in der Maple Lane. Ich erwarte dieses Jahr eine gute Ausbeute, also müssen wir etappenweise vorgehen. Sammeln, dann wieder alle zurück, die Tüten ausleeren. Dann wieder sammeln.«

»Wir sollten in die Cedar Lane gehen!«, schlug Rose vor. »Da stehen besonders große Häuser!«

»In den großen Häusern sind sie mit Süßigkeiten immer ziemlich geizig, Rose«, erwiderte Daniel schnell. Die Cedar Lane war die Straße, in der das Plunkett-Haus stand, und sie wollten einen großen Bogen darum machen.

»Da hast du recht, Daniel«, sagte Rohan. »Wir halten uns von der Cedar Lane und den umliegenden Straßen fern. Außerdem, ähm«, fuhr Rohan fort, »sollten wir alle daran denken, dass es keinen Grund zur Eile gibt. Wir haben genug Zeit, um jede Menge Häuser abzuklappern, deshalb gibt es keinen Anlass, um sich, äh, besonders anzustrengen.«

Zuerst verstand Daniel nicht, doch dann dämmerte es ihm.

Rohan sprach von den Superkräften. Da sie Georgie dabeihatten, mussten sie aufpassen, keine unnatürlichen Abkürzungen zu nehmen. Daniels kleiner Bruder war zwar erst drei, aber er war alt genug, um zu wissen, dass Kinder nicht fliegen konnten. Zumindest wusste er, dass sie es eigentlich nicht können *sollten*.

Als die Straßenlaternen angingen, wurde Noble's Green von einer Vielzahl verkleideter Geschöpfe bevölkert. Werwölfe, Vampire und axtschwingende Verrückte marschierten neben Prinzessinnen und Feen. Mollie trug zwar kein Kostüm, doch das hinderte sie nicht daran, an jede Tür zu klopfen und ihre Tüte aufzuhalten. Daniel fand, Süßes-oder-Saures ohne Verkleidung war eine Todsünde, doch die meisten Leute, die Süßigkeiten verteilten, schien es nicht zu stören. Die paar, die Mollie danach fragten, lachten, wenn sie ihnen erzählte, sie sei als sie selbst verkleidet. Und eben diese Leute funkelten Daniel wütend an, weil er eine Pfeife bei sich trug. Das Leben war nicht gerecht.

Georgie machte als rosa Hase reichlich Beute. Sehr bald schon trug Daniel neben seiner eigenen Tüte auch die seines Bruders. Allein dem Gewicht nach zu urteilen, hatte Georgie mindestens doppelt so viele Süßigkeiten eingeheimst wie er selbst. Bevor sie nach Hause gingen, würde Daniel noch für ein bisschen mehr Gerechtigkeit in ihren Tüten sorgen müssen.

Im Verlauf des Abends teilten sich die Superkids auf und zogen in Zweier- oder Dreiergrüppchen durch die Gegend, um mehr Straßen abdecken zu können. Und schließlich wurde das Ganze zu einem Wettstreit, wer am meisten Süßigkeiten bekam. Weil Daniel für Georgie verantwortlich war, blieb er sehr bald hinter den anderen zurück. Doch da Hase Georgie die Süßigkeiten quasi magisch anzog, war ihre Ausbeute immer noch die größte. Eric und Mollie klapperten die meisten Häuser ab, wobei Daniel vermutete, dass sie schummelten und ihre Superkräfte einsetzten, wenn niemand in der Nähe war. Das zählte also nicht.

Kurz nachdem Eric wieder bei Daniel ankam, tauchte der erste Schatten auf.

Sie hatten einen einsamen Straßenabschnitt in den Randbezirken von Briarwood erreicht, wo Eric wohnte. Hier verlief die Grenze zwischen zwei Wohnvierteln, die Häuser standen also in größerem Abstand zueinander und es gab nur wenig Verkehr. Daniel und Georgie ließen sich auf einem Stück Rasen nieder, um sich ein wenig auszuruhen. Georgies kurze Hasenbeinchen waren müde vom Gehen und er wollte den Rest des Wegs getragen werden. Doch Daniel war da anderer Meinung.

»Sieht so aus, als hätten wir die Straße ganz für uns allein«, sagte Eric. »Aber ich glaube, hier gibt es nichts zu holen.«

»Glaub ich auch«, bestätigte Daniel. »Georgie ist ohnehin fix und fertig und ich kann nicht noch mehr Süßigkeiten schleppen. Ich finde, wir sollten uns langsam auf den Heimweg machen.«

»Tja, da wir schon fast bei mir zu Hause sind, verabschiede ich mich … Hast du das gehört?«

»Was gehört?« Einen Augenblick lang lauschte Daniel in die Nacht. Dann hörte er es auch. Jemand rief seinen Namen. Und es klang verängstigt.

Daniel nahm Georgie auf den Arm und die drei rannten auf die Stimme zu. Sie waren noch nicht weit gekommen, als sie Louisa entdeckten, die eine zitternde und weinende Rose in den Armen hielt. Mollie war natürlich schon da und wischte Rose die Tränen vom Gesicht.

Louisa versuchte ihre Schwester zu beruhigen.

»Was ist passiert?«, fragte Eric.

»Rose hat sich einfach nur vor ihrem eigenen Schatten erschreckt«, erklärte Louisa.

»Es war nicht *mein* Schatten!«, sagte Rose schluchzend. Sie schlang die Arme um Daniel. »Ich habe den Shroud gesehen, Daniel! Ich habe ihn gesehen!«

Bei der Erwähnung des Shroud blickte Daniel Mollie an, aber die zuckte nur mit den Schultern. Offenbar hatte sie nichts bemerkt.

Daniel tätschelte Rose den Rücken und tröstete sie, während Eric die dunklen Bäume um sie herum absuchte.

»Erzähl mir, was du gesehen hast, Rose«, sagte Daniel. »In allen Einzelheiten. Und lass dir ruhig Zeit.«

»Ich bin hinter Louisa hergegangen und ..., und dann habe ich gesehen, wie etwas Schwarzes aus dem Dunkel gekommen ist. Es ist zwischen mir und Louisa stehen geblieben und dann hab ich mich unsichtbar gemacht!«

»Und sie hat angefangen zu schreien«, sagte Louisa. »Nur deshalb konnte ich sie finden.«

»Du hast nichts gesehen?«, fragte Daniel.

»Nein«, sagte Louisa.

»Er ist wieder ins Dunkel zurückgegangen!«, sagte Rose. »Er ... hat sich aufgelöst.«

»Vielleicht war es nur ein anderes Kind«, sagte Mollie.

»Er hat sich einfach aufgelöst!«, beharrte Rose. »Wie ein Geist!«

Georgie griff nach Daniels Hand. Er verstand nicht, was los war, aber er spürte, dass etwas nicht stimmte. »Ich will nach Hause, Daniel.«

»Ich glaube, wir sollten alle nach Hause gehen«, sagte Eric. »Wir haben ordentlich abgesahnt und es wird langsam spät.«

»Hey, wo ist Rohan?«, fragte Louisa

»Ähm, er war mit mir zusammen«, sagte Mollie. »Als ich Rose schreien hörte, bin ich, so schnell ich konnte, hierhergeflogen. Doch er hätte eigentlich direkt hinter mir sein müssen. Wir waren nur ein paar Häuser weit weg …«

Für einen kurzen Moment schwiegen alle, dann war Mollie innerhalb von Sekundenbruchteilen verschwunden.

Einen Augenblick später rief sie um Hilfe. Die anderen rannten zu ihr. Eric hätte natürlich schneller dort sein können, doch Daniel vermutete, dass er bei ihnen blieb, um sie zu beschützen.

Schon bald sahen sie Mollie im Licht einer Straßenlaterne. Sie kniete über Rohan, der reglos auf dem Boden lag.

»Helft mir!«, brüllte sie.

Daniel wollte gerade auf sie zulaufen, als Eric ihm die Hand auf die Brust legte.

»Da«, sagte er und deutete auf die Straßenlaterne.

Die Schatten um die Laterne *bewegten sich*. Sie lösten sich aus der Dunkelheit wie versprenkelte Tintenkleckse und nahmen dann die Form eines Menschen an. Ein Schatten, genauso groß wie Mollie, griff nach ihr.

Doch Mollie wich dem Wesen superschnell aus. Der Schatten richtete sich zu seiner vollen Größe auf und glitt dann zu Rohan, um sich seinen Preis zu holen.

»Nein!«, brüllte Mollie. »Du bekommst ihn nicht!« Und dann schlug Mollie zu – sie flog los und teilte mit Supergeschwindigkeit Schläge aus. Sie war ein einziger Wirbel und der Schatten brachte sich vor ihren Hieben in Sicherheit.

Nur Daniel wusste, wozu dieses Wesen fähig war. Er wusste, wonach es gierte. Nicht mal Mollie Lee würde ihm lange Widerstand leisten können. Sie mussten Mollie und Rohan da wegholen.

Doch dann löste sich ein weiterer Schatten aus der Dunkelheit. Jetzt waren es schon zwei.

»Mollie! Komm da weg!«

»Daniel!« Das war Louisa. »Daniel!«

Er wandte sich um und sah, worauf Louisa zeigte. Hinter ihnen war eine weitere schwarze Gestalt. Ein weiteres Schattenwesen. Noch ein Shroud. Und er kam auf sie zu.

»Eric, tu doch was!«, sagte Daniel. Er spürte, wie Panik in ihm hochstieg und ihm das Herz bis zum Hals schlug. »Rose, mach dich unsichtbar!«

»Ich kann nicht!«, brüllte Rose weinend und völlig außer sich. »Ich versuche es, aber es geht nicht!«

»Was soll das heißen?«, fragte Daniel.

»Sie kann ihre Superkraft nicht benutzen«, sagte Eric. »Und ich meine auch nicht.«

Daniel starrte seine Freunde an, er verstand überhaupt nichts mehr. Doch dann dämmerte es ihm und sein Herz zerbrach.

»Oh nein, Eric!«, flüsterte er.

»Dafür ist keine Zeit!«, sagte Eric. »Du weißt, was du zu tun hast!«

Daniel nickte. Er wusste es.

»Dann los! Ich bring Georgie und die Mädchen weg von hier!«

»Daniel?« Als er Georgie an Eric übergab, fing sein Bruder zu weinen an.

»Es wird alles wieder gut, Georgie«, sagte Daniel. Dann wandte er sich an Eric. »Lauft bis zum ersten Haus, in dem Licht brennt. Bleibt nicht stehen und guckt euch nicht um. Egal was passiert!«

Die vier – Eric mit Georgie auf dem Arm und Louisa mit Rose – rannten in die Dunkelheit. Ein Schatten glitt auf sie zu, als ob er ihnen folgen wollte, doch Daniel war schneller und stellte sich zwischen ihn und seine davoneilenden Freunde.

Das Wesen wandte Daniel seinen augenlosen Kopf zu. Es bebte für einen Moment, schien sich zu strecken und auszudehnen, dann spaltete es sich in zwei Hälften und schon standen zwei Schatten vor Daniel.

Daniel wich nicht von der Stelle, er holte tief Luft und ballte die Hände zu Fäusten.

Vier. Jetzt waren es vier Shrouds.

16 NÄCHTLICHER KAMPF

Mit den Superkräften war es genau wie zuvor – zunächst fühlte Daniel keinerlei Unterschied. Wenn überhaupt, dann ging es ihm schlechter: Ihm war übel, und seine Knie zitterten, aber das war die pure Angst. Als er jedoch in sich hineinhorchte, spürte er darunter noch etwas, etwas *Mächtiges*. Wenn er sich darauf konzentrierte, dann gehorchte es ihm. Stärke. Fliegen. Erics Kräfte, die nun Daniel gehörten.

Wieder hatte er sie Eric geraubt, ohne es zu wollen, ohne es überhaupt zu bemerken. Doch ihm blieb keine Zeit, sich schuldig zu fühlen. Vier dieser Schattenwesen bedrohten ihn und seine Freunde waren in Gefahr.

Daniels letzter Flugversuch hatte fast in einer Katastrophe geendet, deshalb beschloss er, diesmal mit beiden Beinen auf der Erde zu bleiben. Er war jetzt für seine Freunde verantwortlich und konnte nicht hoch oben in den Wolken verschwinden.

Mollie gelang es, außerhalb der Reichweite der beiden Wesen zu bleiben. Sie wand und duckte sich, um ihren Angriffen auszuweichen, während sie die schwarzen Geschöpfe gleichzeitig vom bewusstlosen Rohan fernhielt. Die Wesen waren langsamer als der Shroud. Langsamer und kleiner, aber dennoch gefährlich – sie waren wie Schatten des alten Schurken. *Schatten.* Das war der Name, den Daniel ihnen in Gedanken gab.

Er fragte sich, wie lange Mollie noch standhalten konnte. Bald schon würde sie müde werden, und obwohl sie sich jederzeit in Sicherheit bringen konnte, indem sie davonflog, würde sie es nicht tun. Sie würde Rohan nicht im Stich lassen. Sie würde eher im Kampf untergehen. Genau wie Daniel.

Die zwei Schattenwesen kamen näher und machten sich zum Angriff bereit. Außer dass sie kleiner waren, unterschied sie noch ein anderes wesentliches Merkmal vom Shroud. Schon dem ersten Schatten in Hermans Arbeitszimmer hatte das leuchtend grüne Herz des Hexenfeuer-Meteoriten gefehlt, den Herman um den Hals trug und der hell auf seiner Brust erstrahlte, wenn er Shroud-Gestalt annahm. Das letzte Mal hatte Daniel ihn nur deswegen besiegen können, weil er nach diesem Stein gegriffen und ihm den Anhänger vom Hals gerissen hatte. Doch diese Schattenwesen waren vollkommen schwarz; sie besaßen kein Herz, auf das er sich stürzen konnte – jedenfalls kein sichtbares. Was sie auch immer waren, Daniel war sich ziemlich sicher, dass er sie nicht auf die gleiche Weise besiegen konnte, wie er Herman besiegt hatte.

Aber vielleicht war das auch gar nicht nötig. Daniel war nicht mehr der gewöhnliche Junge, der er beim letzten Mal gewesen war. Ob zum Guten oder zum Schlechten.

Der eine der Schatten schwang seinen langen, dünnen Arm in Daniels Richtung und seine Finger suchten nach Daniels

Kehle. Daniel war nicht gerade der geborene Kämpfer und konnte nicht rechtzeitig ausweichen. Kalte Schattenfinger schlangen sich um seinen Hals. Seine bloße Haut brannte vor unnatürlicher Kälte. Vielleicht bestanden diese Wesen aus Schatten, aber sie waren real genug, um ihm die Luft abzudrücken. Daniel packte das Wesen am Handgelenk, dankbar, dass sich unter dem Schattenhaften etwas Festes befand, was sich greifen ließ. Er versuchte die Hand des Geschöpfs von seiner Kehle zu reißen, doch genauso gut hätte er versuchen können, eine Eisenstange zu verbiegen. Schwarze Punkte tanzten vor seinen Augen, als er um Luft rang, die es nicht gab.

Der Schatten beugte sich vor, als ob er Daniel verspotten wollte. Er sah zu, wie dieser ohne Erfolg seine eisernen Finger umklammerte, und drückte nur noch fester zu. Daniel Corrigan hätte niemals ein Stück Eisen verbiegen können, aber Eric schon.

Die Superkraft reagierte auf seinen stummen Hilferuf. Sie flutete über seine Muskeln hinweg wie heißes Wasser, ließ seine Haut vor Wärme prickeln und kämpfte gegen die eisige Berührung des Wesens an. Daniel fühlte sich unglaublich stark. Er zog die Finger des Schattens von seiner Kehle – einen nach dem anderen. Der stählerne Griff der Kreatur schien sich in Gummi zu verwandeln. Daniel holte ein paarmal tief Luft, um die Punkte vor seinen Augen zu vertreiben, und dann zog er noch mal.

Mühelos löste er die Schattenhand von seinem Hals, doch damit nicht genug: Er hob das Wesen über seinen Kopf und schleuderte es gegen eine nahe stehende Bank, die beim

Aufprall zersplitterte. Die Kreatur rappelte sich wieder auf, schien aber benommen und etwas wacklig auf den Beinen zu sein. Schwarze Schattentropfen rannen über den Boden, wie Blut aus einer Wunde. Zumindest waren diese Wesen nicht unverwundbar und das war etwas Neues.

Leider hatte der Kampf auch die Aufmerksamkeit von Mollies Gegnern auf sich gezogen. Sie gaben ihre sinnlosen Versuche, sie zu fangen, auf und wandten sich nun Daniel zu. Ihre gierigen Arme reckten und streckten sich verzweifelt in die Luft, als ob sie Daniels Todeskampf probten.

Ihm blieb keine Zeit, sich über die beiden Sorgen zu machen. Denn da war noch der zweite Schatten, mit dem er fertigwerden musste. Er hatte Daniel schon fast erreicht. Wo eigentlich das Gesicht hätte sein sollen, öffnete sich ein Mund zu einem stummen Wutschrei. Daniel hob die Arme, um sich zu schützen, und wurde rücklings zu Boden gestoßen. Sie kämpften miteinander und Daniel versuchte sich zu befreien. Doch wie Ranken wucherte Schwärze aus dem Körper der Kreatur und wand sich um Daniels Arme und Beine. Die eisigen Stränge krochen über seinen Körper und bewegten sich langsam auf seine Kehle zu.

Wieder spürte Daniel die Hitze, das plötzliche Aufwallen der gestohlenen Kraft, aber diesmal kostete es ihn gewaltige Anstrengung freizukommen. Als er sich losriss, brach die Schwärze wie dürres Reisigholz. Der Schatten wand sich vor Schmerz, ohne einen Laut. Der Boden um sie herum war übersät mit schwarzen Tropfen.

Daniel kam wieder auf die Beine. Der Schatten wich zurück zu seinem Gefährten. Hinter diesem schwebten die anderen beiden – sie bereiteten sich auf den Angriff vor, zögerten aber noch. Sie waren nicht dumm und würden Daniel jetzt nicht mehr einzeln attackieren. Wie ein Rudel Raubtiere warteten sie darauf, ihn zusammen anzugreifen. Daniel wusste, dass er auf keinen Fall vier von ihnen gleichzeitig abwehren konnte, egal wie stark er war.

Er hörte Mollies Stimme, blickte sich aber nicht nach ihr um. Er wagte es nicht, die Schatten aus den Augen zu lassen.

»Daniel! Was geht hier vor sich? Wieso bist du …?«

»Bleib, wo du bist!«, rief er. »Komm mir nicht zu nahe!« Er hatte keine Ahnung, wie nah man ihm kommen durfte, aber er wollte auf keinen Fall riskieren, dass er aus Versehen auch noch Mollies Superkräfte stahl. »Bring Rohan hier weg!«

Die beiden Schatten, die er verletzt hatte, schienen sich wieder erholt zu haben. Alle vier erhoben sich in die Lüfte und kreisten über ihm. Sie machten sich zum Todesstoß bereit.

»Daniel, du kannst nicht allein gegen sie alle kämpfen!«

Natürlich nicht. Zwar besaß er Erics Kraft, aber er konnte sie nur halb so gut einsetzen. Er konnte ihnen davonfliegen, doch vermutlich würden sie ihn fangen. Trotz all dieser Superkräfte fehlte ihm einfach die Erfahrung eines Superkids. *All* diese Superkräfte! Eric war nicht der Einzige gewesen, den die Superkräfte an diesem Abend verlassen hatten.

Er blickte hoch zu den vier über ihm kreisenden Schatten und lächelte. Das Einzige, worauf er achten musste, war, dabei nicht zu kichern.

»Kommt und fangt mich!«, rief er. Dann befahl er sich selbst, nicht mehr da zu sein. Zu verschwinden, genau wie Rose.

Daniel blickte auf seine Füße und sie waren nicht mehr zu sehen. Er hielt sich eine Hand vors Gesicht. Nichts. Die Schatten suchten verzweifelt nach ihm, flogen hierhin und dorthin. Daniel trat zur Seite, als der erste an ihm vorbeiflog, pflückte das Wesen einfach aus der Luft und schlug zu, so fest er konnte. Es bebte ein wenig, bevor es sich in reine Schwärze auflöste.

Die anderen drei wollten eingreifen, wussten aber nicht, was sie attackieren sollten. Sie schlugen blindlings um sich und verfehlten Daniel völlig. Unsichtbar teilte er Schläge aus, dann wich er zurück, bevor sie zum Gegenangriff übergehen konnten.

Es dauerte nicht lange, bis die drei verbliebenen Schatten den Rückzug antraten. Sie verschmolzen wieder mit der Dunkelheit, einer nach dem anderen – bis Daniel plötzlich allein auf der stillen Straße stand. In seinen Ohren rauschte das Blut. Seine Arme und Beine fühlten sich plötzlich wie Wackelpudding an, er stützte sich mit den Händen auf den Knien ab und schnappte nach Luft. Nach ein paar Minuten wollte er sich sichtbar machen, was er aber bereits war. Die von Rose geliehene Fähigkeit war weg, genau wie die Superkraft von Eric. Er hatte Glück, dass die Schatten rechtzeitig beschlossen hatten zu fliehen – ein paar Minuten später und er wäre ihnen hilflos ausgeliefert gewesen.

Wie beim letzten Mal brachte das Schwinden der Superkräfte eine große Erschöpfung mit sich.

»Daniel?«

Mollie sah ihn an. Rohan stand neben ihr. Glücklicherweise schienen sie beide unverletzt zu sein.

»Rohan, ist alles in Ordnung mit dir?«, fragte Daniel.

»Ihm geht's gut«, sagte Mollie. »Die Shrouds haben ihn nicht in die Finger bekommen. Er ist bloß …«

»Ich bin in Ohnmacht gefallen«, erklärte Rohan. »Und es ist mir nicht peinlich. Dieser Shroud war sehr angsteinflößend, und als er aus dem Dunkel hervorsprang, habe ich darauf völlig normal – wenn auch ineffektiv – reagiert.«

»Es sind Schatten«, sagte Daniel. »Diese Wesen, was immer sie sind, sind keine Shrouds …, ich habe keine Ahnung, was sie genau sind, aber wir können ganz sicher davon ausgehen, dass Herman sich nicht vierteilen kann.«

»Dann eben Schatten«, nickte Rohan. »Das passt.«

»Ich bin froh, dass dir nichts passiert ist«, sagte Daniel.

»Mollie sei Dank«, entgegnete Rohan. »Ich schulde dir was.«

»Blödsinn. Nicht der Rede wert«, murmelte Mollie.

»Doch, das ist es«, widersprach Rohan.

Mollie beließ es dabei, aber sie sah geschmeichelt aus. »Aber du, Daniel«, sagte sie, »ich hab gesehen, was du …, du hast Superkräfte.«

Daniel blickte seine vor ihm stehenden Freunde an, und wieder spürte er, dass ihm das Herz brach. Ihre Gesichter waren so erwartungsvoll und hoffnungsfroh. Sogar voller Freude. Trotz allem, was gerade passiert war, freuten sie sich für ihn. Selbst nach einem solchen Angriff hatten sie in ihren Herzen noch Platz für Schönes und Gutes. Sie hatten die wahre Natur von Daniels neuen Fähigkeiten nicht erkannt. Doch früher oder später würden sie dahinterkommen.

Es war Zeit, sich in sein Schicksal zu ergeben. Daniel ließ sich auf den Boden sinken und legte den Kopf auf die Knie. »Das waren nicht meine Superkräfte«, sagte er. »Ich hab die Kraft von Eric gestohlen und die Unsichtbarkeit von Rose.«

So. Jetzt war es endlich raus.

»Wovon redest du?«, fragte Mollie. »Was meinst du mit ›gestohlen‹?«

»Ich habe nur eine einzige Fähigkeit«, sagte Daniel und blickte hoch zu ihr. »Das erste Mal ist es, glaube ich, am Tag des Autounfalls geschehen. Dann noch mal, als ich mit Eric allein war. Aber wir haben uns gegenseitig versprochen, es euch nicht zu erzählen. Vor Kurzem ist es passiert, als ich zufällig Clay und Bud begegnet bin. Und auch bei Louisa, an dem Tag, als sie angegriffen wurde.«

»Was? Was ist passiert, Daniel?« Mollie sah verwirrt aus, und weil sie verwirrt war, wurde sie wütend. Rohan sagte gar nichts.

»Ich habe ihre Superkräfte gestohlen. Das ist es, was ich tue. Ich stehle Superkräfte und benutze sie selbst. Ich kann nichts dagegen machen – ich merke noch nicht mal, dass ich es tue. Das ist der Grund, warum ich euch aus dem Weg gegangen bin. Man kann mir nicht trauen. Als Eric seine Kräfte am dringendsten gebraucht hätte, habe ich sie ihm weggenommen«, fuhr er fort. »Und die arme Rose hatte solche Angst …« Er schloss die Augen.

»Ich hab keine Ahnung, was das für Wesen sind«, sagte er leise, »aber der wahre Shroud bin ich.«

17 BESCHULDIGUNGEN UND GESTÄNDNISSE

Eric brachte Georgie unversehrt nach Hause. Dass Daniels kleiner Bruder die Schatten nicht richtig gesehen hatte, war großes Glück. Es fühlte sich zwar irgendwie falsch an, ihn zu überzeugen, die Kreaturen seien nur verkleidete Kinder gewesen, doch die Wahrheit konnte man auch nicht erzählen – schon gar nicht einem Dreijährigen. Und es war eine einfache Erklärung, die auch Daniels Eltern ihnen abnahmen. Sie glaubten ohne Weiteres, dass ein paar verkleidete Rowdys ihrem Sohn die Süßigkeiten gestohlen hatten. Es fiel Eltern nicht schwer, die üblichen Gemeinheiten unter Kindern zu akzeptieren.

Georgie schreckte in dieser Nacht mehrere Male hoch, doch seine Mutter wiegte ihn mit einem Lied immer wieder zurück in den Schlaf. Jetzt war der kleine Georgie ein echtes Kind aus Noble's Green – in seinen Träumen wurde er von realen Monstern verfolgt.

Zunächst wollte Daniels Vater Sheriff Simmons anrufen, um sich über die Rowdys zu beschweren, doch Daniel redete ihm das aus. Sein Vater schwor aber, dass er sie im nächsten Jahr an Halloween nicht mehr allein vor die Tür lassen würde. Dad würde ihnen die bösen Jungs vom Leib halten. Bei ihm würden sie sicher sein.

Sicher. Daniel hatte heute Nacht vier Schatten gesehen. Niemand war mehr sicher.

Genau wie Georgie war auch Daniel zu verängstigt, um die Augen zuzumachen. Er fürchtete sich vor dem, was er sehen könnte. Doch schließlich war er so erschöpft, dass er in einen tiefen, traumlosen Schlaf fiel.

Früh am nächsten Morgen tauchten seine Freunde bei ihm auf. Sie sahen nur wenig besser aus als am Abend zuvor. Zuerst redeten sie über Belanglosigkeiten, dann zogen sie sich in Daniels Zimmer zurück, um sich ungestört unterhalten zu können.

»Ich habe Rose berührt, als sie mich gestern Abend umarmt hat«, sagte Daniel. »Und dann konnte sie sich nicht mehr unsichtbar machen.«

»Und ich habe dir die Hand auf die Brust gelegt, als ich die Shrouds entdeckt habe«, ergänzte Eric. »Aber wir hatten das mit der Berührung doch vorher schon mal ausprobiert und da hat es nicht funktioniert …«

»Vielleicht ist es nicht die ganze Zeit über so«, überlegte Daniel. »Doch solange ich nicht herausfinde, wie es ausgelöst wird, solltet ihr mich lieber nicht anfassen.«

Daniel bemerkte, dass Rohan und Mollie schwiegen und Abstand hielten. Wahrscheinlich war es das Schlaueste.

»Nun, bei mir ist heute Morgen alles wieder ganz normal«, sagte Eric. »Ein Teil deiner Theorie ist also wahr: Du stiehlst keine Kräfte, du leihst sie nur.«

»Und was ist mit Louisa?«, fragte Rohan. »Ihre Kraft ist nicht zurückgekommen.«

»Hast du sie?«, wandte sich Eric an Daniel. »Ich meine, kannst du durch Mauern gehen und so?«

»Nein«, antwortete Daniel. »Während des Kampfs mit dem Schatten in Plunketts Arbeitszimmer konnte ich es, aber es hat sich schnell wieder verflüchtigt.«

Rohan wischte seine Brille an seinem Hemd sauber. »Louisa ist also ein Ausreißer.«

»Ein was?«, fragte Eric.

»Ein Ausreißer«, wiederholte Rohan geduldig. »Das bedeutet, dass sie nicht im statistischen Trend liegt.«

Daniel ging hinüber zum Bücherregal und zog *Das letzte Problem* heraus.

»Da ist noch etwas«, sagte er. »Etwas, was ich euch nie erzählt habe. Als wir im letzten Jahr gegen Herman gekämpft haben, hat er mir etwas gegeben. Einen Ring, aus demselben Meteoritengestein wie sein Anhänger war. Ich hab ihn nie getragen ..., ich weiß nicht, warum ich ihn behalten habe. Wahrscheinlich wollte ich sichergehen, dass er gut verwahrt wird. Ich wollte es euch erzählen, aber ... ich habe es nicht. Diesen schwarzen Ring«, fuhr er fort, »verstecke ich hier seit der Nacht, in der wir den Shroud besiegt haben.«

Sie schwiegen. Daniel konnte sich vorstellen, was sie fühlten: Schock und Verrat. Er hatte mehr als nur einen Ring vor ihnen versteckt – er hatte einen Teil des Shroud verborgen. Der Ring war ein Symbol für die vielen Jahre der Angst, die sie durchlebt hatten. Und da war er nun, in Daniels heimlicher Obhut. Trotzdem ging es ihm besser damit, ihnen endlich alles zu sagen. Es hatte schon so lange auf seiner Seele gelegen.

»Hast du ihn angefasst, seit du diese ... Kräfte entwickelt hast?«, fragte Rohan.

»Nein«, erwiderte Daniel. »Ich habe Angst vor dem, was passieren könnte, falls ein Superkräftedieb einen Superkräftering berührt.«

»Vielleicht würdest du supermächtig werden«, sagte Eric. »So wie Minus-plus-minus-ergibt-plus.«

»Ich glaube nicht, dass es so funktioniert«, sagte Rohan. »Es könnte böse sein. Wirklich sehr böse.«

Daniel legte das Buch auf den Schreibtisch und wollte es öffnen.

»Tu das nicht«, sagte Mollie. »Ich will ihn nicht sehen.

»Was?«, fragte Daniel.

»Abgesehen davon, dass ihr beiden Idioten uns nicht von der Sache mit den Kräften erzählt habt, warum hast du diesen Ring versteckt, Daniel? Ganz ehrlich.«

»Ich weiß es nicht. Ich dachte, bei mir wäre er in Sicherheit und auch ihr wärt dann in Sicherheit, aber ...«

»Du hast ihn als Waffe behalten, falls einer von uns austicken würde, ist es das?«

»Nein!«, widersprach Daniel. »Nicht ihr! Aber der alte Plunkett hat gesagt, dass der Komet – der Hexenfeuer-Komet, der all das ausgelöst hat – wiederkommen würde. Ich habe einfach ..., stellt euch doch mal vor, was passieren könnte, wenn es eine ganze Stadt voller Superhelden gäbe?«

»Du hast ihn also behalten, um in der Stadt für Ordnung zu sorgen«, sagte Mollie. »Genau wie Herman?«

»Nein!«

»Tja, du musst dir auch jetzt keine Gedanken mehr darüber machen«, sagte sie. »Du brauchst den Ring nicht – du bist ja schon ein Shroud!«

Nur ein Windstoß, dann war sie verschwunden. Das Fenster war offen, und die Vorhänge flatterten im plötzlichen Luftzug, doch Mollie war nicht mehr da.

»Ich geh sie suchen und beruhige sie«, sagte Rohan und ging zur Tür. Dort blieb er einen Moment stehen und sah Daniel an.

»Sie hat es nicht so gemeint«, sagte er. »Trotzdem hättest du es uns erzählen müssen.«

Dann rannte Rohan die Treppen hinunter und hinter Mollie her. Als sie allein waren, stieß Eric einen langen Pfiff aus.

»Junge, Junge«, sagte er. »Diesmal hast du's echt vermasselt.«

»Ich dachte, es wäre wie bei einem Pflaster«, sagte Daniel. »Wenn man es schnell abreißt, tut es nicht so weh.«

»Und?«

»Das war ein verdammt fest sitzendes Pflaster. Trotzdem bin ich froh, dass ich es los bin.«

Eric nickte. »Jetzt lass mich mal einen Blick auf deinen ach so bösen Ring werfen.«

Daniel öffnete den Buchdeckel. »Geh aber nicht zu nah ran. Ich weiß wirklich nicht, zu was er in der Lage ist …«

Er verstummte, als Eric hinunter auf das Buch blickte und dann wieder hoch zu Daniel.

»Soll das ein Witz sein?«, fragte Eric.

Daniel schüttelte den Kopf und tastete im Geheimfach des

Buchs herum. In dem sorgfältig ausgehöhlten, *leeren* Versteck. Das war kein Spaß. Das war eine Katastrophe.

Der Ring war verschwunden.

In den folgenden Tagen sah Daniel Rohan und Mollie nur noch in der Schule, und auch wenn sie ihn nicht richtig mieden, redeten sie auch nicht wirklich mit ihm. Es gab die Regel, dass die Superkids auf dem Schulgelände nicht über irgendetwas Superkidmäßiges sprachen. Auf den Fluren liefen zu viele lauschende Ohren herum, deswegen waren Gespräche über Superkräfte selbstverständlich tabu. Doch jetzt war Daniel schon glücklich, wenn sich seine Freunde bei ihm über das Essen in der Cafeteria beschwerten. Außer Eric redete kaum einer mehr irgendwas, und schon gar nicht mit ihm. Eine gewisse Kälte war zwischen sie geschlichen und das war Daniels Schuld.

Eric erzählte den anderen von dem verschwundenen Ring. Natürlich war Theo sein Hauptverdächtiger. Alles, was bisher passiert war – Daniels neue Fähigkeit, der schwarze Ring, die Shroud-Angriffe –, waren nur Teile von Theo Plunketts Plan, den Platz seines Onkels einzunehmen. Es spielte keine Rolle, dass Eric nicht erklären konnte, wie all diese Dinge zusammenhingen oder was Theo überhaupt davon hätte. Ihm war auch egal, wie Theo es geschafft haben konnte, sich in vier Shrouds zu zerteilen oder dass es außer seinem Namen keinen einzigen handfesten Beweis gab, der auf ihn als Übeltäter schließen ließ. Eric hielt sich nicht mit Details auf, und sein Bauch sagte ihm einfach, dass es Theo war.

Das war Theorie Nummer eins, und wann immer sich die

Gelegenheit dazu bot, drängte Eric sie Daniel auf. Von Theorie Nummer zwei hörte Daniel nur im Flüsterton, über sie wurde gesprochen, wenn Rohan und Mollie glaubten, dass Daniel nicht in der Nähe war. Theorie Nummer zwei lautete: Was, wenn es niemals einen Ring gegeben hatte? Wenn Daniel nur eine Art Nervenzusammenbruch hatte? Hermans spezielle Fähigkeit hatte den alten Mann schließlich fast in den Wahnsinn getrieben. Welchen Tribut forderte es nun von Daniel?

Diese zweite Theorie beunruhigte Daniel am meisten. Noch mehr als der verschwundene Ring, noch mehr als die Träume und das Schlafwandeln. Seit dem Morgen an der Bergbachbrücke hatte Daniel das Gefühl, nicht mehr er selbst zu sein. Und das lag nicht nur an seiner neuen Fähigkeit. Es war, als hätte er etwas Wichtiges vergessen. Und da war dieses nagende Gefühl in seinem Kopf, irgendwo ganz weit hinten …

So verging eine weitere Woche, bis Daniel, Rohan und Mollie an ihrer Haltestelle aus dem Schulbus stiegen und Eric dort auf sie wartete. Daniel hatte ihn bereits durchs Busfenster entdeckt. Eric lächelte den Fahrer an und trat zur Seite. Mollie und Rohan marschierten an ihm vorbei, als ob er gar nicht da wäre. Nur Daniel blieb stehen und begrüßte ihn.

Während Rohan und Mollie am Ende der Straße verschwanden, wedelte Eric die Abgase des davonfahrenden Busses weg.

»Sie sind sogar noch wütender auf mich als auf dich«, sagte er und sah den beiden hinterher. »Sie sind sauer, weil ich es wusste und nichts gesagt habe.«

»Das ist doch albern«, sagte Daniel. »Sie haben einfach nur Angst. Angst, dass ich den Verstand verliere.«

»Dein Oberstübchen ist völlig intakt, Daniel.«

»Ich bin mir da nicht mehr so sicher.«

»Hör mir zu«, sagte Eric und stellte sich vor Daniel hin. »Das alles ist ziemlich verzwickt. Diese Schatten, deine neue Fähigkeit, der verschwundene Ring. Da verarscht uns jemand ganz gewaltig. Wir haben ordentlich Prügel bezogen, und alle sind verängstigt, aber wir werden uns wieder berappeln und das Rätsel lösen! Hinter all dem steckt ein echt mieser Schurke, aber das bist nicht *du*. Kapiert?«

Daniel nickte, aber tief in seinem Herzen wusste er nicht, ob er Eric glauben sollte. Er hatte ihn damals viel zu schnell verdächtigt, sich viel zu leicht von Herman manipulieren lassen. Und bei Eric war es nicht anders, er vertraute seinen Freunden zu sehr. Seine Sicht der Dinge beruhte noch immer auf Comicheften, wo sich die Welt in Gut und Böse, in Weiß und Schwarz teilte. In seiner Vorstellung war kein Platz für Grautöne.

Eric vergrub die Hände in den Hosentaschen und presste seine Arme gegen die Kälte dicht an den Körper. Es war November und in den letzten Tagen ausgesprochen kalt geworden. Daniel wusste jedoch aus persönlicher Erfahrung, dass Eric die Kälte nicht spürte, jedenfalls nicht wie normale Menschen. Er zitterte nur aus Gewohnheit, weil das alle anderen auch so machten.

»Ich habe über deine Fähigkeit nachgedacht«, sagte Eric. »Dass sie anscheinend durch Berührung aktiviert wird, aber nicht immer. Nehmen wir doch mal an, alles hat an der Brücke angefangen. Am Tag von Theos Unfall.«

»Okay.«

»Haben wir uns an dem Tag berührt oder gestreift?«

»Ich erinnere mich nicht. Vielleicht hab ich dich zumindest gestreift.«

»Okay«, sagte Eric. »Das dachte ich mir.« Er rieb beim Sprechen die Hände aneinander und war voll bei der Sache. Genau wie Daniel es normalerweise war, wenn es ein Rätsel zu lösen galt. Doch er hatte die Lust am Rätselraten verloren.

»Als wir gegen Clay und Bud gekämpft haben, da weiß ich noch ganz genau, dass wir uns berührt haben. Ich hab dich zur Seite geschoben, damit ich Clay verprügeln konnte.«

»Stimmt.«

»Und an Halloween hat Rose dich umarmt, und ich hab dich festgehalten, als du Rohan zu Hilfe kommen wolltest. Zwei Berührungen, zweimal Superkräfte!«

Daniel überlegte. Eric hatte recht. Alle Superkids, denen er die Kräfte gestohlen hatte, hatte er zuvor berührt. Selbst Bud war in ihn hineingelaufen und erst danach verwandelte sich Daniel in eine wandelnde Stinkwolke. Sogar …

»Bleibt noch Louisa. Habt ihr beiden euch berührt, bevor sie angegriffen wurde?«

»Ja«, sagte Daniel knapp und dachte an den Kuss. Irgendwie war der noch viel beängstigender als alles andere gewesen.

»Und jedes Mal herrschte eine Atmosphäre der Gefahr. Jedes Mal ging etwas Aufregendes oder Bedrohliches vor sich.«

Wieder überlegte Daniel einen Augenblick. »Kann sein.«

»Es passiert also instinktiv! Es ist eine Stressreaktion!«, sagte Eric und klatschte in die Hände. »Hab ich dir jemals erzählt, wie ich meine Superkräfte entdeckt habe?«

»Nein«, sagte Daniel. »Ich glaube nicht.«

»Als ich acht war, hat meine Mom was mit einem Vertreter namens Ted angefangen. Zuerst schien er nett zu sein, doch er war sehr leicht reizbar. Bob ist zwar ein mieser Typ, aber er ist einfach nur ein Säufer. Ted war ein Schläger.«

»Mann, Eric. Tut mir leid.«

Eric hob eine Hand. »Darum erzähle ich dir das nicht. Ich erzähle es dir, weil ich meine Superkräfte an dem Tag entdeckt habe, an dem ich Ted durchs Fenster geworfen hab.«

»Oh.«

»Genau. Er wollte ein wichtiges Basketballspiel auf Video aufnehmen und ich hab an der Fernbedienung rumgespielt und alles durcheinandergebracht. Mom war beim Pizzaholen, und Ted, nun ja, er kam mit einem Gürtel auf mich zu. Große Metallschnalle. Er schlug nach mir und ich stieß ihn einfach weg. Ich merkte nicht mal, was ich getan hatte, bis sich der Staub verzog und Ted draußen in der Auffahrt lag. Mit einem kaputten Arm und einem Haufen gebrochener Rippen. Ich hätte ihn töten können, ohne es zu wollen.«

»Aber, Eric, er hat dich angegriffen! Das war dann doch einfach nur …«

»… Instinkt?«, unterbrach ihn Eric.

»Ich wollte Selbstverteidigung sagen.«

»Das ist das Gleiche«, sagte Eric. »Und es stimmt – ich geb mir nicht die Schuld für das, was mit Ted passiert ist. Doch mit meinen Kräften bin ich mittlerweile vorsichtig. Ich muss meine Wut im Griff haben. Ted hat es verdient, aber wenn du jemanden schon mit einem leichten Schubser ins Krankenhaus bringen kannst, dann musst du ziemlich aufpassen. Du hast instinktiv gehandelt, Daniel. Jeder zuckt zurück, wenn man direkt vor seinem Gesicht in die Hände klatscht.«

Daniel riss die Arme hoch. »Das ist es doch eben! Es ist nichts, was ich an- oder abstellen kann!«

»Noch nicht«, sagte Eric. »Aber mit genügend Übung lernst du es vielleicht. Vielleicht schaffst du es dann, besser aufzupassen.«

Daniel wünschte, es wäre so. Aber wo sollte er überhaupt anfangen, wenn er keine Ahnung hatte, wann es passieren würde? Es war ja nicht so, dass es vorher irgendein Alarmsignal gab.

»Es passiert einfach«, sagte Daniel und schüttelte den Kopf. »Immer wenn Gefahr droht, tue ich es, ohne nachzudenken.«

»Dann ist es eine Reaktion auf etwas Physisches. Prima. Damit lässt sich doch was anfangen.«

»Worauf willst du hinaus?«

»Überleg mal, was geschieht, wenn ein Mensch in Gefahr gerät«, sagte Eric. »Unser Körper schüttet Adrenalin aus, der Herzschlag beschleunigt sich. Vielleicht wird deine Fähigkeit durch so was ausgelöst.«

»Ja und? Soll ich das nächste Mal etwa ein Nickerchen machen, wenn Gefahr droht?«

»In die Richtung geht es tatsächlich«, sagte Eric. »Ich glaub, du musst üben, keine Angst mehr zu haben.«

Daniel lachte. Eric machte wohl Witze.

»Ich kann nichts dagegen tun, wenn ich Angst kriege! Ich kann das nicht ändern!«

»Wenn ich oft genug vor deinem Gesicht in die Hände klatsche, wirst du irgendwann nicht mehr zurückzucken. Dann hast du dir das abtrainiert«, sagte Eric. »Vielleicht musst du üben, keine Angst mehr zu haben. Und bis dahin solltest du in Bezug auf deine Fähigkeit Folgendes berücksichtigen: Sie wird durch Berührung und Angst ausgelöst. Wenn du Angst hast, dann sorg dafür, dass du niemanden anfasst.«

Daniel kickte gegen einen kleinen Stein und sah zu, wie er die Straße hinunterrollte.

»Es ist kontrollierbar«, sagte Eric.

Die beiden traten auf den Randstreifen, als eine kleine Kolonne von Baustellenfahrzeugen an ihnen vorbeifuhr. Es waren Muldenkipper und Tieflader, die Planierraupen und Kräne transportierten. Daniel sah den kleinen Stein, wie er hochgeschleudert und von den rollenden Reifen durch die Luft gewirbelt wurde. Er fühlte sich wie dieser Kiesel, der von Kräften herumgeworfen wurde, die er nicht kontrollieren konnte.

»Allerdings bleibt uns keine Zeit«, sagte Eric. »Ich weiß, dass du dir Sorgen machst und dass Mollie und Rohan Angst haben und sauer sind. Aber wir haben Probleme, um die wir uns kümmern müssen. Ernsthafte Probleme.«

»Vier Schatten«, sagte Daniel. »Und der verschwundene Ring.«

Eric nickte. »Genau. Eigentlich sind es ja nur noch *drei* Schatten. Mollie meinte, einer hätte sich aufgelöst.«

»Ich weiß nicht. Ich hab auch gesehen, wie sich einer von ihnen geteilt und dadurch verdoppelt hat. Vielleicht gibt es noch mehr von ihnen. Vielleicht steckt wirklich Herman dahinter. Vielleicht ist er noch immer am Leben.«

»Ach was, ich setze nach wie vor auf Theo. Er ist schlau genug, um da mitzumischen, ohne selbst in Erscheinung zu treten. Glaub mir.«

Mit einer Sache hatte Eric recht – wer auch immer der Bösewicht sein mochte, war überaus verschlagen. Herman war verrückt genug gewesen, zu glauben, dass seine Beziehung zu Daniel die eines Mentors zu seinem Schüler war. Doch der hatte nur eine Lektion von ihm gelernt: Dass Herman absolut gerissen war. Es gab keinen Trick, den er nicht beherrschte. Und dazu gehörte vielleicht auch eine Armee von Schattenwesen, die nach seiner Pfeife tanzten.

»Das Einzige, was ich weiß«, sagte Eric, »ist, dass wir es ganz bestimmt nie herausfinden werden, wenn wir nur rumsitzen und Trübsal blasen.«

Daniel gestattete sich ein schwaches Lächeln. *»Die Liga der schmollenden Hosenscheißer?«*

»*Die Vereinigung der jammernden Waschlappen!* Wird das nicht das Herz eines jeden Schurken erzittern lassen?«

In der Ferne rumpelte etwas. Daniel drehte sich um und erblickte einen zweiten Lastwagenkonvoi. Seltsam. Noble's Green war nicht gerade eine schnell wachsende Stadt, soweit er wusste. Doch jetzt tauchten mehr und mehr Lastwagen voller Baumaschinen auf und quälten sich den Berg hoch. Als sie diesmal an ihnen vorbeidonnerten, sah Daniel genauer hin. Er achtete vor allem auf das Logo, das an der Seite auf den Fahrzeugen prangte.

PCI: Plunkett Construction Industries.

»Eric«, sagte Daniel und deutete auf die vorbeifahrenden Fahrzeuge.

»Ich sehe es. Sie fahren Richtung Mount Noble. Zur Straße, die zum alten Steinbruch führt …«

»Los, hol Mollie und Rohan!«, sagte Daniel. »Sag ihnen …, ach, keine Ahnung, sag ihnen, sie können mich später noch mit Fackeln und Mistgabeln jagen, doch jetzt brauchen wir sie. Wir treffen uns im Wäldchen beim Steinbruch. In der Nähe der Straße.«

»Endlich nimmst du wieder Vernunft an. Und was machst du in der Zwischenzeit?«

»Ich brauch einen Vorsprung. Es ist zu riskant für dich, mich zu fliegen, deshalb muss ich zurück nach Hause und mein Fahrrad holen. Ich fahre auf klassische Art zum Steinbruch.«

Eric lächelte und salutierte, bevor er in den Himmel schoss. »Wir treffen uns dort!«

Daniel winkte ihm. Die Dinge entwickelten sich jetzt schnell. Eric hatte recht, sie hatten wertvolle Zeit damit verplempert, wütend zu sein und einander zu misstrauen. Hier ging Großes vor sich. Und etwas ließ ihn nicht los. Nicht Herman oder die Schatten. Es war Theo Plunkett, der am Rand des Steinbruchs gestanden und ihn beobachtet hatte. Es war der Ausdruck auf seinem Gesicht.

18 IM ALTEN STEINBRUCH

Während Daniel die Bundesstraße 20 entlangradelte und quälend langsam Kilometer für Kilometer hinter sich brachte, brausten immer wieder Lastwagen an ihm vorbei. Er wünschte, einfach auf eine Planierraupe springen und per Anhalter mitfahren zu können. Er hielt es aber für keine gute Idee, sich den Leuten zu zeigen, die er ausspionieren wollte.

Ein paar Hundert Meter vorm Steinbruch verließ Daniel die Straße und ging im Schutz der Bäume zu Fuß weiter. Bald hallte das Dröhnen der Maschinen durch den Wald und der süße Geruch der Kiefern wurde von dem Gestank nach Motoröl und Benzin überlagert. Das waren keine herumschnüffelnden Jungen, diese Leute bereiteten sich auf Grabungsarbeiten im großen Stil vor.

Ein paar Minuten lang blickte Daniel sich suchend im Wald um, dann entdeckte er die anderen. Wegen des stetigen Maschinenlärms musste er sich keine Sorgen um irgendwelche Geräusche machen, als er auf ein paar herabgefallene Zweige trat. Aber die kahlen spätherbstlichen Bäume boten nur so spärlichen Schutz, dass er Angst hatte, man würde ihn sehen. Zum Glück fand er seine Freunde hinter ein paar dicht beieinanderstehenden Nadelbäumen am Rand des Steinbruchs. Perfekt für ein bisschen Spionage. Sicher versteckt zwischen den Bäumen winkte Eric ihm zu und Rohan nickte ein knappes Hallo. Mollie sagte gar nichts. Sie flog aber auch nicht davon oder warf ihm einen Stein an den Kopf, was Daniel für ein gutes Zeichen hielt.

Die vier spähten durch die Zweige auf den Steinbruch, der sich von einem Tag auf den anderen völlig verändert hatte. Da waren die Lastwagen, die Daniel auf der Straße gesehen hatte, Muldenkipper und ein paar Bagger. Aber hier wurde nicht nur einfach gegraben. Am Rand des Steinbruchs standen ein paar große Zelte. Als die Türen aus Stoff zur Seite gezogen wurden, sah Daniel Männer, die an Tischen saßen und mit Laptops arbeiteten oder kompliziert wirkende Geräte aus Kisten nahmen. Das hier war eine echte Hightech-Operation.

»Ist übel, oder?«, fragte Eric.

Rohan nickte. »Ich glaube, das ist sehr übel.«

»Kannst du verstehen, worüber die Nerds in dem Zelt da reden?«

»Pass auf, was du sagst – du redest von meinen Leuten«, sagte Rohan. »Lass mich mal versuchen.« Er schloss die Augen und konzentrierte sich. »Zu viele Hintergrundgeräusche. Ich kann kaum was verstehen. Aber sie scheinen sehr aufgeregt zu sein. Das Wort *super* fällt ein bisschen zu oft für meinen Geschmack. Und jemand redet andauernd über Höhlen.«

»Was machen sie da?«, fragte Mollie. »Warum gerade jetzt?«

»Ich fürchte, ich weiß, warum sie hier sind«, sagte Daniel.

»Ich war vor ein paar Wochen hier und habe Clay und Bud dabei überrascht, wie sie zwischen den Steinen herumgegraben haben.«

»Noch mehr Geheimnisse?«, fragte Mollie.

»Red weiter, Daniel«, sagte Rohan.

»Es war kurz nachdem wir von Louisas … Zustand erfahren haben. Ich bin einfach herumgefahren und schließlich hier gelandet. Clay und Bud haben nach Meteoritengestein gesucht.«

»Und du warst allein?«, fragte Rohan.

»Ich hatte keine Angst vor ihnen«, sagte Daniel. »Ich dachte, dass mich meine … Fähigkeit vor ihnen schützen würde.«

»Und, wie ist es gelaufen?«, fragte Mollie.

»Nicht so gut. Clay hat versucht, mir den Schädel einzuschlagen, und am Ende hatte ich Buds Supergestank am Hals.«

Einen Augenblick lang schwiegen Daniels Freunde, verdauten diese Nachricht, und während sie über ihn urteilten, hörte man nur das ferne Rumpeln der Lastwagen.

Mollie rührte sich als Erste. Sie schnaubte. Einmal. Dann noch einmal. Und brach in schallendes Gelächter aus. Innerhalb von Sekunden hielten sich seine Freunde die Seiten und schrien fast vor Lachen.

»Oh, Mann! Das hätte ich zu gern gesehen!«, sagte Mollie.

»Ich nicht«, sagte Rohan und wischte sich die Tränen aus den Augen. »Mir reicht die Vorstellung!«

»Okay, okay«, sagte Daniel. »So komisch ist es nun auch wieder nicht.«

Er tat, als wäre es ihm peinlich, doch in Wahrheit war er erleichtert. Es war ein wundervolles Gefühl, seine Freunde wieder lachen zu hören, auch wenn es auf seine Kosten war. Als ob er seit Tagen den Atem angehalten hätte und nun endlich Luft holen konnte.

»Dein Supergestank hat also über Clays Superkraft gesiegt?«, fragte Eric.

»Nun ja, er hat mir genügend Zeit verschafft, um abzuhauen«, sagte Daniel. »Aber so lustig das auch sein mag, um den Supergestank geht es eigentlich gar nicht. Ich habe Theo Plunkett hier gesehen und er mich. Er hat die ganze Szene beobachtet.«

»Tja, dann ist ja alles klar«, sagte Eric. »Wir wissen also, wer dahintersteckt. Theo hat seinen superreichen Daddy darum gebeten, im Steinbruch herumzubuddeln!«

»Aber wieso?«, fragte Mollie. »Das erklärt noch immer nicht, warum! Nach was graben sie hier?«

»Er ist hinter dem Meteoriten her – genau wie Clay und Bud«, sagte Eric. »Theo hat den schwarzen Ring gestohlen – wahrscheinlich hat er sich in dein Zimmer geschlichen, Daniel, als du in der Schule warst. Und jetzt hilft er seinem alten Großonkel und sucht nach dem Rest des Meteoriten, damit sie ihre total bescheuerte Familientradition fortführen können.«

»Ich gebe zu, dass das Ganze nicht gerade für ihn spricht«, sagte Daniel. »Aber wir haben noch immer keinen Beweis.«

»Warum fragen wir ihn nicht einfach?«, schlug Rohan vor.

»Das ist nicht so leicht«, sagte Daniel. »Ich hab versucht ihn anzurufen, bin bei ihm vorbeigefahren, aber er geht mir aus dem Weg.«

»Ich habe nicht gemeint, dass du ihn anrufen oder bei ihm

vorbeifahren sollst«, sagte Rohan. »Ich meine, du sollst ihn fragen. Jetzt.«

Er deutete auf die Zelte, und sie alle sahen, wie sich eines öffnete und Theo Plunkett herauskam. Bei ihm waren sein Vater und ein weiterer Mann, den sie noch nie zuvor gesehen hatten.

»Da ist dein Beweis«, sagte Eric.

»Mag sein«, sagte Daniel. »Aber Rohan hat recht. Es gibt nur einen Weg, es wirklich herauszufinden.«

Er trat zwischen den Bäumen hervor.

»Was tust du?«, flüsterte Eric.

»Ich höre endlich mal auf meine Freunde«, flüsterte Daniel zurück. »Ich werd Theo fragen, was da vor sich geht. Ihr bleibt hier und gebt mir Rückendeckung.«

»Machen wir«, sagte Rohan und nickte.

»Ihr seid doch verrückt«, sagte Mollie, dann nickte auch sie.

Es tat so gut, seine Freunde hinter sich zu wissen. Daniel wollte alles allein regeln und das hatte ihnen den ganzen Schlamassel erst eingebrockt. Er hatte ganz vergessen, wie es sich anfühlte, Teil eines Teams zu sein.

Wegen der hin und her fahrenden Lastwagen hörte Theo Daniel nicht kommen. Es war Theos Vater, der ihn zuerst entdeckte. Er tippte seinem Sohn auf die Schulter und zeigte auf Daniel. Als Theo ihn erblickte, sah er für einen kurzen Moment schockiert, fast schon alarmiert aus. Doch er fing sich rasch wieder und verbarg sein Erstaunen hinter dem üblichen coolen Lächeln.

»Ich hab die Lastwagen gesehen«, sagte Daniel.

Theo nickte. »Ich freu mich. Schön, dich zu sehen.«

»Daniel«, sagte Mr Plunkett, »das hier ist Dr. Lewis. Er arbeitet am archäologischen Institut der Universität.«

Der fremde Mann, einer von Erics Nerds, schüttelte Daniel die Hand.

»Eigentlich ist diese Fundstelle nicht öffentlich zugänglich«, sagte Dr. Lewis und blickte Daniel über den Rand seiner Brille hinweg an. »Doch wenn du ein Freund der Plunketts bist, können wir wohl eine Ausnahme machen.«

»Sie sind Archäologe?«, fragte Daniel. »Ich dachte, das hier ist nur ein alter Kalksteinbruch.«

»Nun, das war es«, sagte Dr. Lewis. »Aber davor war es eine bedeutende Fundstätte. Die Universität bemüht sich schon sehr lange um den Zugang zu diesem Gelände. In der direkten Umgebung gab es ein paar sehr interessante Funde – einige von ihnen sind Hunderte, wenn nicht Tausende von Jahren alt. Doch das ganze Land ist in Privatbesitz und, nun ja …«

»Großonkel Herman hatte für Archäologie nicht viel übrig«, sagte Theo. »Doch jetzt, wo das Land uns gehört, haben sich die Dinge geändert.«

»Theo ist zu bescheiden«, sagte sein Vater. »Er fand heraus, dass die Universität am Steinbruch interessiert war, und hat mir so lange in den Ohren gelegen, bis ich die Ausgrabungen gestattet habe. Ich habe meine Leute prüfen lassen, ob mit dem Kalkstein wirklich kein Geld mehr zu verdienen ist, und dann grünes Licht gegeben. Sieht so aus, als wäre Theo der Menschenfreund in unserer Familie!«

»Sie sind überaus großzügig«, sagte Dr. Lewis. »Wir sind schon jetzt mehr als angetan von dieser Ausgrabungsstätte.«

»Dr. Lewis sagt, dass die ersten Bewohner dieser Gegend in Höhlen wohnten«, erklärte Theo. »Doch bisher wurden sie nicht entdeckt.«

»Das würde zeitlich sogar noch den Stämmen der amerikanischen Ureinwohner vorausgehen, die hier gelebt haben«, sagte Dr. Lewis. »Wir reden also von prähistorischen Menschen. Sie kamen aus Asien über das Gebiet der heutigen Beringstraße hierher und waren die Ersten, die diese Gegend besiedelt haben. Über die Jahre haben wir genügend Beweise gesammelt, um eine Vorstellung davon zu bekommen, was mit ihnen passierte. Ich vermute, dass irgendeine Katastrophe – ein Erdbeben oder vielleicht sogar ein Meteoriteneinschlag – ihre Höhlen verschüttet hat. Aber vielleicht sind dort unten noch ein paar Gänge übrig geblieben. Und wenn wir diese finden ..., tja, wer weiß, was sie dort zurückgelassen haben?«

Daniel nickte zu Dr. Lewis' Vortrag, er täuschte Neugier und sogar Erstaunen vor, obwohl er wusste, was in diesen Höhlen war – er hatte sie gesehen. Und was Hermans Interessen betraf, so lag Theo völlig falsch. Er war von den archäologischen Funden hier und am ganzen Mount Noble *besessen* gewesen. Im Unterschied zu seinen Verwandten wollte er aber all diese Geheimnisse für sich behalten. Einzig und allein mit Daniel hatte er sie geteilt. Er hatte ihm die Höhlenmalereien gezeigt, die die prähistorischen Menschen geschaffen hatten. Es hatte tatsächlich eine Katastrophe gegeben, die von einem Meteoriteneinschlag verursacht worden war. Durch die Kraft des Meteoritengesteins entstand die allererste Generation von Superkids. Diese Gruppe prähistorischer junger Menschen setzte ihre Superkräfte ein, um gegeneinander zu kämpfen, bis sie schließlich den ganzen Stamm ausgelöscht hatten. Und all das war auf die Höhlenwände gemalt, die noch immer dort unten verborgen lagen und nur darauf warteten, entdeckt zu werden.

Und Hermans Steinanhänger? War der auch noch immer da unten? Lagen dort – tief unter der Erde – immer noch Bruchstücke des ursprünglichen Meteoriten begraben? Herman hatte ein Vermögen ausgegeben, um für den schwarzen Ring genügend Meteoritengestein auszugraben. Doch was war, wenn sie diesmal noch tiefer gruben? Was könnten sie finden?

Dies alles ergab keinen Sinn. Wenn Theo mit seinem Großonkel im Bunde war, hätte er ganz sicher nicht die Universität und ihr Team von Wissenschaftlern mit ins Boot geholt. Herman hatte alles dafür getan, die Höhlen geheim zu halten; er war zu paranoid, um diese Entdeckung mit jemand anderem zu teilen. Auf keinen Fall hätte Herman Plunkett das hier zugelassen.

Nein. In diesem Moment fällte Daniel sein Urteil über den jüngsten Spross der Plunketts. Theo war verwöhnt und rücksichtslos, hatte sich an seinem ersten Tag in Noble's Green fast umgebracht – und Eric das Leben gerettet. Er hatte keine Sekunde gezögert. Und deshalb setzte Daniel darauf, dass Theo Plunkett tief in seinem Herzen ein besserer Mensch war als Herman. Vielleicht sogar ein wirklich guter Mensch. Ganz sicher aber war Theo ein Neuling, der nach Antworten suchte, und das konnte Daniel nur zu gut verstehen.

Jetzt oder nie.

»Das klingt alles ganz schön abgefahren«, sagte Daniel.

Dr. Lewis zuckte angesichts der Wortwahl, mit der Daniel das beschrieb, was der Professor für eine bedeutende historische Entdeckung hielt, zusammen. Offenbar hatte er keine Ahnung, dass sein eigenes Team von Wissenschaftlern sich vielleicht in diesem Moment im Forschungszelt abklatschte und »Super!«, brüllte.

»Theo, hast du hier noch lange zu tun?«, fragte Daniel. »Ich dachte, du hättest vielleicht Lust, was mit mir zu machen.« Obwohl Daniel seine Stimme ganz beiläufig klingen ließ, warf er Theo einen Blick zu, den dieser hoffentlich richtig deutete. Sie mussten sich dringend unterhalten.

»Nun, ich glaube nicht, dass Dr. Lewis Theo wirklich braucht, oder?«, fragte Mr Plunkett.

»Oh nein. Natürlich nicht«, sagte Dr. Lewis.

»Aber das Plunkett'sche Scheckbuch«, fügte Mr Plunkett augenzwinkernd hinzu.

Dr. Lewis wurde rot und lächelte verlegen.

»Wollt ihr nach Hause gefahren werden?«, fragte Mr Plunkett.

»Also, mein Fahrrad steht ein Stück die Straße runter«, antwortete Daniel, »wenn es Theo nichts ausmacht, mich zu Fuß nach Hause zu begleiten. Ist ja nicht besonders kalt.«

»Klar«, sagte Theo nach kurzem Zögern. »Warum nicht?«

»Wie ihr mögt«, sagte Mr Plunkett. »Solange Theo nicht hinter dem Steuer irgendeines motorisierten Fahrzeugs sitzt, bin ich froh, wenn er mal ein bisschen rauskommt.«

Die beiden Männer überließen die Jungs sich selbst, wobei Dr. Lewis mit seinem Vortrag über die Geschichte des Ausgrabungsorts fortfuhr und Mr Plunkett dazu nickte und gelegentlich ein gelangweiltes »Mm-hmm« von sich gab.

Sobald sie außer Hörweite waren, wandte Theo sich Daniel zu.

»Überraschung!«, sagte er und deutete auf den Steinbruch und die mehr als zwanzig Wissenschaftler und Doktoranden, die dort herumliefen. »Jetzt also interessierst du dich für mich – und das hat gerade mal ein paar Hunderttausend Dollar vom Geld meines Vaters und eine kleine Armee von Archäologen gekostet.«

»Ich soll mich nicht für dich interessieren?«, fragte Daniel. »Ich versuche seit Wochen, mit dir zu reden. *Du* bist doch ganz plötzlich unauffindbar gewesen!«

Theo sah Daniel lange an. Die beiden Jungen maßen sich mit prüfenden Blicken. Sie waren keine Freunde, aber sie waren auch noch keine Feinde. Daniel war sich nur zu bewusst, dass die nächsten paar Minuten darüber entscheiden würden, ob er Theo auf ihre Seite ziehen konnte.

»Ich hab eine Schwäche für Geheimnisse«, sagte Theo schließlich. »Ich habe Hermans Arbeitszimmer durchsucht und seine Aufzeichnungen studiert, und mir wurde klar, dass er hier nicht nur nach Kalkstein gegraben hat. Er bezahlte Spezialisten auf der ganzen Welt dafür, damit sie untersuchten, was er hier gefunden hat. Aber die Ergebnisse sind zu gut versteckt. Jede Menge Hinweise, aber keine definitiven Antworten. Doch alles deutet auf den Steinbruch hin.«

»Du bist also Detektiv«, stellte Daniel fest.

»Ich bin kein Detektiv, ich bin bloß reich«, entgegnete Theo. »Ich weiß nicht mal, wonach ich suche.«

Endlich verschwand das Grinsen aus seinem Gesicht. »Oder genauer gesagt, was ich vor mir sehe.«

Das traf Daniel. Ihm gefiel die Andeutung nicht, dass er etwas anderes sein könnte, als es den Anschein machte. Doch er verdiente Theos Misstrauen. Sie alle verdienten es.

»Du musst deinen Vater dazu bringen, die Ausgrabungen abzublasen«, sagte Daniel.

»Warum? Ich bin derjenige, der ihn überhaupt erst davon überzeugt hat.«

»Ihr wisst nicht, was ihr hier finden werdet. Es …, es könnte gefährlich sein.«

Theo lachte. »Gefährlich? Da ist *etwas*, das vielleicht gefährlich sein *könnte*? Mann, selbst jetzt kannst du nicht ehrlich zu mir sein, oder? Immer nur diese vagen Andeutungen.«

»Hör zu, Theo. Ich kann es nicht erklären, aber du musst mir vertrauen …«

»Dir vertrauen?«, sagte Theo. »Du hast mich doch vom ersten Moment an angelogen, Daniel! Du und deine Freunde.«

Er beugte sich vor, seine Augen waren schmal vor Wut. »Mein Auto ist nicht von allein mitten in der Luft stehen geblieben! Irgendwas ist da an der Brücke passiert. Und ich hab gesehen, wie du hier im Steinbruch mit den beiden Jungs gekämpft hast. Ich habe Sachen gesehen …, Sachen, die einfach nicht möglich sind!«

Als sie Theos erhobene Stimme hörten, blickten sein Vater und Dr. Lewis zu den Jungen herüber. Theo riss sich zusammen und lächelte zurück. Sein übliches aalglattes Lächeln. In seinem Gesicht war nicht mal mehr die Spur von Verärgerung zu sehen.

»Mein Großonkel war von irgendetwas in diesem Berg besessen«, sagte Theo. »Du und deine Freunde – ihr wisst offensichtlich, was es ist. Aber ihr wollt es mir nicht sagen. Bitte sehr! Ich werd es selbst herausfinden.«

Einen Augenblick lang herrschte angespanntes Schweigen zwischen ihnen. Daniel wusste: Wäre Eric an seiner Stelle gewesen, wäre die Zeit für Verhandlungen jetzt vorbei. Der Fehdehandschuh war geworfen worden und Theo Plunkett nun eine Bedrohung. Aber Daniel war nicht Eric, und sosehr er auch zu seinem Freund aufschaute, war er doch der Meinung, dass es noch einen anderen Weg geben musste, um mit diesem Problem fertigzuwerden. Er fragte sich oft, ob es in der Vergangenheit einen Moment gegeben hatte, in dem man sich mit Clay und Bud noch hätte einigen können. Jetzt war es zu spät, aber für Theo vielleicht noch nicht.

Das Letzte, was die Superkids brauchten, war ein weiterer Feind. Noch viel wichtiger war, dass er Theo davon überzeugen musste, die Ausgrabungen zu beenden.

»Also, was ist nun?«, fragte Theo. »Bin ich jetzt euer Erzfeind, genau wie in den Comicheftchen?«

»Nein«, antwortete Daniel. »Ich finde, wir sollten einen kleinen Spaziergang machen.«

»Und wohin?«, fragte Theo.

Jetzt war es Daniel, der lächelte. Er dachte an den Nachmittag vor über einem Jahr, als er Eric das Gleiche gefragt hatte – verstört, frustriert und auf der verzweifelten Suche nach Antworten.

»Zu einem Baumhaus.«

19 DIE SUPERKIDS VON NOBLE'S GREEN

»Mollie kann fliegen und sie ist superschnell«, sagte Daniel. »Ich meine, supersuperschnell.«

Mollie schnaubte, aber sie leugnete es nicht und vielleicht freute sie sich sogar über das Kompliment. Bei Mollie wusste man das nie. Als Nächstes war Rohan an der Reihe, der mit seinem Hemdärmel an einem hartnäckigen Fleck auf seiner Brille herumrubbelte.

»Rohan hat Supersinne«, erklärte Daniel.

»Super…sinne?«, fragte Theo.

»Es ist nicht so langweilig, wie es klingt«, sagte Rohan.

»Doch, ist es«, widersprach Mollie.

»Und dann«, sagte Daniel, »gibt es noch Eric.«

»Und was kannst du?«, fragte Theo und blickte rüber zum Fenster, wo Eric vor sich hin schmollte.

»Bin stark. Unverwundbar. Kann fliegen«, antwortete Eric, ohne aufzublicken

Theo nickte beeindruckt. »Schön für dich.«

»Er hat an der Brücke dein Auto aufgefangen«, fügte Daniel hinzu.

»Tja, danke sehr«, sagte Theo.

Eric zuckte die Achseln und schwieg. Er wandte noch nicht mal den Blick vom Fenster ab. Dabei war es doch eigentlich so, dass Eric sich bei Theo für dessen Erste-Hilfe-Maßnahmen bedanken müsste, die ihm wahrscheinlich das Leben gerettet hatten. Eric war absolut dagegen gewesen, Theo mit zum Baumhaus zu nehmen, war aber überstimmt worden. Daniel konnte Mollie und Rohan davon überzeugen, dass dies ein kluger Schachzug war. Am Ende hatte es drei Stimmen dafür und eine dagegen gegeben. Und die Gegenstimme hatte beschlossen zu schmollen.

»Das sind sie also«, sagte Daniel. »Die Superkids von Noble's Green.«

Einen Augenblick lang saß Theo mit regloser Miene da und musterte sie. Daniel konnte sich vorstellen, was in seinem Kopf vor sich ging, denn er hatte vor nicht allzu langer Zeit genauso hier gesessen. Das Baumhaus, die verblichenen Poster und die alten, vergilbten Comics, die wie Relikte überall herumlagen. Der ganze Ort war ein Museum über die Geschichte der Superkids. Und in vielerlei Hinsicht ihre einzige Verbindung zu einer Vergangenheit, die ihnen vom Shroud geraubt worden war. Doch jemandem wie Theo, der im gestohlenen Sportwagen seines Vaters durch die Stadt raste, kam das vielleicht wie Kinderkram vor. Nur dass diese Kinder fliegen konnten.

»Na schön«, sagte Theo. »Und was ist mit dir?«

»Was meinst du?«, fragte Daniel.

»Was kannst du? Was hast du für eine übernatürliche Fähigkeit?«

Den Teil hatte Daniel völlig verdrängt. Er war nun auch ein Superkid. Obwohl es ihm anders lieber gewesen wäre.

Er fühlte die Blicke seiner Freunde auf sich ruhen. »Ich stehle die Superkräfte der anderen.«

»Tja, was sagt man dazu!«, sagte Theo nach einer Weile.

»Er *leiht* sie sich«, sagte Eric und wandte sich endlich vom Fenster ab. »Es ist immer nur vorübergehend.«

Theo nickte und lächelte. »Schon kapiert. Und wo sind eure Kostüme?«

»Wir tragen keine Kostüme«, sagte Rohan.

»Eric manchmal schon«, sagte Mollie.

»Nur an Halloween!«, stellte Eric richtig.

»Aber ihr müsst doch Kostüme tragen«, sagte Theo. »Verstößt es denn nicht gegen eure Verbandsregeln, unverkleidet herumzulaufen? Werden sie euch nicht aus der Bruderschaft zum Kampf gegen das Verbrechen ausstoßen?«

»Er macht sich über uns lustig«, sagte Mollie.

»Was denn?«, entgegnete Theo und blickte sich im Baumhaus um. »Wollt ihr mir wirklich erzählen, dass ihr euch hier trefft und dann ohne Kostüme gegen die zahllosen Verbrechen hier vorgeht? Ich meine, wenn ich eines Morgens aufwachen und entdecken würde, dass ich ein Superheld wäre, würde ich bestimmt gegen alle bösen Buben in der sichersten Stadt der Welt antreten. Ist das nicht der Werbeslogan von Noble's Green?«

»Das Ganze ist ein bisschen komplizierter«, sagte Daniel. »Keiner von uns hält sich für einen Superhelden.«

»Nun ja, einige von uns …«, sagte Mollie und warf Eric von der Seite einen Blick zu.

»Wir helfen den Menschen«, sagte Eric. »Nenn es, wie du willst.«

»Habt ihr denn wenigstens Superhelden-Namen?«, fragte Theo. »Wie zum Beispiel Supernasen-Junge? Oder Blitzrednerin?«

»Wie wär es mit Superkid-das-reichen-Klugscheißerjungen-in-den-Fluss-wirft?«, sagte Eric und stand auf. »Wie wäre es damit?«

Theo lachte. »Ich weiß nicht, was ich erwartet habe, als ich herkam. Aber ich dachte, ihr würdet mir eine bessere Geschichte auftischen als diesen Mist.«

»Das ist die Wahrheit«, sagte Daniel. »Ich weiß, es ist schwer zu glauben …«

»Jetzt hört mal zu«, sagte Theo. »Mir ist klar, dass hier etwas … Seltsames vor sich geht. Ich habe genug gesehen, um das zu verstehen. Aber wenn ihr wirklich erwartet, dass ich glaube, dass dieser Obernerd hier …«

»Der Obernerd hat auch einen Namen, vielen Dank«, sagte Rohan.

Theo fuhr fort, als ob Rohan gar nichts gesagt hätte.

»Wenn ihr erwartet, dass ich glaube, der Obernerd könnte eine Blume auf der anderen Bergseite riechen oder dass Mädchen und Jungen fliegen können, dann seid *ihr* verrückt. Vielleicht kaufen euch das eure Altersgenossen ab, aber ich nicht.«

»Glaub es oder nicht, Theo, schon seit Generationen gibt es Superkids in dieser Stadt«, sagte Daniel. »Und wir können es dir beweisen. Keiner weiß genau, wie es passiert ist, doch dein Großonkel nahm an, dass es vor über 75 Jahren durch einen Meteoriteneinschlag verursacht wurde. Der Steinbruch, in dem die Männer deines Vaters herumbuddeln, ist die Absturzstelle. Herman hat dort jahrelang heimlich Ausgrabungen durchgeführt.«

»Warum?«, fragte Theo. »Nach was genau hat er gesucht?«

Daniel blickte nacheinander in die Gesichter seiner Freunde. In Erics Augen stand eine deutliche Warnung. Er wollte nicht, dass Daniel weiterredete, dass Theo noch mehr erfuhr. Daniel fiel keine andere Lösung ein. Um die Ausgrabungen zu stoppen, musste er dem Jungen alles erzählen. Wenn die Wissenschaftler die Höhlen entdeckten, würden sie vielleicht auch Splitter des Hexenfeuer-Meteoriten finden, und diese Art von Macht konnte die ganze Welt in Gefahr bringen. Was das betraf, hatte Herman durchaus recht gehabt.

Theo mit der Wahrheit zu konfrontieren war riskant, und vielleicht richtete Daniel damit großes Unheil an, doch es war ihre einzige Möglichkeit. Daniel traute ihm zwar noch immer nicht ganz, aber er war überzeugt, dass die Geheimnisse des Mount Noble nur dann sicher waren, wenn sie Theo Plunkett auf ihre Seite ziehen konnten.

»Der Meteorit, der hier eingeschlagen ist, hat den Kindern ihre Kräfte verliehen. Aber er konnte auch dazu benutzt werden, ihnen diese Kräfte wieder zu rauben. So wie Herman es viele Jahre lang tat.«

Daniel führte diesen letzten Satz nicht weiter aus. Statt darauf zu achten, wie Theo auf die Neuigkeit, dass sein Verwandter der wahre Schurke war, reagierte, beobachtete er Rohan. Er war Daniels Geheimwaffe. Daniel hatte beschlossen, mit

Theo reinen Tisch zu machen, doch wenn seine Freunde noch immer den Verdacht hegten, Theo sei der Verbündete des Shroud, dann war es Rohans Aufgabe, bei Theo nach Anzeichen von Unaufrichtigkeit zu suchen. Wenn ihn diese Eröffnung wirklich schockierte, wenn Theo so unschuldig war, wie er behauptete, dann sollten Rohans übernatürlich ausgeprägte Sinne das feststellen können. Theos Reaktion würde ihnen hoffentlich alles sagen, was sie wissen mussten.

Doch dazu kam es nicht. In dem Moment, als Daniel in Rohans Richtung blickte, weiteten sich dessen Augen vor Angst. Er hörte etwas, das nichts mit Theo zu tun hatte. Und es war nichts Gutes.

Für Daniels Ohren war es wie ein leises Kratzen an der Tür – wie ein Tier, das an den Brettern scharrte. Ein Scharren …, und noch eins.

»Sie sind hier! Runter!«, brüllte Rohan, dann flog auch schon die Tür auf. Sie wurde aus den Angeln gerissen und fiel krachend zu Boden. Zwei längliche schwarze Schatten flogen herein. Sie hatten sie erneut gefunden.

Eric reagierte zuerst, warf sich ihnen in den Weg und stürzte zusammen mit dem vordersten aus dem Fenster. Daniel hörte das Brechen der Äste, als die beiden ihren Kampf zwischen den Bäumen austrugen. Ihm war klar, dass Eric sich von ihm fernhielt. Er wollte nicht aus Versehen gegen ihn stoßen und dadurch vielleicht seine Kräfte verlieren. Er würde versuchen, den ersten Schatten so schnell wie möglich zu erledigen, aber er würde es draußen tun. Dann würde er sich um den zweiten kümmern. Das bedeutete leider, dass sie bis dahin allein mit diesem Schatten fertigwerden mussten.

Mollie hatte sich bereits in den Kampf gestürzt. Sie tänzelte um das Wesen herum, schlug zu und wich im gleichen Augenblick zurück. Doch im Inneren des Baumhauses konnte sie ihr fliegerisches Können nicht einsetzen und schon bald trieb der Schatten sie in die Enge. Ihre Schläge schienen ihm kaum etwas auszumachen, er kam immer näher, und schließlich stellte er sie in einer Ecke, wo ihr ihre Schnelligkeit nichts mehr nützen würde. Es war nur eine Frage der Zeit.

Daniel zwang sich, die Augen zu schließen und tief durchzuatmen. Er musste sich beruhigen. Er achtete darauf, niemanden zu berühren, aus Angst vor dem, was seine Fähigkeit anrichten würde. Doch wenn er einfach nur so dastand, war er auch keine Hilfe.

Als ihn jemand am Hemdkragen packte, hätte er fast losgeschrien. Es war Theo, blass und zitternd. Daniel hatte ihn noch nie so verängstigt gesehen – nicht mal, als sein Auto über den Rand der Bergbachbrücke geschossen war.

»Was ist hier los?«, brüllte er. »Was sind das für Viecher?«

»Schatten«, erwiderte Daniel. »Wir müssen hier raus!«

»Daniel«, sagte Rohan, »da kommt noch einer. Ich höre, wie er sich durch die Bäume schlängelt.«

»Eric!«, rief Daniel. »Er ist ganz allein da draußen!«

Plötzlich ertönte ein Schrei und Mollie raste auf sie zu. Schlitternd kam sie zum Stehen und sah sie mit großen Augen an.

»War diesmal … nicht schnell genug«, sagte sie schwach.

Der Schatten schwebte auf sie zu. Er richtete sich zu seiner vollen Größe auf, füllte den Raum und schluckte alles Licht. Gleich würde er wie eine Welle aus Schatten über ihnen zusammenzuschlagen, als er plötzlich innehielt. Dann beugte er sich zu Theo und schnüffelte.

»Was …, was tut er da?«, flüsterte Theo angstvoll.

Das formlose Gesicht des Schattens war nur Zentimeter von Theos Nase entfernt.

»Ich weiß es nicht«, sagte Daniel. Warum griff der Schatten nicht an? Auf was wartete er?

»Er erkennt dich!«, sagte Rohan.

»Ich hab in meinem ganzen Leben noch nie eins von diesen Monstern gesehen!«, widersprach Theo. »Wie kann es mich da erkennen?«

»Herman ist dein Großonkel«, sagte Rohan. »Vielleicht kann er ihn an dir riechen.«

»Ich rieche wie Herman?«, fragte Theo mit großen Augen.

»Du riechst wie ein Plunkett!«, erklärte Rohan. »Wenn man eine feine Nase hat, weiß man, dass alle Familien einen eigenen Geruch haben.«

Das brachte Daniel auf eine Idee.

»Theo, befiehl ihm zu verschwinden«, sagte er.

»Was?«, fragte Theo.

»Mach schon!«, zischte Daniel mit zusammengebissenen Zähnen. Der Schatten war offenbar verwirrt darüber, ob dieser junge Plunkett wirklich eine Bedrohung war, und sie mussten handeln, bevor er selbst eine Entscheidung treffen würde.

Theo schluckte. Ein langer, dünner Schattententakel schnellte aus dem Wesen hervor und dann wieder zurück – wie die Zunge einer Schlange. Es konnte Theos Geruch nicht eindeutig zuordnen, deshalb probierte es seinen Geschmack.

»Uähh«, machte Theo und wich zurück. »Geh weg!«

Der Schatten hielt inne.

»Du musst strenger sein«, sagte Daniel. »Behandle ihn wie …, wie einen Diener!«

»Verschwinde«, sagte Theo. Noch immer bewegte sich das Wesen nicht. »Ich sagte: VERSCHWINDE VON HIER!«

Plötzlich duckte sich der Schatten – wie ein Hund, dem man mit einer zusammengerollten Zeitung drohte.

»Gut«, flüsterte Daniel. »Weiter so.«

»Wird's bald!«, sagte Theo mit wachsendem Selbstvertrauen. »Ich hab gesagt, du sollst abhauen!«

Der Schatten wandte sich um und schwebte langsam zur Tür, als es über ihnen krachte und Eric durch die Decke brach. Offenbar hatte Eric den Kampf gegen den ersten Schatten gewonnen. Doch es war bereits ein weiterer auf dem Dach, der durch das gezackte Loch nach unten blickte. Eric schaffte es so gerade eben, sich auf die Ellbogen zu stützen. Er versuchte, neue Kraft zu schöpfen.

Angesichts des bevorstehenden Kampfs änderte der Schatten an der Tür die Richtung und bewegte sich nun auf Eric zu. Jetzt waren es zwei Schatten, die sich auf ihn stürzen wollten. Er würde es nicht schaffen, sich gegen beide zu wehren.

Wenn Daniel versuchte, sich Erics Superkraft zu leihen, würde er dann auch dessen Schwäche übernehmen? Würde er die gleichen Verletzungen haben wie sein Freund und sie beide wehrlos machen?

Ihm blieb keine Zeit, lange zu überlegen. Die Schatten kamen immer näher – wie Haie, die Blut gerochen hatten. Daniel hatte keine Wahl. Er trat vor …

»STOPP!«, brüllte eine Stimme.

Daniel blickte hinüber zu Theo, der jetzt hoch aufgerichtet dastand und mit dem Finger auf die Schatten zeigte.

»Zum allerletzten Mal, ihr beiden Drecksäcke, ihr hohlen Nichtsnutze …, HINFORT!«

Noch nie hatte Daniel einen solchen Befehlston gehört und solche Autorität. Das war die Stimme von jemandem, der es gewohnt war, Befehle zu erteilen. Der es gewohnt war, dass man ihm gehorchte.

Gerade noch bereit zum Angriff, waren die Schatten jetzt verschwunden. Das Baumhaus glich einem Schlachtfeld. Im Dach war ein gähnendes Loch und überall lagen Comics und Papier herum. Die Tür war ruiniert. Aber die Schatten waren fort.

Daniel blickte zu Theo. Der Junge war immer noch blass und wirkte erschüttert, doch sein Mund hatte sich schon wieder zu einem breiten Grinsen verzogen.

»Tja, bin ich nicht großartig?«, fragte er.

Theo Plunkett hatte den Schatten befohlen zu verschwinden und sie hatten ihm gehorcht.

20 EIN SPÄTABENDLICHER BESUCH

Die Superkids beschlossen, sich am nächsten Tag wieder zu treffen. Nach dem Angriff auf das Baumhaus fühlte sich dort niemand mehr sicher. Was einmal ihr Zufluchtsort gewesen war, war nun viel zu abgelegen, schutzlos – im wahrsten Sinne des Wortes war nun allem Bösen Tür und Tor geöffnet. Sie mussten unter Menschen. Und je mehr, desto besser.

Nach der Prüfung aller bisherigen Fakten vermutete Daniel, dass die Schatten aus irgendeinem Grund vorzugsweise dann angegriffen, wenn alle Superkids versammelt und weit weg von anderen Menschen waren. Auch wenn Louisa beim ersten Angriff allein in Herman Plunketts Arbeitszimmer war, es waren dennoch vier weitere Superkids im Haus gewesen. Beim zweiten Angriff an Halloween waren sie ebenfalls alle zusammen gewesen. Und der letzte nun im Baumhaus. Drei Angriffe. Vielleicht hatten sie sich genau falsch verhalten. Vielleicht waren sie zu mehreren eben gerade nicht sicher. Es war beunruhigend, dass ihr Feind sich nicht scheute, ihnen als Gruppe entgegenzutreten. Doch möglicherweise bedeutete das im Umkehrschluss, dass sie wenigstens nachts allein in ihren Betten sicher waren. Nicht dass einer von ihnen damit rechnete, wirklich schlafen zu können.

Als er nach Hause kam, ließ Daniel sich gegenüber seinen Eltern nichts anmerken (seit er nach Noble's Green gezogen war, beherrschte er das ziemlich gut). Er aß mit ihnen zu Abend und tat so, als sei er nicht gerade eben von Schattenmonstern angegriffen worden – zum wiederholten Mal. Nachdem sie mit Essen fertig waren, schleusten Daniels Eltern Georgie durch seine übliche Badeprozedur und Daniel versuchte sich mit Hausaufgaben abzulenken. Er hoffte, sich in die Gleichungen in seinem Algebrabuch vertiefen zu können, doch es war aussichtslos. Ohne es überhaupt zu merken, kritzelte er Bilder der Schatten an den Rand. Erschrocken wollte er die schrecklichen Skizzen wegradieren; doch die Bleistiftstriche verschmierten bloß zu einem einzigen großen Durcheinander und, egal von welcher Seite er es betrachtete, er sah immer Monster. Unwillentlich hatte er sein Mathebuch in einen Rorschachtest verwandelt. Wenn die Schatten ihn nicht kriegen würden, dann eben Ms Daehler, seine Mathelehrerin.

Zusammen mit seinen Eltern schaute er noch ein bisschen fern, dann wusch er sich und stieg langsam und zögerlich in seinen Schlafanzug. Daniel wollte sich gerade ins Bett legen, als er Mollies geheimes Klopfzeichen am Fenster hörte. Auch wenn es sehr gefährlich, sehr dumm und sehr Mollie-mäßig war, allein in der Nacht durch die Gegend zu fliegen, freute sich Daniel über ihre Gesellschaft. Im Dunkeln sah er nur ihre Silhouette. Sie setzte sich auf sein Bett und zog die Knie fest an die Brust. Eine Weile lang sagte keiner von ihnen ein Wort. Sie waren einfach nur froh, nicht allein zu sein.

Nach ein paar Minuten flüsterte Mollie seinen Namen.

»Ja?«, antwortete er.

»Glaubst du, wir können sie besiegen?«

Daniel stieß einen tiefen Seufzer aus. Er hatte sich dasselbe auch schon gefragt und es gab nur eine ehrliche Antwort darauf.

»Diesmal ... bin ich mir nicht sicher«, sagte er. »Wir wissen noch nicht mal genau, gegen wen wir kämpfen. Nicht wirklich. Vielleicht steckt Herman hinter alldem, aber diese Schatten sind definitiv etwas Neues.«

»Ich hab nachgedacht, über Theo, die Schatten und deine ... Fähigkeit. Das kann doch alles kein Zufall sein, oder?«

Natürlich hatte Daniel sich diese Frage auch schon gestellt und Eric das Gleiche gesagt. Daniel hatte nach dem Auslöser gesucht, nach dem einen Ereignis, das diese drei Dinge miteinander verband. Doch das Einzige, auf das alles hinauszulaufen schien, war Theo. Er war das Bindeglied. Das Problem an diesem Gedanken war, dass Daniels innere Stimme ihm sagte, Theo sei unschuldig. Zwar sprachen alle Beweise gegen ihn, und Theos Verwöhntes-Kind-aus-reichem-Haus-Charakter tat sein Übriges, doch Daniel hatte schon einmal den Indizien mehr vertraut als seinem Instinkt. Damals war er in Herman Plunketts sorgfältig konstruierte Falle getappt. Auch wenn Daniel sein Idol Sherlock Holmes für seinen Glauben in rational begründbare Schlussfolgerungen bewunderte, lehrte ihn seine eigene Erfahrung, dass es im wahren Leben um mehr als nur um Logik ging. Daniel beschloss, diesmal auf seine innere Stimme zu hören. Er beschloss, Theo Plunkett zu vertrauen. Weshalb er sich jetzt eine andere

Theorie überlegen musste, um sich erklären zu können, was zum Teufel hier vor sich ging.

»Ich bin alles wieder und wieder durchgegangen, Mollie. Und das Einzige, was ich sicher weiß, ist, dass jemand versucht, uns gründlich aufzumischen. Diese Angriffe, die immer dann stattfinden, wenn wir alle zusammen sind – es ist, als wolle der, der dahintersteckt, verhindern, dass wir zusammensitzen und uns austauschen. Oder vielleicht wirkt unser Zusammensein wie eine Pizza vor der Nase eines hungrigen Menschen – wir sind einfach unwiderstehlich.«

»Na toll«, sagte Mollie. »Wir sind Salami.«

Daniel lächelte, merkte dann aber, dass sie sein Gesicht im Dunkeln vermutlich gar nicht sehen konnte. Doch Mollie redete bereits weiter.

»Der springende Punkt ist der«, sagte sie, »du hättest uns von deiner Fähigkeit erzählen sollen, Daniel. Und du hättest uns das mit dem Ring sagen müssen.«

»Ich weiß.«

»Nein, das glaube ich nicht. Du hockst da und denkst, du hättest es uns erzählen müssen, weil das der beste Weg gewesen wäre, um *uns* zu schützen. Aber darum geht es gar nicht. Das ist nicht der Grund, warum Rohan und ich deinen Kopf am liebsten ins Klo stecken und abziehen würden.«

Daniel schluckte. Das war keine besonders angenehme Vorstellung.

»Na schön, warum wollt ihr meinen Kopf ..., warum seid ihr so sauer auf mich?«

»Weil du großen Kummer hattest und nicht zugelassen hast, dass wir dir helfen, du Idiot. Wenn wir Freunde sind, echte Freunde, dann musst du endlich aufhören, so zu tun, als ob du immer alles im Griff hättest.«

»Ich tue nicht immer ...«

»Doch, tust du. Erst war es wegen der Superkräfte. Du hattest keine, und deswegen musstest du dich andauernd, wie soll ich sagen, beweisen. Vor uns. Vielleicht auch vor dir. Und jetzt hast du diese neue Fähigkeit und sie macht dir Angst und wieder tust du das Gleiche. Du nimmst keine Hilfe von anderen an. Und das ist nicht das, was Freunde tun, Daniel.«

Daniel dachte über ihre Worte nach. Er war froh, dass sie seine Augen im Dunkeln nicht sehen konnte, und nicht den Ausdruck auf seinem Gesicht. Den Schmerz. Die Angst. Angst wegen seiner neuen Fähigkeit und wegen dem, was sie vielleicht bedeutete. Und Angst vor den Schatten. Er hatte mit alldem allein zurechtkommen wollen. Er hatte gedacht, er würde es schaffen. Aber er hatte sich geirrt.

»Tut mir leid«, flüsterte er.

»Entschuldigung angenommen. Aber nur, weil du ein Junge bist und nichts dafür kannst, dass du nicht alle Tassen im Schrank hast.«

Daniel wischte sich über die Augen. Mollie vielleicht auch, doch weil es so dunkel war, war er sich nicht ganz sicher.

»Wenn wir uns morgen mit den anderen treffen, kann ich dann mit deiner Hilfe rechnen?«

»Bei was?«

»Du musst mir helfen, sie zu überzeugen.«

»Okay«, sagte Mollie. »Als wir gegen den Shroud kämpften, haben deine albernen Pläne funktioniert. Was im Zweifelsfall für dich spricht. Was hast du vor?«

»Wir nehmen den Kampf auf. Theos Archäologenkumpel werden die Höhlen todsicher entdecken, deshalb sollten wir ihnen zuvorkommen. Wir gehen zum Steinbruch. Wir alle. Der alte Steinbruch war das Versteck des Shroud und er ist unsere einzige Spur. Wenn es dort also etwas zu entdecken gibt, dann möchte ich es vor den Wissenschaftlern finden.«

»Und wenn die Schatten wieder angreifen?«

»Damit rechne ich«, sagte Daniel. »Und deshalb nehmen wir Theo mit. Beim letzten Mal war er ja ziemlich nützlich.«

»Also soll er ihnen wieder befehlen, sich zu verziehen?«

»Nein, diesmal wird Theo ihnen sagen, dass sie uns zu ihrem Anführer bringen sollen.«

»Und wenn sie beschließen, keine Befehle vom Junior entgegenzunehmen?«

Darauf hatte Daniel keine Antwort. Sie würden zweifellos ein großes Risiko eingehen, aber er hatte es satt, herumzusitzen und darauf zu warten, wieder von den Schatten angegriffen zu werden.

Mollie seufzte. Daniel konnte sich vorstellen, wie sie angesichts seiner üblichen Dummheit die Augen verdrehte und den Kopf schüttelte.

»Das ist dein Plan?«, fragte sie. »Uns an den einzigen Ort von ganz Noble's Green zu führen, wo wir nicht sein wollen, und uns dann den Schatten auf einem Silbertablett zu servieren?«

»Ja. So sieht's aus.«

»Cool«, sagte sie, und Daniel hörte an ihrer Stimme, dass sie lächelte. »Ich bin dabei.«

21 DER HERR DER SCHATTEN

Die Stadtbücherei schien ein sicherer Treffpunkt zu sein. Es gab genug Möglichkeiten, um sich ungestört zu beraten, andererseits war der Ort so öffentlich, dass die Schatten wohl keinen weiteren Angriff wagen würden. Daniel, Eric, Rohan und Mollie setzten sich nach der Schule zusammen, um ihrem Plan den letzten Schliff zu geben. Theo hatte sich bereit erklärt, sich später mit ihnen im Steinbruch zu treffen.

Die Superkids versammelten sich vor der Statue von Johnny Noble, die den Eingang zur Bücherei im Blick hatte. Dieser Johnny stellte den Volkshelden der Stadt dar und anstelle einer Dominomaske wie in den Comics trug er einen Vollbart und eine Mütze aus Waschbärfell. In seinen Armen hielt er ein kleines Kind, eine der Waisen aus St. Alban's, die er vor dem Feuer gerettet hatte. Auf gewisse Art war die Geschichte über Johnny als Held der Stadt genauso aufgebauscht wie alle, die sich Herman Plunkett vor vielen Jahren für die Comichefte ausgedacht hatte. Die örtliche Legende besagte, dass Johnny wieder und wieder in das brennende Waisenhaus gelaufen war – ohne sich auch nur im Geringsten um den gefährlichen Rauch und das Feuer zu scheren.

Die Statue verkörperte seine Kraft und seinen Mut sehr überzeugend. Doch auf den Fotos, die Daniel gesehen hatte, auf den wenigen Fotos, die den echten Mann zeigten, sah er hager und gequält aus. Ein armer, verängstigter Trapper, der in eine große Sache hineingezogen wurde. Zu groß für einen einfachen Mann aus den Bergen. Kein Wunder, dass Johnny verschwunden war, als sich sein Ruhm verbreitete und die Legende um ihn immer neue Blüten trieb.

Das Einzige, was an der Statue echt wirkte, waren die Augen, fand Daniel. Wer auch immer die Skulptur geschaffen hatte, dieses Detail war gut eingefangen. Auf den alten Fotos hatte Johnny einen stechenden Blick, in Hermans Comicheften ebenfalls. Und auch in Stein gehauen schaute er so.

Daniels Plan war einfach. Theo wusste, dass die Ausgrabungsarbeiten immer vor Sonnenuntergang beendet wurden. Da man ja in Noble's Green war, gab es danach kaum Sicherheitsvorkehrungen – nur ein einziger Mann, der alle paar Stunden vorbeikam und nach dem Rechten sah. Theo benutzte die E-Mail-Adresse seines Vaters und gab dem Wachmann für den Abend frei, damit sie ungestört waren. Die Superkids würden die Schatten hervorlocken und mit Theos Hilfe würden die Wesen sie zu dem wahren Schurken führen. Ob es Herman oder jemand völlig anderes war, würden sie heute Abend herausfinden.

Als sie das Treffen in der Bücherei gerade beenden wollten, tauchten Louisa und Rose auf. Louisa kam die Stufen hoch, während Rose ganz plötzlich sichtbar wurde. Sie hatten Glück, dass es offenbar niemand bemerkte.

»Wir machen auch mit!«, sagte Rose. »Mollie hat es Louisa

erzählt und Louisa mir. Wir werden mit euch zusammen gegen die bösen Kerle kämpfen.«

Daniel warf Mollie einen Blick zu.

»Was denn?«, fragte Mollie. »Louisa hat gefragt, was ich heute Abend vorhabe, und ich habe ihr die Wahrheit gesagt. Das unsichtbare Mädchen habe ich nicht mit eingeladen!«

»Louisa«, sagte Daniel, »es könnte sehr gefährlich werden und …, na ja, jetzt, wo du deine Fähigkeit verloren hast …, ich meine, du musst nicht mitkommen.«

Er wusste, dass das lächerlich klang, weil es von ihm kam. Er wollte ihr eine Entschuldigung liefern. Aus Freundschaft hatte sie zu ihnen gehalten, doch nie wirklich ein Superkid sein wollen. Jetzt sollte sie sich nicht verpflichtet fühlen, sich selbst in Gefahr zu bringen.

Aber sie schwieg. Sie stand nur da und blickte auf ihre Schuhe.

»Louisa?«, sagte Daniel.

»Mach schon«, forderte Rose. »Sag es ihnen.«

»Was soll sie uns sagen?«, fragte Rohan.

»Ich hätte nie …, ich wusste nicht, dass es Daniel war«, sagte Louisa. »Sonst hätte ich das nicht gemacht. Ich habe gedacht, ich könnte dem Shroud die Schuld geben.«

»Die Schuld für was?«, fragte Daniel.

»Es war nur geschwindelt!«, sagte Rose. »Sie hat es mir erzählt!«

»Ich habe gelogen, Daniel«, sagte Louisa. »Ich habe euch alle belogen.«

Sie blickte sich um, um sicherzugehen, dass niemand sie beobachtete, dann steckte sie ihre Hand in die Statue von

Johnny Noble. *In* die Statue. Dann zog sie sie wieder heraus, ganz mühelos.

»Du hast deine Superkraft noch!«, sagte Eric.

»Zwischendurch nicht!«, entgegnete Louisa. »Damals im Baumhaus stimmte es wirklich. Doch am nächsten Morgen kehrte sie zurück. Ich wollte einfach …, ich will nicht so sein! Ich dachte, ich könnte ganz normal sein. Oder wenigstens würde jeder glauben, dass ich normal bin.«

Sie blickte hoch zu Daniel und in ihren Augen glitzerten Tränen. Sie hatte so hübsche Augen.

»Es tut mir leid«, sagte sie. »Ich wusste nicht, dass du dir die Schuld dafür geben würdest. Ich finde Lügen wirklich abscheulich, aber es schien alles … so viel einfacher.«

Daniel wusste nicht, was er sagen sollte. Er hatte sich unglaublich geschämt. Seit Wochen quälte ihn sein schlechtes Gewissen, und nun musste er feststellen, dass Louisa die ganze Zeit gelogen hatte …

Genauso, wie er gelogen hatte. Sie hatte ihre Gründe, genau wie er, auch wenn sie beide falsch gewesen waren.

»Schon in Ordnung«, sagte Daniel. »Ich versteh dich.«

»Tja«, sagte Rohan, »das erklärt unseren Ausreißer. Was gut ist, denn mit so einer kleinen Stichprobe kann sogar eine statistische Anomalie …«

»Ist gut, Rohan«, sagte Mollie. »Wir kapieren, warum du gelogen hast, Louisa. Doch weshalb bist du jetzt hier?«

»Ich mag meine Fähigkeit nicht. Ich hasse sie sogar. Aber ich will nicht, dass diese … Wesen sich auf Rose stürzen. Wenn ich euch helfen darf, werde ich es tun.«

»Natürlich«, erwiderte Daniel. »Du gehörst doch zu uns.«

»Können wir jetzt los?«, fragte Rose. »Weil wenn wir noch länger rumbummeln, muss ich bald wieder pinkeln.«

Theo hielt Wort und erwartete sie am Steinbruch. Er stieß zu ihnen, als Daniel gerade seinen Rucksack öffnete und Taschenlampen, Seile und andere Ausrüstungsgegenstände herausholte. Wenn man eine nächtliche Expedition zu einem verlassenen Steinbruch plante, in dem Schattenmonster ihr Unwesen trieben, dann lohnte es sich, gut vorbereitet zu sein.

»Macht ihr das öfter?«, fragte Theo. »Seid ihr so was wie ein Höhlenforscher-Club für Kinder?«

»Also, eigentlich ...«, fing Daniel an. »Ja, machen wir.«

»Und ich dachte, ich lebe gefährlich, als ich mir das Auto meines Vaters für eine Spritztour ausgeliehen habe.«

»So war es ja auch«, sagte Daniel.

»Und was, glaubst du, werden wir hier finden? Den alten Onkel Herman in seinem Superschurken-Versteck?«

»Ich weiß, es hört sich verrückt an, Theo. Doch genau das glaube ich. Ihn oder jemand anderen. Vielleicht müssen wir etwas bekämpfen, das wir noch nie gesehen haben.«

Theo holte tief Luft und atmete dann langsam aus. »Ich muss dir sagen, ich weiß, dass diese Wesen, diese Schatten, nicht menschlich sind. Ich meine, ich habe sie zwar mit eigenen Augen gesehen, aber es fällt mir immer noch schwer, das in meinem Kopf zu sortieren. Wie bist du damit klargekommen? Als du das alles ... herausgefunden hast?«

»Viel schlechter als du«, erwiderte Daniel. »Du machst das deutlich besser.«

Theo lächelte ihn an. »Guter Mann. Schmeichle meinem Ego. Ich glaube, du hast mich total durchschaut, Corrigan.«

Der alte Steinbruch sah ganz und gar nicht mehr verlassen aus. Die Schicht aus losem Schotter war abgetragen und an den instabilen Wänden ein aufwendiges Gerüst aus Stützpfeilern errichtet worden.

Schon bald würden die Wissenschaftler mit den eigentlichen Grabungen im Berg beginnen, und Daniel wusste, was dort zu finden war. Nur etwas mehr als ein Meter Erde und Dreck trennten Dr. Lewis jetzt noch vom Schlupfwinkel des Shroud. Daniel war entschlossen, vor ihm dort zu sein.

Sie standen an der Kante des Steinbruchs, sieben Kinder auf Geisterjagd. Vorneweg Eric, neben ihm Mollie. Rohan schaute nicht mal auf ihr Ziel – er suchte den Rand des Waldes ab, oder vielleicht blickte er auch auf etwas, das noch weiter entfernt lag. Hinter ihm stand Louisa, die aussah, als hielte sie ihre Schwester an der Hand. Rose hatte sich schon unsichtbar gemacht, bevor sie überhaupt am Berg angekommen waren. Einige Meter hinter den anderen bildeten Theo und Daniel die Nachhut. Vielleicht weil man ihnen am wenigsten vertraute, wenn auch aus völlig unterschiedlichen Gründen.

Eric deutete auf die gegenüberliegende Seite des frisch abgetragenen Steinbruchs. »Die Höhlen waren irgendwo da drüben, oder?«

Daniel nickte und deutete auf einen Baum am gegenüberliegenden Grubenrand. »Seht ihr die gespaltene Eiche? Jetzt lasst die Augen senkrecht nach unten wandern. Die Höhle befindet sich fast direkt darunter.«

»Irgendetwas bewegt sich dort unten«, sagte Rohan. »Es wird zwar durch Dreck und Steine gedämpft, aber ich kann definitiv etwas hören.«

»Bist du sicher, dass es nicht einfach nur eine Maulwurfsfamilie ist?«, fragte Mollie.

»Ich höre Stimmen«, entgegnete er. »Geflüster. Ich kann nicht verstehen, was sie sagen.«

Theo warf Daniel einen Blick zu. »Kann er das wirklich hören?«, fragte er leise.

»Wenn Rohan behauptet, dass da unten jemand ist, dann ist da jemand.«

»Gut, dann schauen Mollie und ich uns das jetzt mal an«, sagte Eric. »Rohan, du behältst alles im Auge, der Rest von euch wartet hier.«

»Aye, aye, Kapitän«, ertönte eine leise Stimme in der Luft. Rose.

»Und du«, sagte Eric und wandte sich an Theo. »Bist du bereit?«

»Ich bin nicht wegen der erfüllenden Gespräche hier«, entgegnete Theo. »Allzeit bereit.«

Eric nickte. Dann schwebten Mollie und er langsam in den Steinbruch und einzelne Fetzen ihrer Unterhaltung wehten zu Daniel und den andern herüber.

»Was zum Henker soll dieser *Allzeit-bereit*-Mist?«, fragte Eric.

»Vergiss es einfach«, erwiderte Mollie.

Die beiden flogen langsam und vorsichtig ein paar Runden am Rand des Steinbruchs entlang. Als sie das letzte Mal hergekommen waren, um gegen den Shroud zu kämpfen, war hier alles von Sträuchern überwuchert gewesen, es hatte sogar ein paar kleine Bäume gegeben. Nun war der Ort von allem Grün befreit worden, und es gab zumindest keinen Platz mehr, um sich zu verstecken. Jedenfalls dachten sie das.

Rohan entdeckte sie als Erster – Schatten, die zu lang waren, die sich eigenständig bewegten. Sie glitten über den Grund des Steinbruchs, die Wände hoch, bis sie sich zusammenschlossen und Mollie und Eric in den Weg stellten. Wenn Rohan den beiden keine Warnung zugerufen hätte, hätten die Wesen sie völlig unvorbereitet erwischt. So blieben ihnen ein paar Sekunden Zeit, um nach oben zu steigen und dem dunklen Loch, das sich vor ihnen gebildet hatte, zu entkommen.

Mit Höchstgeschwindigkeit brachten sich Mollie und Eric vor der plötzlichen Attacke in Sicherheit, doch an der Felswand gegenüber formierte sich schon eine zweite Gruppe zuckender, bedrohlicher Schatten. Und noch eine und noch eine. Alle in ständiger Bewegung. In kleineren Gruppen lösten sie sich von den Felswänden und flatterten über den Steinbruch wie ein Schwarm verängstigter Vögel. Mittendrin Eric und Mollie.

»Kommt da raus!«, brüllte Daniel. Darauf waren sie nicht vorbereitet. Da unten mussten Hunderte von ihnen sein.

»Lasst sie in Ruhe!«, rief Theo und schob sich an Daniel vorbei. »Ich befehle euch, hört auf!«

Theos Stimme hallte durch den kahlen Steinbruch und die Schatten gehorchten. Sofort wichen sie von Mollie und Eric zurück, umschwirrten sie aber weiterhin.

Theo warf Daniel über die Schulter einen Blick zu und

freute sich. »Sieht so aus, als hätte ich immer noch einen Draht zu ihnen!«

Daniel stellte sich zu ihm. Einige der Schatten hatten sich von der großen Masse entfernt und kamen zögernd näher. Doch die Gegenwart ihres neuen Herrn schien sie unterwürfig, ja fast lammfromm zu machen.

»Sachte, Jungs«, sagte Theo, als zwei von ihnen unangenehm nah kamen. »Und jetzt bringt uns zu eurem Gebieter.«

Wie ein Windstoß, der raschelnd durch trockene Blätter fuhr, klang ihre Antwort. Vielleicht waren es Stimmen, doch es ließ sich unmöglich sagen. Selbst Rohan schüttelte verwirrt den Kopf.

»Zu viele auf einmal«, sagte er.

»Theo, bei näherem Nachdenken … war das jetzt vielleicht doch keine so gute Idee«, sagte Daniel. Er hatte damit gerechnet, dass sie mit einer Handvoll dieser Wesen fertigwerden müssten, nicht mit einer ganzen Armee.

Aber Theo winkte ab. Er war viel zu sehr mit seinem Auftritt beschäftigt.

»Das hier ist keine Mehrheitsentscheidung!«, brüllte er nach unten zu den Schatten. »Ich sagte, ich will, dass ihr etwas erledigt, und zwar sofort!« Theo wandte sich um und zwinkerte Daniel zu. »So redet mein Vater immer in der Firma.«

Es schien zu funktionieren. Einer nach dem anderen schwebten die Schatten davon. Die beiden, die Theo am nächsten waren, wandten sich um, flogen zum Grund des Steinbruchs und fingen an, direkt unterhalb von Daniels gespaltener Eiche den Boden aufzugraben. Der Rest der Kreaturen bildete einen Halbkreis um die Superkids und drängte sie, über den gewundenen Pfad in den Steinbruch hinabzusteigen.

Als Daniel und die anderen unten angekommen waren, hatten die beiden Schatten bereits ein Loch ausgehoben und einen halb verschütteten Höhleneingang freigelegt. Eric und Mollie erwarteten ihre Freunde schon. Dabei beäugten sie nervös die Schatten, die dicht bei ihnen blieben und ihrerseits die beiden Kinder beobachteten, oder besser gesagt: bewachten.

Umzingelt von einer Schattenarmee wappneten sich die Superkids dafür, Herman Plunketts Shroud-Höhle zu betreten. Angesichts der vielen Hundert Schatten dachte Daniel wieder, dass sein Plan vielleicht doch nicht so genial war. Aber ihnen blieb nichts anderes übrig, als ihr Vorhaben jetzt durchzuziehen. Die Schatten gehorchten Theo, jedoch nur bis zu einem gewissen Grad. Sie waren immer noch auf der Hut, und obwohl Theo sie herumkommandierte wie einen Haufen räudiger Hunde, kamen sie Daniel eher wie eine gierige Meute vor, die an ihren Leinen zerrte. Er fürchtete, was passieren würde, wenn sie freikamen.

Diesmal ging er selbst vorneweg. Er schaltete seine Taschenlampe an und spähte in das frisch ausgehobene Loch. Einen guten Meter unter ihm befand sich die riesige Steintür: Hermans Shroud-Höhle. Die Tür war in der Mitte zerborsten und die eine Hälfte fehlte. Ein feuchtkalter Windstoß kam aus der Dunkelheit. Daniel erinnerte sich an den Geruch dieser Höhle, an die kalkhaltige Luft und wie es sich anfühlte, im Dunkeln gefangen gehalten zu werden, gefesselt und hilflos. Unter großer Anstrengung zwang er sich dazu, sich zu entspannen. Er atmete tief ein und schob dann die schrecklichen Erinnerungen beiseite. Er musste ruhig bleiben und sich jetzt ganz auf ihr Ziel konzentrieren.

Das Loch in der Tür war groß genug, um sich hindurchzuzwängen, wobei es ein ausgewachsener Mann wahrscheinlich nicht geschafft hätte. Früher hatte sich die Tür durch eine Rollvorrichtung zur Seite schieben lassen, doch der Mechanismus war beim Einsturz der Höhle zerstört worden. Hinter der Tür wurde der Gang breiter und zwei Personen konnten bequem nebeneinanderstehen. Trotzdem war Daniel erschrocken, als Mollie auftauchte. Er hatte erwartet, dass Eric die Führung übernahm. Mollie musste ihm zuvorgekommen sein.

»Wie in alten Zeiten«, sagte sie. Sie waren diejenigen gewesen, die die Höhle als Erste entdeckt hatten, was ihn nicht gerade mit Zuversicht erfüllte. Damals waren Mollie und er gerade noch mit dem Leben davongekommen.

Eric trat als Nächster durch das Loch, dann kam Rohan.

»Theo brüllt da draußen dauernd Befehle und den Schatten scheint das immer weniger zu gefallen«, sagte er. »Er macht seine Sache ein bisschen *zu* gut.«

»Dann beeilen wir uns wohl besser«, sagte Daniel, und sie tasteten sich in der Dunkelheit voran.

Sie waren erst ein paar Meter weit gekommen, als Daniel hörte, wie sich etwas bewegte. Zuerst dachte er, der Gang wäre durch den Höhleneinsturz vielleicht instabil geworden. Doch dann merkte er, dass die Schatten ihnen folgten und sie tiefer ins Dunkel hinein geleiteten. Sie zogen ihn und Mollie mit sich, gleichzeitig schienen sie Eric und Rohan etwas zu bremsen. Die Schatten sorgten für einen Abstand zwischen ihnen.

Während sie den Gang entlangliefen, erhob sich ein Flüstern um sie herum, so leise wie das Rascheln von Papier.

»Sie sagen meinen Namen«, sagte Mollie, und ihre Augen weiteten sich.

»Sei nicht albern«, erwiderte Daniel, obwohl er ebenfalls dachte, jemand habe seinen Namen gerufen. Aber er wollte es nicht zugeben. Sicher spielte ihr Gehirn ihnen einen Streich.

Die beiden hatten den ersten Raum fast erreicht – die große Höhle, in der Herman Plunkett Daniel gefangen gehalten hatte –, als Mollie aufschrie. Sie deutete in das Dunkel und sagte etwas, aber sie redete so schnell, dass ihre Worte in Daniels Ohren kaum mehr als ein Summen waren.

»Langsam, Mollie! Was ist?« Daniel ließ den Lichtstrahl der Taschenlampe über die Schatten gleiten, aber sie schwebten nach wie vor nur harmlos neben ihnen her. Sie hielten mit ihnen Schritt, aber er sah nichts Neues oder Bedrohliches.

Mollie weinte. Daniel wollte die Hand ausstrecken und ihr versichern, dass alles in Ordnung sei, aber er wagte es nicht, sie zu berühren. Selbst ein sanftes Schultertätscheln hätte sie ihrer Fähigkeiten berauben können.

»Mollie?«, fragte er stattdessen.

»Einer von ihnen … war ganz nah«, sagte sie und versuchte die Fassung zurückzugewinnen. »Er hat mir sein Gesicht gezeigt! Ich habe sein Gesicht gesehen!«

Daniel richtete das Licht seiner Taschenlampe auf den Schatten, der ihm am nächsten war. Da war nichts außer undefinierbarer Schwärze.

»Mollie, ich sehe nichts.«

»Aber ich! Der Schatten ..., der meinen Namen gesagt hat. Es war Michael!«

Michael. Bevor ihm der Shroud seine Erinnerungen gestohlen hatte, war er Mollies bester Freund gewesen. Daniel hatte öfter mit ihm geredet. Er war ein trauriger Fall und wirkte vielleicht ein bisschen verloren, doch körperlich ging es ihm gut. Erst heute hatte Daniel mit ihm zusammen Sportunterricht gehabt. Er war völlig normal gewesen. Michael war kein Schatten.

»Hör mir zu, Mollie ...«

»Sei still!« Mollie wischte sich über die Nase. »Wag es ja nicht, zu behaupten, ich würde mir was einbilden, weil ich Michael gesehen habe! Irgendwie ... ist er einer von ihnen. Er ist hier!«

Sie meinte es ernst. Was auch immer hier vor sich ging, Mollie neigte nicht zur Hysterie – sie glaubte an das, was sie gesehen hatte. Daniel nickte zögernd. Ob Mollie sich nun irrte oder nicht, sie konnten ohnehin nichts dagegen tun. Die Schatten sammelten sich um sie und drängten vorwärts. Hinter ihnen riefen Eric und Rohan ihre Namen und fragten, warum sie stehen geblieben waren. Offenbar hatten auch sie nichts gesehen.

Der Gang mündete in die Shroud-Höhle. Aus der Öffnung kam ein unheimlicher grüner Lichtschein, der zwischen den umherschwebenden Schattenwesen echte Schatten tanzen ließ. Diese Höhle war die Hinterlassenschaft der prähistorischen Menschen, die hier zu Hause gewesen waren. Der Beweis war die Wand mit den Höhlenmalereien. Doch Herman

Plunkett hatte sie kolonialisiert und seine eigenen Bilder zu dem uralten Wandgemälde hinzugefügt. Die Höhlenmalereien erzählten die Geschichte eines Volkes, und Hermans Beitrag zu diesem archaischen Wandbild war die Aufzeichnung seiner eigenen Geschichte – er hatte Fotos von jedem einzelnen Kind aufgehängt, dessen Fähigkeiten er geraubt hatte. Es war eine Wand voller Schande und Schrecken.

Als Daniel die Höhle nun zum zweiten Mal in seinem Leben betrat, entdeckte er etwas Neues. Gefangen in einem Geflecht aus massiver Dunkelheit hing Herman Plunkett. Wie eine Fliege baumelte er hilflos in einem Schattennetz, das sich über die gesamte Länge der Höhlendecke erstreckte. Seine Knopfaugen blinzelten im Schein des pulsierenden grünen Anhängers um seinen Hals, als er versuchte, den Blick auf Daniel und seine Freunde zu richten.

Als er sprach, war seine Stimme heiser und brüchig. Er klang wie jemand, der sich verzweifelt nach einem Schluck Wasser sehnte. »Helft mir«, krächzte er.

Herman war nicht der Gebieter der Schatten. Er war ihr Gefangener.

»Daniel, was …, was ist das?«, flüsterte Mollie, aber Daniel fehlten die Worte. Das hier war eine völlig neue Art des Grauens.

Irgendwo in Daniels Kopf sagte eine Stimme seinen Namen. Es war die Erinnerung an einen Traum. An einen Albtraum …

»Daniel, was hast du vor?«, fragte Mollie. »Daniel, bleib stehen!«

Aber Daniel blieb nicht stehen. Er konnte nicht. Er wusste nicht einmal genau, warum er sich bewegte, warum er auf das Netz zuging. Es hatte etwas mit der Stimme zu tun, mit diesem nagenden Gefühl in seinem Hinterkopf.

Die Stimme sprach zu ihm. Sie befahl ihm, etwas aus seiner Tasche zu holen, etwas, das er schon lange Zeit mit sich herumtrug.

Auf seiner Handfläche lag ein kleiner Ring aus schwarzem Stein, den er verwundert ansah. Das smaragdgrüne Licht in der Höhle traf auf die polierten Kanten und ließ sie wie Feuer lodern. Er war wunderschön.

22 DER SCHWARZE RING

Herman Plunkett lebte, aber das schien für ihn nur ein schwacher Trost zu sein. Sein ohnehin schon schmales Gesicht erinnerte an einen Totenschädel und seine eingesunkenen Augen glühten fiebrig in den Höhlen. Der gespaltene Anhänger um seinen Hals tauchte die Höhle in grünes Licht. Es sickerte langsam aus dem Riss – doch nicht nur das. Schatten glitten in den Stein hinein und wieder heraus, wanderten am Netz entlang, prüften und verstärkten es. Sie waren entschlossen, den Shroud nicht entkommen zu lassen.

»Und so … sehen wir uns also wieder, mein lieber Mr Holmes«, sagte Plunkett, und seine gesprungenen Lippen verzogen sich zu einem schwachen Lächeln. Verglichen mit der anderen Stimme, die Daniel hörte, kamen ihm Plunketts Worte noch leiser vor. Der Shroud dröhnte in seinem Kopf. *Bring mir den Ring, Daniel. Bring ihn mir.*

»Was zum Teufel …? Das gibt's doch nicht!«, sagte Eric, als er und Rohan in die Höhle stolperten. Hinter ihnen im Gang hörte Daniel Theo, der den Schatten Befehle zurief. Er merkte, wie Wut in ihm hochkochte. Warum konnten sie nicht die Klappe halten und den Shroud reden lassen?

Als er sich wieder in Bewegung setzte, tauchte Mollie vor ihm auf. Sie stellte sich zwischen ihn und Herman, sodass ihm die Sicht versperrt war.

»Daniel!«, sagte sie. »Was ist mit dir? Warum hast du diesen Ring?«

»Ich … habe ihn schon die ganze Zeit«, antwortete er. »Ich habe ihn in der Hosentasche getragen. Komisch, dass ich das bis eben nicht bemerkt habe.«

Benutze ihn, sagte der Shroud in seinem Kopf. *Alles, was du tun musst, ist, sie zu berühren. Nimm ihr die Schnelligkeit und befreie mich!*

Daniel streckte die Hand nach Mollie aus.

»Daniel!«, brüllte sie. »Reiß dich zusammen oder du kriegst eins auf die Nase!«

Mit ausgestreckter Hand hielt Daniel für einen Moment inne. *Was* sollte er noch mal tun?

»Äh?«, sagte er.

Hermans Anhänger leuchtete auf und erhellte die Höhle wie ein Blitzlicht. Als die Flecken vor Daniels Augen aufhörten zu tanzen, war er wieder in dem Albtraum, mitten im Ringkampf mit dem Shroud. Seine Finger wurden schwarz in der Flamme; er roch seine verbrannte Haut. Der Shroud schrie ihm ins Ohr.

Plötzlich war Daniel zurück in der Höhle, nur dass er jetzt auf dem Rücken lag und zur Decke schaute. Seine Nase pochte und vor Schmerz stiegen ihm Tränen in die Augen. Mollie und Eric beugten sich über ihn.

»Tut mir leid«, sagte Mollie. »Aber ich hab dich gewarnt.«

Vorsichtig untersuchte Daniel seine Nase. Sie tat weh und er hatte ein bisschen Blut an den Fingern. Der schwarze Ring lag neben ihm auf dem Boden. Wie war er dort hingekommen?

»Du hast uns mächtig Angst eingejagt«, sagte Eric. »Hast dich wie ein Zombie benommen. Mollie hat dir mit deinem Rucksack eine verpasst.«

Daniel setzte sich auf und sah, wie die Schatten im Kreis um sie herum schwebten … Sie warteten. Auf was, wusste Daniel nicht. Sie erinnerten ihn an Aasgeier, die sich zum Fressen versammelten.

Der schwarze Ring schimmerte grün in der Dunkelheit.

»Wie ist er …?«, fragte Daniel.

»Du hast ihn aus der Hosentasche gezogen«, antwortete Eric. »Erinnerst du dich denn nicht mehr daran?«

Daniel blickte zu Herman. Da hing er und wirkte so hilflos, so schwach und gebrechlich. Aber seine Augen besaßen übermächtige Kraft. Es waren hungrige Augen und sie waren auf den Ring gerichtet wie auf eine Henkersmahlzeit. Dieser Blick jagte Daniel mehr Angst ein als alle Schatten zusammen.

»Mollie, gib mir meinen Rucksack«, sagte er.

Er nahm den Rucksack und warf ihn über den Ring. So konnte er ihn aufheben, ohne dass er direkt in Berührung mit ihm kam. Dann ließ Daniel den Ring im Rucksack verschwinden. Augenblicklich fühlte er sich besser, und der Schmerz in seiner Nase half ihm dabei, wieder einen klaren Kopf zu kriegen. Wenn er sich nur darauf konzentrierte, konnte er das Geflüster des Shroud besser ausblenden. Er wagte es, Plunkett anzusehen.

»Was …, was haben Sie mit mir gemacht?«, fragte Daniel.

Plunkett schwieg. Stattdessen ließ er seinen Blick über ihre kleine Gruppe schweifen. Sein faltiger, kahler Kopf hatte Daniel immer an eine Schildkröte erinnert, doch jetzt sah er mehr wie eine Schlange aus, die sich vor und zurück wiegte und jederzeit bereit war, zuzustoßen.

»Du hast also die ganze Truppe mitgebracht«, sagte er. »Die Superkids und meinen Großneffen, diesen Waschlappen. Ist er das, den ich dahinten höre? Was für ein freudiges Wiedersehen für uns alle. Du, ich und *sie*!« Herman neigte den Kopf und deutete auf die sich versammelnden Schatten.

»Der Ring«, sagte Daniel. »Ich habe ihn die ganze Zeit mit mir herumgetragen. Das Schlafwandeln …«

»Du bist stark, das muss ich dir lassen«, sagte Plunkett. »Zuerst hast du mich bekämpft, warst nicht vollkommen gefügig, aber ich bin nun einmal stärker als du. Es war nur eine Frage der Zeit.« Dann fuhr er beschwörend fort: »Zusammen können wir sie aufhalten! Du kannst mich befreien!«

»Was haben Sie mit mir gemacht?«, brüllte Daniel, und seine Worte hallten durch die Höhle.

Das gezwungene Lächeln verschwand aus Hermans Gesicht – vermutlich hatte er zu große Schmerzen, um es länger aufrechtzuerhalten –, und ihre Blicke kreuzten sich.

»Jede Minute verliere ich weiter an Kraft«, sagte der alte Plunkett. »Sie haben mich am Leben gelassen, wenngleich ich auch sehr geschwächt bin. Aber noch besitze ich eine gewisse Macht und das mit den Träumen konnte ich schon immer besonders gut.«

»Daniel?«, fragte Mollie. »Worüber redet er, verdammt noch mal?«

»Die Albträume«, sagte Daniel, und allmählich dämmerte

es ihm. »In meinen Albträumen kämpfe ich noch immer gegen den Shroud.«

»Unser Kampf war nie zu Ende«, sagte Herman. »Du hast nur gedacht, du wärst der Sieger.«

»Daniel«, fragte Eric, »was ist hier los?«

»Er ist die ganze Zeit über in meinem Kopf gewesen«, antwortete Daniel. »In meinen Träumen. Er hat die Erinnerungen von Generationen von Superkids manipuliert und irgendwie hat er auch einen Weg in meinen Kopf gefunden. Vielleicht als ich sein Gefangener war. Ich habe keine Ahnung. Aber er hat mich kontrolliert und mich dazu gebracht, den Ring zu nutzen, ohne zu bemerken, was ich da tat …«

Sie wurden von Theo unterbrochen, der zusammen mit Louisa in das Gewölbe kam. Die Schatten belagerten Theo wie ein Haufen hündischer Bewunderer, wobei in ihrer Zugewandtheit auch etwas Bedrohliches lag.

»Hey, nicht so nah, okay?«, sagte Theo zu den Wesen, die sich um ihn drängelten. »Sonst werd ich noch klaustrophobisch.«

Als Theo Herman in seinem Netz entdeckte, war es mit seinem prahlerischen Selbstvertrauen vorbei. Im Gegensatz zu dem, was Eric über ihn gesagt hatte, war der junge Plunkett ganz und gar nicht dumm. Er kapierte sofort, was los war. Er sah, was die Schatten seinem Verwandten angetan hatten, und ihm wurde unverzüglich klar, in welcher Gefahr er selbst schwebte. Sie mussten verhindern, dass er in Panik geriet.

»Es ist alles in Ordnung, Theo«, sagte Daniel. »Bleib ruhig.«

Doch Theo hörte nicht auf ihn. Er versuchte bereits aus der

Höhle zu entkommen, stellte aber fest, dass ihm die Schatten den Weg versperrten. Er befahl ihnen, zur Seite zu gehen und ihm den Weg frei zu machen, aber sie gehorchten nicht, und seine Stimme verlor den tiefen Kommandoton. Als er anfing, sie zu beleidigen, hörte man den schrillen Klang der Angst. Er schleuderte ihnen Schimpfworte entgegen, doch die Schatten kesselten ihn ein und schnitten ihm den Fluchtweg ab.

»Es liegt an den Superkräften«, sagte Herman. »Die Superkräfte machen sie wütend, und da ihr alle hier versammelt seid, in ihrem Zuhause … Daniel kann sie aufhalten! Er kann euch alle retten, indem er mir den Ring gibt!«

Die Schatten wurden tatsächlich immer gereizter. In den dunklen Ecken der Höhle wimmelte es vor aufgescheuchten Gestalten. Und Daniel konnte ihre Gesichter sehen: ein dicklicher Junge mit Zahnspange; ein kleines Mädchen mit wütendem Blick, das Schleifen in seinen gelockten Haaren trug. Die Schattenwesen ließen die hasserfüllten Gesichter von Kindern zum Vorschein kommen.

»Das sind ja nur Kinder!«, rief Louisa. »Wie können das Kinder sein?«

»Wir müssen hier raus«, sagte Daniel. »Aber schön langsam.«

Er und die anderen gingen rückwärts zum Ausgang, wobei sie darauf achteten, keine plötzlichen Bewegungen zu machen. Herman wand sich und zerrte an seinen Fesseln, um freizukommen.

»Nein!«, brüllte er. »Ihr dürft mich nicht hier zurücklassen!«

Einer der Schatten – der mit dem pummeligen Jungsgesicht – attackierte ihn. Mit einer langen schwarzen Kralle fuhr er Herman übers Gesicht. Auch wenn kein Blut floss, schrie der alte Mann vor Schmerz. Er hatte sein letztes bisschen Energie verbraucht und begann zu wimmern.

»Der Ring, Daniel«, stöhnte er. »Gib mir den Ring …«

In der Höhle brach Chaos aus. Theo sprintete bereits durch den Tunnel auf den Ausgang zu, als die Schatten näher rückten. Wie eine Meute Ratten umzingelten sie die Superkids.

Ohne Eric und Mollie wäre der Kampf schnell vorbei gewesen. Sobald die Schattenkinder losstürzten, ja bereits in dem Moment, wo sie sich von den Wänden lösten, griffen die beiden Flieger ein. Eric rief Mollie etwas zu, das sich wie »Dreh dich und feg sie weg!« anhörte. Im begrenzten Raum der Höhle konnten sie nicht wirklich abheben, aber Mollie hatte genug Platz, um sich im Kreis zu drehen – was sich in Supergeschwindigkeit zu einem Tornado in Mädchenformat auswuchs. Die Gewalt ihres Miniwirbelsturms schleuderte die Schatten gegen die Steinwände oder ließ sie gegeneinanderprallen. Diejenigen, die von Mollies plötzlichem Angriff nicht überrascht wurden, bekamen einen Schlag auf den Kopf. Erics Muskelkraft und Mollies Geschwindigkeit. Zumindest im Moment waren die Superkids im Vorteil.

Doch nicht mehr lange. Die Schatten waren ihnen zahlenmäßig völlig überlegen. Ihnen blieben vielleicht noch ein paar Sekunden, bevor sie sich wieder sammeln und sie überwältigen würden. Rohan folgte bereits Theo und geleitete Louisa und Rose durch den Gang. Wenn sie schnell genug waren, hatten sie eine Chance, es nach draußen zu schaffen, bevor die Schatten zurückschlugen. Eine Chance. Daniel war überrascht, als er feststellte, dass er selbst in die *entgegengesetzte* Richtung rannte. Auf die Schatten zu. Zu Herman Plunkett.

Doch diesmal hörte er nicht auf die Stimme des Shroud. Er hatte sich unter Kontrolle.

Das Netz aus Schatten war nicht klebrig, wie er erwartet hatte, aber es war stabil, und Herman war fest darin eingewickelt. Der alte Mann sah zu, wie Daniel an den schwarzen Fasern zerrte, im gespenstisch grünen Licht seines gesprungenen Anhängers war sein Gesicht totenbleich. Daniel warf sich seinen Rucksack mit dem Ring über die Schulter und achtete darauf, dass Herman ihn nicht zu fassen bekam.

»Stets ein Held«, sagte der alte Plunkett.

»Halten Sie den Mund«, antwortete Daniel und zog an den Fesseln. Sie lockerten sich, aber nur zögernd.

»Was tust du da?«, brüllte Eric, der neben ihm auftauchte. Er trat nach dem Schatten eines rothaarigen Jungen mit Brille.

»Ich brauche Herman!«, sagte Daniel. »Ich brauche Antworten!«

Eric diskutierte nicht. Er packte mit beiden Händen das Netz und zog. Als es zerriss, schien die Höhle zu explodieren, und lautes Klagegeheul kam aus dem Mund eines jeden Schattens. Es war das erste Mal, dass Daniel ihre Stimmen deutlich hörte. Bei ihrem Klang wollte er sich zu einer Kugel zusammenrollen und verstecken. Er wollte seine Ohren verschließen oder sich die Haare ausreißen. Es war ein Geräusch wie hundert Fingernägel, die über eine Tafel kratzten.

Doch Eric hatte Herman erfolgreich befreit und warf ihn

sich so mühelos über die Schulter wie einen Sack Kartoffeln – und ebenso unvorsichtig.

»Können wir jetzt gehen?«, fragte er, wobei er die vorrückenden Schatten im Auge behielt.

Daniel blieb keine Zeit zu nicken, denn das Nächste, was er mitbekam, war, dass er von Mollie Lee aus der Höhle geschleift wurde.

»Du läufst noch nicht mal weg, wenn man es von dir erwartet«, sagte sie, während sie ihn rückwärts hinter sich herzerrte und sein Hintern über den steinigen Boden hoppelte. »Raus hier!«, rief Mollie, als sie aus dem Loch herausflogen und in die kalte Luft aufstiegen. Sie war wohltuend auf Daniels Gesicht, doch nach wenigen Sekunden wurde er ziemlich unsanft auf dem blätterbedeckten Waldboden abgesetzt. Der frische Kiefernduft verschwand unter dem Dreck, in dem Daniels Nase steckte.

Er war aus der Höhle entkommen. Und zumindest im Augenblick in Sicherheit.

23 DIE SCHRECKEN DER NACHT

Als Erstes zählte Daniel seine Freunde. Mollie, Rohan, Louisa, Theo …

»Rose?«, fragte er.

»Hier!«, sagte die Luft.

»Wo ist Eric?« Als Antwort ertönte in der Ferne das Geräusch berstender Steine. Einer Menge Steine. Dann tauchte Eric über den Bäumen auf, Herman in seinen Armen.

»Ich habe den Gang hinter uns verschlossen«, sagte Eric. »Allerdings bezweifle ich, dass es sie lange aufhält.«

Eric warf Herman auf den Boden, dann wischte er sich die Hände an der Hose ab. Er sah aus, als hätte er mit einer Schlange rumhantiert.

Herman lag im Dreck und schnappte nach Luft, ließ die Kinder aber nicht aus den Augen. Das grüne Licht, das aus seinem gespaltenen Anhänger strömte, war nur mehr ein schwacher Schein, kaum heller als ein Glühwürmchen. Dennoch sah man den Ausdruck in Hermans glasigen Augen. Sie glänzten im Dunkeln wie schmale Spiegel. Er war gefährlicher als eine Schlange, fand Daniel. Sehr viel gefährlicher.

Theo brach das Schweigen.

»Du bist also nicht tot?«, wandte er sich mit hochgezogenen Augenbrauen an seinen Großonkel.

»Nein«, erwiderte Herman.

»Und diese Wesen da unten …, diese Schattendinger, sind die wegen dir da?«

»Dein Zweig der Familie hat schon immer gern das Offensichtliche konstatiert«, sagte Herman und verzog den Mund zu einem abfälligen Grinsen.

Theo nickte und überlegte einen Augenblick lang. »Weißt du was?«

»Was denn?«

»Du bist echt ein Trottel.«

Herman Plunkett reagierte nur mit einem Knurren, blickte seinen Großneffen aber kaum an.

Daniel stand auf und klopfte sich den Dreck ab. Er hielt den Rucksack so, dass Plunkett ihn keinesfalls erreichen konnte.

»Okay, ich will jetzt Antworten«, sagte er. »Sie haben mich manipuliert …«

»Manchmal hast du es nicht zugelassen«, sagte Herman, »hast dich gegen mich gewehrt. Aber in deinen Träumen warst du wehrlos. Selbst von meinem Gefängnis aus konnte ich in deine Träume gelangen. Mit Träumen habe ich eine Menge Erfahrung.« Herman lächelte. »Und deine haben dich gepeinigt, oder? Dein Unterbewusstsein bekämpft sich selbst, weil du nicht akzeptieren willst, was du bist!«

»War es der Ring?«, fragte Daniel. »All die Monate habe ich kaum einen Meter vom Ring entfernt geschlafen – vielleicht konnten Sie deshalb in meine Träume gelangen? Und in meinen Kopf!«

»Das würdest du wohl gern wissen, was?«, sagte Herman.

»Langsam, langsam«, sagte Eric und trat zwischen die beiden. »Das bedeutet, immer wenn du Superkräfte gestohlen hast, Daniel, dann lag das an dem Ring?«

Daniel nickte. »Ich habe keine besondere Fähigkeit. Ich bin kein Superkid. Bin es nie gewesen.«

»Und wirst es auch nie sein!«, sagte Herman Plunkett. »Akzeptiere das endlich! Aber du kannst immer noch etwas Besonderes sein. Das war erst ein Vorgeschmack der Macht des Rings! Ich habe mein ganzes Vermögen dafür ausgegeben, genug Meteoritengestein zusammenzukratzen, um ihn zu schmieden. Aber er ist nach wie vor nur ein Fragment, ein unvollkommener Teil des Ganzen. Anders als bei meinem Anhänger, kann der Ring die Superkräfte nur vorübergehend an sich reißen. Doch mit der Zeit und mit dem richtigen Training sind wir vielleicht in der Lage ...«

»Kann ich ihm jetzt eine verpassen?«, fragte Mollie.

»Nein«, entgegnete Daniel. »Hör gar nicht hin. Er ist verzweifelt. Sein Anhänger ist zerbrochen und damit nutzlos. Wenn er noch irgendwelche Kräfte hätte, hätte er sich selbst aus der Gewalt der Schatten befreit. Ich glaube, er hat das letzte bisschen Kraft verbraucht, um in meinem Kopf Verwirrung zu stiften.«

Der alte Plunkett funkelte sie zornig an, wobei er sich immer stärker in sich zusammenzurollen schien. Herman war befreit, dachte Daniel, aber er war nicht am Drücker. Das musste für den allmächtigen Shroud eine unerträgliche Situation sein.

»Und was jetzt?«, fragte Louisa. »Warten wir einfach hier oder ...?«

Louisas Worte wurden von einem neuen Geräusch übertönt, dem Rumpeln von Erde und Steinen. Die nachfolgende Explosion war weit weg, viel weiter weg, als Daniel erwartet hatte. Mollie und Eric hatten sie in ziemlich großer Entfernung zum Steinbruch abgesetzt. Doch es war immer noch nah genug, um die Erschütterung zu spüren. In Daniels Ohren klingelte es. Er wollte gerade vorschlagen, dass sie weglaufen oder sich verstecken sollten, als Rohan ihm bedeutete, still zu sein. Er zeigte nach oben.

Man konnte sie in der Dunkelheit sehen – ein herumwirbelnder Schattenschwarm, der sich wie eine Windhose bis zum Himmel erstreckte und die Sterne verbarg. Die Superkids beobachteten, wie sich die Schatten über ihren Köpfen ausbreiteten und hoch über den Baumwipfeln hin und her flogen.

»Die Schatten!«, rief Louisa.

»O ja«, sagte Plunkett. »Als mein Anhänger zerbrach, sind sie entkommen. Sie schwebten in die Freiheit, einer nach dem anderen. Schatten, denen die Macht des Hexenfeuer-Meteoriten eine Gestalt verliehen hat.«

»Aber was sind sie?«, fragte Louisa. »Sie sind mehr als nur Schatten. In der Höhle haben sie uns ihre Gesichter gezeigt. Die Gesichter von Kindern!«

»Es sind die Kinder, die er bestohlen hat«, sagte Daniel. »Aber was ist mit den ganzen Erinnerungen passiert?«

Wieder blickte Herman Plunkett Daniel an und einen Augenblick lang sah man in seinen Reptilienaugen nichts als eiskalte Berechnung.

»Nun, die Erinnerungen lebten natürlich im Anhänger

weiter«, sagte er. »Waren für Jahre sicher in meinem schönen Meteoritenfragment eingeschlossen. Sie waren wie ein fernes Echo. Nur Schatten dessen, was sie einst waren, aber jeder von ihnen so schwarz und hart wie der Stein selbst.«

»Irgendwie hat er all diese Erinnerungen aufbewahrt – und sie wurden zu Geistern oder so etwas Ähnlichem«, sagte Daniel. »Die ganzen Jahre über waren sie gefangen, doch … als der Anhänger zerbrach, befreiten sie sich.«

»Er hat recht«, sagte Mollie. »Ich habe Michael in der Höhle gesehen. Er war einer von ihnen.«

»Michael?«, fragte Eric.

»Aber er ist es nicht wirklich«, sagte Daniel. »Michael lebt und ist wohlauf. Mollie hat wahrscheinlich einen Teil von dem gesehen, was Michael einmal war. Sie hat ihn als Schatten gesehen.«

»Korrumpiert durch die Macht des Shroud«, sagte Rohan.

»Tja, sie finden uns nicht«, sagte Eric und zeigte auf die Massen von Schatten, die in der Ferne verschwanden. »Die Bäume haben uns Deckung gegeben.«

»Sie waren gar nicht auf der Suche nach euch«, erklärte Herman.

»Und was haben sie dann vor?«, fragte Eric. »Es sind Ihre kleinen Ungeheuer, wo wollen sie also hin?«

Doch Daniel kannte die Antwort bereits. Sie flogen gen Süden, auf die andere Seite des Bergs. In Richtung Stadt.

»Sie wollen nach Noble's Green, oder?«, fragte Daniel.

Herman nickte langsam. »Euer Besuch hat sie an das Leben erinnert, das sie einst geführt haben. Und für einen Schatten ist eine Erinnerung – jede Art von Erinnerung – schmerzhaft.

Eure Superkräfte haben das nur noch schlimmer gemacht. Bisher waren nur ein paar von ihnen kühn und wütend genug, um die Stadt heimzusuchen. Doch heute Abend habt ihr ins Wespennest gestochen. Sie fliegen nach Hause und sie sind voller Zorn.«

»Sie werden Noble's Green angreifen?«, fragte Louisa.

»Ganz bestimmt«, erwiderte Herman. »Ich hatte gehofft, das verhindern zu können.« Er richtete den Blick auf Daniel. »Ich wusste, dass Daniel der Aufgabe nicht gewachsen war. Deshalb drängte ich ihn, mir den Ring zu bringen. Ich kann sie aufhalten. Und sie wieder einfangen. Deswegen habe ich mich in seine Träume geschlichen. Ich brauchte seine Hilfe, ob er sie mir nun geben wollte oder nicht.«

»Sie haben mich gegen meinen Willen gelenkt!«, brüllte Daniel. Die Wut stieg so plötzlich in ihm hoch, dass er sie nicht mehr unterdrücken konnte. Er wollte es auch gar nicht. »Sie haben meine Erinnerungen manipuliert! Wie eine Marionette haben Sie mich den Ring benutzen lassen! Ich wusste nicht, was ich tat!«

»Du wusstest es nicht? Oder *wolltest* du es nicht wissen?« Herman saß jetzt aufrecht, er hatte ein wenig von seiner früheren Bedrohlichkeit wiedererlangt. Der Blick, den er Daniel zuwarf, war voller Verachtung.

»Es war ganz einfach«, sagte Herman. »Die kleine Maggie Johns war zwölf und hatte die Fähigkeit, in die Träume anderer Menschen einzudringen. Auf den ersten Blick keine besonders wirkungsvolle Superkraft, bis einem klar wird, dass Träume der Schlüssel zum Unterbewusstsein sind. Kontrolliere seine Träume und du kontrollierst die Gedanken eines

Menschen. Flüstere ihm Ideen ein und beeinflusse Entscheidungen. In Maggies Händen war das eine zu gefährliche Fähigkeit. Also nahm ich sie ihr weg und sie hat mir über die Jahre gute Dienste geleistet.

Wir sind miteinander verbunden, Daniel, ob du es zugeben willst oder nicht. Ich fand heraus, dass ich Kontakt zu dir herstellen, dass ich von meinem Gefängnis aus dein schlafendes Ich erreichen konnte. Dann war es ein Leichtes, Gedanken in deinem Kopf zu verankern und mentale Blockierungen in deinem Gehirn zu platzieren, um dich vergessen zu lassen, was du da tatest. Dass du den Ring einfach nur in deiner Hosentasche mit dir herumtrugst, reichte aus, um seine Macht zu aktivieren. Und ich wusste, irgendwann würdest du ihn mir bringen. Du hast dich selbst belogen, Daniel. Du hast die Augen vor deinem wahren Potenzial verschlossen, wie du es immer tust.«

»Sie haben versucht, mich in ein Monster zu verwandeln«, sagte Daniel. »Wie *Sie* es immer tun.«

Herman seufzte und schloss die Augen. »Da wären wir also wieder. Wir haben beide unsere Rolle gespielt, du *Held*. Ich habe mein Vorhaben, meine teuflischen Pläne enthüllt – wie ein guter alter Superschurke das machen sollte …« Er riss die Augen wieder auf und funkelte Daniel an. »Was willst du also jetzt dagegen unternehmen? Reicht deine Willensstärke aus, um alles Erforderliche zur Rettung deiner Freunde zu tun? Und auch, um Noble's Green zu retten?«

»Genug«, sagte Eric. »Wir haben keine Zeit für so was. Herman ist böse, Daniel ist gut – ich glaube, da sind wir uns alle einig. Daniel, ist er immer noch in deinem Kopf?«

»Nein. Wenigstens glaube ich das«, sagte Daniel. Das Flüstern des Shroud war verstummt, das nagende Gefühl in seinem Hinterkopf verschwunden. Jedenfalls im Moment. Er hielt den Rucksack hoch. »Jetzt, wo ich aufpasse, und solange der Ring da drin ist und ich nicht einschlafe, ist wohl alles okay, denke ich.«

»Gut«, sagte Eric. Dann wandte er sich an Herman. »Und Sie behaupten, dieser Ring *könnte* die Schatten aufhalten?«

»Ja«, erwiderte Herman, »das glaube ich. Mein Anhänger ist zu kaputt, um noch von großem Nutzen zu sein. Doch der Ring ist ein unversehrtes Fragment des Meteoriten. Er ist nicht annähernd so mächtig wie mein Anhänger, aber er sollte in der Lage sein, sie wieder einzufangen.«

»Leute, es geht los«, sagte Rohan und lauschte. »Die Schatten haben die Stadt erreicht.«

Kaum hatte Rohan das gesagt, hörten sie in der Ferne eine Explosion. Etwas Schlimmes war im Gange.

Eric nickte. »Wir müssen hier weg. Ich kann Daniel und Rohan tragen, aber mehr nicht.«

»Ich nehme Rose«, sagte Mollie.

»Und was ist mit Louisa?«, fragte Rose.

»Die kann ich mitnehmen«, sagte Theo. »Louisa *und* meinen lieben alten Großonkel.«

»Du?«, sagte Louisa. »Wie denn?«

Theo lächelte und hielt einen glänzenden Autoschlüssel hoch. »Was denn? Ihr habt doch wohl nicht geglaubt, dass ich *zu Fuß* hergekommen bin, oder?«

24 DER ÜBERFALL

Sobald sie die Bäume hinter sich gelassen hatten, wurde klar, dass etwas nicht stimmte. Der Mount Noble war schon immer ein bisschen furchteinflößend gewesen, eine zerklüftete Spitze inmitten der sanften Hügellandschaft von Pennsylvania. Doch das wurde Daniels Meinung nach durch den hübschen Anblick der Stadt ausgeglichen, die in seinen Schatten eingebettet dalag. Am Abend hoben sich die Lichter von Noble's Green wie ein freundlich schimmernder Sternenteppich gegen den schwarzen Wald ab.

Doch nicht in dieser Nacht. Außer den Lichtern, die vom Verkehr auf den Hauptstraßen herrührte, war die Stadt völlig dunkel. Es war schwer zu erkennen, wo der Wald endete und die unbeleuchteten Häuser anfingen.

Beunruhigenderweise entdeckten sie mehrere Feuer. Sie loderten orange und gelb in den Vororten der Stadt und ein Verband von Feuerwehrwagen raste mit Blaulicht auf sie zu.

»Transformatorenhäuschen!«, brüllte Rohan gegen den Wind an. »Wahrscheinlich haben die Schatten sie in die Luft gejagt, um die Stromversorgung lahmzulegen.«

Während Eric sie bis in die Stadt flog, hielt Daniel den Rucksack an die Brust gepresst und dachte an die furchtbare Waffe darin. Er konnte immer noch nicht glauben, dass er den Ring die ganze Zeit benutzt hatte, dass der Shroud in sein Unterbewusstsein eingedrungen war. Bei dem Gedanken, dass der alte Schurke in seinem Kopf sein Unwesen getrieben hatte, wurde Daniel richtiggehend übel. Herman hatte ihn dazu angeleitet, ihm den Ring zu bringen – in der Hoffnung, er würde ihm die Macht verleihen, den Schatten zu entkommen. Aber Herman rechnete nicht damit, dass Daniel die Superkids im Schlepptau haben würde. Wieder hatte er versucht, einen Keil zwischen Daniel und seine Freunde zu treiben, und diesmal hätte er es fast geschafft. *Teile und herrsche,* das war Herman Plunketts Motto.

Daniel schauderte bei dem Gedanken an den Abend, als er allein zum Steinbruch geradelt war. Er hatte verdammtes Glück gehabt, dass er auf Clay und Bud gestoßen war. Wenn sie ihn nicht aufgehalten hätten, wenn er den Steinbruch allein erkundet und Herman tatsächlich gefunden hätte … Vielleicht hätten ihn die Schatten in die Finger bekommen. Oder Herman. Er war nicht sicher, was schlimmer gewesen wäre.

Eric setzte die beiden in Daniels Wohnviertel ab. Nun, da sie alles aus nächster Nähe sahen, entdeckten sie kleine flackernde Lichter in ansonsten dunklen Fenstern. Die Menschen zündeten Kerzen an und taten genau das Gleiche, was sie auch sonst bei einem Stromausfall tun würden. Daniel dachte an seine eigene Familie und daran, wie sie bei solchen Gelegenheiten zusammengesessen und sich beim Licht der

Taschenlampe Geistergeschichten erzählt hatten, während sie darauf warteten, dass es wieder Strom gab. Wie viele Familien taten wohl jetzt gerade dasselbe, bemerkten jedoch die wahren Geister gar nicht?

Sie standen im Wäldchen hinter dem Garten von Daniels Haus, als Mollie und Rose zu ihnen stießen. Im stockfinsteren Dunkel der Bäume, die das Haus umgaben, entwickelten sie ihren Plan. Die Flieger würden Rohan mitnehmen und die Stadt nach den Schatten absuchen. Denn keiner von ihnen wollte einfach darauf warten, dass die Schattenwesen zu ihnen kamen – diesmal würden sie die Initiative ergreifen. Wenn sie die Schatten gefunden hatten, würden sie zurückkehren und Daniel holen. Alle waren sich einig, dass es zu riskant war, häufiger als nötig mit Daniel und dem Ring durch die Gegend zu fliegen. Während sie die Stadt durchkämmten, würde er hierbleiben und auf das Eintreffen der anderen warten. Bis dahin würde er sich versteckt halten und auf den Ring aufpassen.

»Wir müssen los«, sagte Rohan.

»Okay«, sagte Daniel. »Viel Glück!«

Es war ein vertrauter Anblick, wie die Superkids losflogen, um sich eines Notfalls anzunehmen, während Daniel zurückblieb. Doch diesmal war es anders. Diesmal war es kein brennendes Haus oder irgendein Unfall. Diesmal kämpften sie gegen Monster. Gegen eine ganze Armee von Monstern.

Und wenn sie die Schatten tatsächlich finden würden, dann würde Daniel … *was* tun? Mit dem Ring herumfuchteln? Die magischen Worte sprechen? An dieser Stelle versagte ihr Plan. Daniel besaß eine Waffe, die er nicht zu nutzen wusste. Er hatte bereits gegen die Schatten gekämpft, allerdings mit Erics Superkraft, Louisas Körperlosigkeit und Roses Fähigkeit, sich unsichtbar zu machen. Wie sollte er den Ring denn überhaupt gegen sie einsetzen? Sie mussten darauf vertrauen, dass Herman ihnen dabei half, und Herman zu vertrauen – das war allen klar –, war eine wirklich dumme Idee. Die dümmste von allen.

Doch selbst ein schlechter Plan war besser als gar keiner. Daniel fluchte leise, als er durch die Bäume auf sein Haus zukroch. Vielleicht war der alte Schurke sogar bereit, ihnen zu helfen. Aber nur, wenn es auch seinen Zwecken diente. Daniel war davon überzeugt, dass Herman die Schatten genauso gern loswerden wollte wie sie. Doch was dann? Es war das Danach, was Daniel Sorgen bereitete. Er beschloss, den Ring ein für alle Mal zu zerstören, wenn sie das hier überleben würden. Und bis dahin würde er sich eben durchlavieren und die Dinge Schritt für Schritt klären müssen.

Um ihn herum schien immer noch alles still und friedlich zu sein. Daniel erinnerte sich daran, was Herman über die Schatten gesagt hatte: dass sie von den Erinnerungen an ihr altes Leben angezogen wurden. Für einige von ihnen, die fast so alt wie Herman sein mochten, waren solche Erinnerungen vielleicht schwer zu finden. Doch die Opfer des Shroud aus den letzten Jahren würden hier immer noch Familie haben. Einige würden sogar immer noch *sich selbst* finden – die echten Jungen und Mädchen, die ihre Superkräfte verloren hatten. Die nicht ahnten, was da draußen Jagd auf sie machte. Daniel dachte an die beiden, die er gekannt hatte, an Simon und Michael. Würden sie heute Nacht von ihren

Schatten heimgesucht werden? Wurden sie vielleicht schon die ganze Zeit verfolgt? Es schien, als währte das Vermächtnis des Shroud – die Angst – ewig.

Daniel hatte gerade den Rasen in ihrem Garten betreten, als jemand aus dem Dunkel zu ihm sprach. Der Wind stand ungünstig, sonst hätte er den Gestank von fauligem Fisch eher gerochen. Dann hätte er vielleicht noch eine Chance gehabt.

»He, Neuer«, sagte eine fiese Stimme, die Daniel sofort erkannte. »Ich hab nach dir gesucht!«

Er wirbelte gerade noch rechtzeitig herum – nur um zu sehen, wie Clay Cudgens Faust aus dem Nichts auftauchte.

Daniel war nicht bewusstlos – er hörte Stimmen und spürte Hände, die etwas um ihn herumwickelten. Er fühlte das feuchte Gras und das Kratzen der Blätter an seinem Gesicht, als er zwischen die Bäume gezogen wurde. Daniel wusste, dass diese Dinge passierten, doch nach dem Schlag gegen den Kopf war es ihm unmöglich, sich darauf zu konzentrieren. Wenn er die Augen öffnete, dann bewegte sich der Boden unter ihm, und wenn er sie wieder schloss, explodierten Sterne hinter seinen Lidern.

»Mann, Clay«, sagte eine Stimme. Buds Stimme. Für so einen kräftigen Jungen war sie dünn und weinerlich – und unverkennbar. »Du hast ihn echt ausgeknockt. Du hättest ihn umbringen können!«

»Ach was. Das war doch nur ein leichtes Tätscheln. Der Typ ist ein Weichei, wenn er nicht gerade jemandem die Superkraft klaut.«

Als sich endlich nicht mehr alles zu drehen schien, erblickte Daniel die beiden Schläger ziemlich nah vor sich. Auch wenn er wieder alles sehen konnte, hatte er jetzt so furchtbare Kopfschmerzen, dass er schielte. Er war mit einer dicken Schnur an einen Baum gefesselt. Sie lag um seine Taille und presste seine Arme zu beiden Seiten an den Körper. Daniel spürte bereits ein Kribbeln in seinen Fingern, weil das Blut nicht mehr richtig zirkulierte.

Clay und Bud. Sie hatten ihn wieder zurück in das Wäldchen hinter dem Haus gezerrt, so weit, dass er außer Sichtweite war. Daniel geriet in Panik, als er seinen Rucksack mit dem Ring nicht entdecken konnte. Da ihn aber keiner der beiden Jungs bei sich trug, musste er bei ihrem Überfall auf den Rasen gefallen sein.

Clay und Bud hielten Abstand zu ihm. Anscheinend befürchteten sie, er würde ihre Fähigkeiten stehlen, wenn sie näher kamen. Doch er war gar nicht in der Lage dazu. Der Ring war zu weit weg.

Was machten sie überhaupt hier? Wahrscheinlich hatten sie den Stromausfall ausgenutzt und waren zu Daniels Haus geschlichen, um sich zu rächen. Vielleicht wollten sie sein Fahrrad kaputt machen. Oder einfach nur Eier gegen die Hauswand werfen. Sie hatten nicht die leiseste Ahnung, was wirklich vor sich ging. Sie wussten nichts von den Schatten, nicht, dass der Shroud noch immer am Leben war, und nichts über den Ring. Sie waren einfach zwei Schläger, die ihre kleine süße Rache wollten.

»Lasst mich gehen …« Daniel wollte etwas sagen, das dringlicher klang, etwas, was die furchtbare Gefahr, in der sie alle schwebten, besser erklärte. Er wollte klarmachen, dass jede Sekunde, die verstrich, das Risiko für seine Freunde und die ganze Stadt erhöhte. Aber er konnte die Worte nicht finden. Sein Kopf schmerzte zu sehr.

»Was hat er gesagt?«, fragte Bud.

»Keine Ahnung. Er nuschelt so.«

»Vielleicht hat er eine Hirnschüttelung?«

»Das heißt *Gehirnerschütterung*, du fetter Idiot. Und ich hab dir doch schon gesagt, dass ich ihn nicht so fest geschlagen habe.«

»Vielleicht sollten wir uns mal seinen Kopf anschauen.«

»Du kannst ihn dir anschauen«, sagte Clay. »Ich geh keinen Zentimeter näher an diesen dreckigen Superkraft-Dieb heran. Ich kann Shrouds nicht ausstehen.«

Shrouds. Sie dachten, Daniel wäre genau wie Herman. Vielleicht hatten sie mehr als nur ein bisschen Rache im Sinn.

Wenn Daniel den Blick auf die beiden weit entfernt stehenden Jungen richtete, wurden die Schmerzen zu groß. Deshalb konzentrierte er sich auf seine unmittelbare Umgebung. Er war mit einem ausgefransten Stück Seil gefesselt. Wahrscheinlich hatten die beiden Schläger es von ihrer Müllhalde mitgebracht. Der Knoten war nicht sehr fest und mit genügend Zeit hätte sich Daniel vielleicht irgendwann loswinden können. Aber nur, wenn die beiden nicht so wie jetzt dastanden und jede seiner Bewegungen verfolgten.

Er hatte keine Zeit für das hier.

»Ihr versteht nicht«, sagte Daniel langsam. Das Sprechen fühlte sich noch immer an, als hätte er den Mund voll Watte. »Die ganze Stadt ist in Gefahr!«

»Nein, wirklich?«, sagte Clay. »Als ob wir das nicht wüssten! Du und der Rest dieser Pseudos, ihr rennt herum und tut so, als wärt ihr ein Haufen Superhelden, dabei bist *du* doch das wahre Monster! Wissen deine Loser-Freunde eigentlich, was du bist?«

»Ja! Ich meine, sie wissen von meiner Fähigkeit«, sagte Daniel. »Aber ich bin nicht das Monster. Es war Herman Plunkett, der echte Shroud. Er ist wieder da und …«

»Ach, spar dir das«, sagte Clay. »Ich hab dein Gerede satt. Bud, knebel ihn!«

»Ich?«

»Ja, du Schwachkopf! Benutz einen seiner Strümpfe oder so was, aber bring ihn zum Schweigen.«

Bud machte einen unsicheren Schritt auf Daniel zu. Der Gestank in der Luft bekam eine beißende Note.

»Warum sind alle Lichter aus?«, fragte Bud und blickte auf die dunklen Häuser. »Was ist, wenn hier was Schlimmes passiert?«

»Das Schlimme sitzt hier gefesselt vor uns!«, erwiderte Clay. »Der Stromausfall hat vielleicht trotzdem mit ihm zu tun. Er hat das Stromnetz lahmgelegt, damit er sich besser an uns heranschleichen und unsere Superkräfte stehlen kann.«

Clay trat zu Bud und pikste ihm mit seinem grobknochigen Finger ins Gesicht. »Du weißt, was er ist. Er hat dir am alten Steinbruch deine Superkraft geklaut, und du hattest Glück, dass es nur vorübergehend war. Es geht alles wieder von vorne los! Nachdem dieser Plunkett ins Gras gebissen hatte, dachte ich, wir wären erlöst. Aber jetzt ist wieder einer da. Er hat uns reingelegt, damit wir ihm dabei helfen, den alten

Mann auszuschalten. Doch nur, um seinen Platz einzunehmen!«

Bud stieß ein Wimmern aus und wollte zurückweichen, doch Clay packte den viel größeren Jungen am Kragen und hielt ihn fest. Er bellte Bud an wie ein tollwütiger Hund. In seinen Mundwinkeln schäumte der Speichel.

»Willst du das? Willst du, dass alles wieder so wird wie früher?«

Ohne jede Vorwarnung schubste Bud Clay von sich weg. Es war kein sehr fester Stoß, jedenfalls nicht für Clay, doch der Schock, dass Bud ihn geschubst hatte – was wahrscheinlich zum allerersten Mal passierte –, musste Clay aus dem Gleichgewicht gebracht haben. Er ließ Buds Hemd los und landete auf den Hintern.

»Ja! Das will ich!«, heulte Bud, und sein Gesicht war nass vor Tränen und Schnodder. »Ich will es!«

»Wovon redest du?«, fragte Clay.

Doch Bud gab keine Antwort. Stattdessen marschierte er rüber zu Daniel und ließ sich neben ihm auf den Boden plumpsen. Seine Stinkwolke waberte hinter ihm her. Daniel vergrub sein Gesicht schützend an seiner Schulter. Bud schien es nicht zu bemerken oder es kümmerte ihn nicht. Er saß einfach nur heulend auf dem herabgefallenen Laub, wobei er versuchte, das laute Schluchzen mit seinen Händen zu ersticken.

»Kannst du es tun, Daniel?«, fragte er, nachdem er sich ein wenig beruhigt hatte. »Kannst du mir meine Fähigkeit wegnehmen? Nur diesmal für immer? Bitte!«

Daniel schwieg. Noch vor ein paar Monaten hätte er sich

nicht vorstellen können, dass es etwas Schlimmeres gab, als keine Superkräfte zu haben. Doch das gab es. Nämlich mit einer Superkraft gestraft zu sein, die man verachtete. Louisa hasste ihre Fähigkeit so sehr, dass sie all ihre Freunde belogen hatte. Und jetzt Bud, der Daniel anflehte, ihm seine Superkraft zu stehlen. Bis vor Kurzem hätte Daniel das nicht nachvollziehen können. Jetzt verstand er es nur zu gut.

»Nein«, sagte er schließlich. »Es tut mir leid, aber ich kann es nicht.«

Bud nickte.

»Es tut mir wirklich leid, Bud«, sagte Daniel.

»Natürlich willst du meine Scheißsuperkraft nicht«, sagte Bud. »Denn dann wärst du wie ich.«

»Das hab ich nicht gemeint ...«

Bud stand auf und wischte sich das Gesicht am Ärmel seiner Jacke ab. Über die Schulter warf er einen Blick auf die stockdunkle Straße.

»Ist auch egal«, sagte er. »Hier passiert heute Abend irgendwas Schlimmes ... Und ich geh jetzt nach Hause.«

Clay versuchte nicht, ihn aufzuhalten. Er beschimpfte und drohte ihm auch nicht. Er sah noch nicht einmal zu, wie sein einziger Freund im Dunkeln davonmarschierte. Stattdessen waren seine Augen auf Daniel gerichtet, sein Blick war kalt und grausam. Daniel hoffte, dass er tapfer wirkte, aber das war – gefesselt und der Gnade von Clay Cudgens ausgeliefert – nicht ganz leicht. Dieser Umstand allein hätte normalerweise ausgereicht, um Daniel in Angst und Schrecken zu versetzen. Doch diesmal waren auch noch die Schatten irgendwo da draußen.

Daniel hörte entfernt verängstigte Stimmen. Es konnten Erics und Mollies gewesen sein, aber er war sich nicht sicher. Bud hatte recht – hier ging etwas Schlimmes vor sich. Und es war bereits in vollem Gange.

Clay hörte es auch. Er blickte in die Richtung, aus der die Stimmen kamen, aber er rührte sich nicht.

»Clay«, sagte Daniel, »sie stecken in Schwierigkeiten. Wir alle stecken bald in großen Schwierigkeiten, wenn du mich nicht freilässt.«

»Das ist doch irgendein Trick, oder?«, sagte Clay.

»Es ist kein Trick!«

Aber Clay hörte schon gar nicht mehr zu. Er schaute auf etwas, das die Straße runter in ihre Richtung kam. Daniel folgte seinem Blick und sah eine schwarze Gestalt, die im Dunkeln auf sie zuglitt. Er erkannte sie sofort – es war ein Schatten.

»Bud?«, rief Clay. »Bist du das?«

Der Schatten hielt inne und legte den Kopf schief. Dann änderte er die Richtung, er entfernte sich von den Häusern und schwebte auf das Wäldchen zu, wo Clay Daniel gefangen hielt. Als er näher kam, bemerkte selbst Clay, dass das nicht Bud war. Als zwei weitere Schatten neben dem ersten auftauchten, wich Clay zurück. Noch hatten sie ihn zwischen den Bäumen nicht entdeckt, aber das würde nicht mehr lange dauern. Sie waren wie eine Hundemeute auf der Jagd.

»Was sind das für Dinger?«, flüsterte Clay.

»Sie sind der wahre Feind«, antwortete Daniel. »Mach mich los!«

Einen Augenblick lang hatte Daniel wirklich die Hoffnung, dass Clay ihn losbinden würde, dass er Daniel wenigstens die

Chance geben würde, zu kämpfen. Doch Daniel überschätzte den mitleidlosen Schläger einfach immer wieder. Clay drehte sich um, rannte tiefer in das Wäldchen hinein und ließ Daniel gefesselt und wehrlos zurück. Sein Rückzug verlief allerdings nicht gerade lautlos, und einer der Schatten löste sich von der Gruppe und verfolgte Clay, der durchs Unterholz preschte. Damit blieben für Daniel immer noch zwei übrig. Und sie kamen immer näher.

Eine Hand hatte er schon fast freibekommen, doch die Schatten befanden sich bereits am Rand des Wäldchens. Er würde es nicht rechtzeitig schaffen.

»Hör auf zu zappeln!«, flüsterte eine leise Stimme. »Sonst kann ich nichts sehen!«

Daniel hielt still. Er war allein mit der Dunkelheit, trotzdem zerrte jemand an seinen Fesseln. Er sah zu, wie sich die Knoten von selbst lösten.

»Rose?«

»Psst!«, antwortete die Dunkelheit. »Ich bin ganz still geblieben. Ich hab nicht gekichert! Kein einziges Mal!«

Das Seil um seinen Bauch lockerte sich, dann fiel es ganz herab. Daniels Arme waren taub und somit nutzlos, weil die Blutzufuhr so lange abgeschnürt gewesen war. Glücklicherweise funktionierten seine Füße prima, denn die Schatten glitten immer näher heran.

Daniel bedeutete Rose, ihm zu folgen. Da er nicht genau wusste, wo sie war, hoffte er, sie würde ihn dabei beobachten, wie er leise durchs Wäldchen zur Rasenfläche in seinem Garten schlich. Er trat möglichst vorsichtig auf die raschelnden Blätter, doch sobald er auf dem Rasen war, sprintete er zum

Haus. Im Laufen hob Daniel den Rucksack auf, wobei er fast über seine eigenen Füße stolperte.

Seine Eltern hatten im Steingarten neben der Terrassentür einen Ersatzschlüssel versteckt. Er lag, wo er liegen sollte, unter einem verwitterten alten Gartenzwerg. Daniel schnappte ihn sich.

»Rose?«, flüsterte er in die Dunkelheit.

»Ich bin hier«, antwortete eine atemlose Stimme. »Aber meine Schuhe sind ganz schmutzig.«

Daniel blickte auf den Steinboden der Terrasse und entdeckte kleine Fußspuren, die vom Garten bis zur Tür führten. Mit einem weiteren Blick vergewisserte er sich, dass die Schatten ihnen nicht in den Garten gefolgt waren. Da war nichts. Vielleicht konnten sie beide ungesehen ins Haus gelangen.

Als sich die Tür knarzend öffnete, biss Daniel die Zähne aufeinander – die Terrassentür knarrte immer furchtbar. Er spürte, wie sich Rose an ihm vorbeiquetschte; dann schloss er die Tür hinter ihnen und verriegelte sie. Sie bestand zwar hauptsächlich aus Glas, vermittelte ihm jedoch ein gewisses Gefühl von Sicherheit. Sie betraten den Keller und Daniel holte tief Luft – zum ersten Mal seit Stunden, wie es ihm schien.

»Rose, geht es dir gut?«

»Ja. Aber das waren neue Schuhe. Meine Mom wird total wütend sein.«

Trotz allem musste Daniel lächeln. Rose sah die Welt aus der Perspektive einer Sechsjährigen und nichts, nicht mal die Schattenungeheuer, konnten das ändern.

»Ich hatte dich ganz vergessen, Rose.«

»Ich weiß. Mollie auch. Sie ist weggeflogen, um gegen die Monster zu kämpfen. Aber ich wollte bei dir bleiben.«

»Das freut mich, Rose. Danke.«

»Gern geschehen«, erwiderte die Luft.

»Weißt du was?«, sagte Daniel. »Du kannst jetzt wieder sichtbar werden. Hier drinnen können sie dich nicht sehen.«

Einen Moment lang herrschte Stille; dann antwortete Rose: »Ich will nicht.«

Daniel nickte. »Okay. Ich verstehe. Wahrscheinlich ist das nur klug.«

Er blickte auf den Rucksack in seiner Hand. Irgendwo da draußen im Wäldchen waren zwei Schatten. Hatte er darauf nicht gewartet? Er hatte den Ring und er hatte den Feind gefunden, und jetzt? Er hatte keine Ahnung, wie er ihn benutzen sollte.

Obwohl Rose bei ihm war, fühlte Daniel sich allein. Er machte sich Sorgen um seine Freunde. Er war sich sicher, dass es Mollie und Eric gewesen waren, die geschrien hatten.

Daniel linste durch die Glastür, die Bäume wirkten viel dunkler als sonst, vor allem, da es in ihrer Umgebung keinerlei Lichtquelle gab. Draußen schien sich nichts zu bewegen. Es ging kein Wind, gar nichts. Alles war erstarrt.

»Na schön, Rose. Ich will, dass du dich nicht vom Fleck rührst. Versteck dich hier.«

»Ich will bei dir bleiben!«

»Das ist zu gefährlich«, antwortete Daniel.

Als die Tür oberhalb der Treppe zu den oberen Stockwerken aufgerissen wurde, leuchtete Daniel der Lichtstrahl einer

Taschenlampe ins Gesicht. Er sah nichts, aber die Stimme war unverkennbar, genau wie der Tonfall.

»Daniel Corrigan«, sagte sein Vater. »Du. Hast. Hausarrest!«

Daniel steckte in Schwierigkeiten.

25 Hausarrest

Daniel war zwei Schlägertypen mit Superkräften und einer Höhle voller Schatten entkommen, nur um jetzt von seinen Eltern im Wohnzimmer festgehalten zu werden.

Es sah nicht gut für ihn aus. Das hier war kein Geh-in-dein-Zimmer-Hausarrest – es war eine komplette Überwachung, ein Wir-lassen-dich-nicht-mehr-aus-den-Augen-Hausarrest. Daniels Vater, seine Mutter und Georgie saßen auf dem Sofa und sahen zu, wie Daniel sich wand. Im Schein von einem der alten Kerzenleuchter seiner Großmutter kamen sie ihm wie die mittelalterliche Inquisition vor, die darauf wartete, ihr Urteil zu fällen. Wo war er während der letzten Stunden gewesen? Warum sah er so schlimm aus? Wo waren seine Freunde, und war ihm denn nicht klar, dass ihre Eltern sich wegen des Stromausfalls Sorgen machen würden?

Daniel und seine Freunde waren schon einmal auf diese Weise verschwunden, im letzten Jahr. Und obwohl sie damals die Kinder der Stadt vom Shroud befreiten, hatten sie ihren Eltern das nicht erzählen können. Diese Nacht hatte zu Langzeit-Bestrafungen und anhaltendem Misstrauen geführt.

»Weißt du, was ein *Rezidivist* ist?«, fragte Daniels Vater.

»Dad! Ich kann nicht hier rumstehen und …«

»Der Begriff wird für einen Straftäter verwendet, der nicht damit aufhören kann, Verbrechen zu begehen. Einen Wiederholungstäter.«

»Dad …«

»Lass ihn ausreden«, sagte seine Mutter. »Wo bist du gewesen, Daniel?«

»Daniel hat großen Ärger«, sagte Georgie.

Daniel schluckte. Er musste sich seine Antwort genau überlegen. Seine Freunde waren da draußen. Die Schatten auch. Doch wenn er jetzt panisch wirkte, würde ihn das nur noch schuldiger aussehen lassen. Er musste seinen Eltern ruhig und vernünftig erklären, wo er gewesen war und warum er sich in letzter Zeit so geheimnistuerisch benommen hatte. Kurz gesagt: Er musste ihnen eine faustdicke Lüge auftischen. Er musste etwas erfinden, was ihn hier erst mal herauspaukte. Wenn sie ihn auf sein Zimmer schickten, konnte er sich vielleicht durchs Fenster davonstehlen. Die Konsequenzen würde er dann später tragen. Auch wenn er für den Rest seines Lebens Hausarrest bekommen würde. Aber das war ein vergleichsweise geringer Preis. So wie die Dinge lagen, hatte er Bedenken, ob er überhaupt die Nacht überstehen würde.

Daniel servierte ihnen die fetteste, unverschämteste Lüge, die ihm einfiel.

»Ich habe eine Freundin«, sagte er.

Das hatte den gewünschten Effekt. Sein Vater sah aus, als ob er etwas sagen wollte, sein Mund öffnete sich jedoch einfach nur und schloss sich dann wieder ohne einen Laut. Es war, als ob er den entscheidenden Teil des Sprechens vergessen hätte. Daniels Mutter sah genauso geschockt aus, aber sie hatte sich besser im Griff. Ihre Sprachfähigkeit war noch intakt.

»Oh«, sagte sie. »Und … wie heißt sie?«

Wie sie *heißt*? Jetzt fehlten Daniel die Worte. So weit hatte er nicht gedacht. Sollte er einen Namen erfinden? Schnell versuchte er an irgendeinen Mädchennamen zu denken, aber sein Kopf war leer. Wie hießen Mädchen noch mal? Er brauchte doch nur *einen* Namen! Warum war das so schwer?

»Louisa«, sagte er.

Er stieß das Wort so hastig hervor, dass er sich selbst damit überraschte. In dem Moment, wo er es sagte, hörte man einen unterdrückten Schrei in der Luft. Daniel biss sich so fest auf die Lippe, dass ihm Tränen in die Augen traten.

»Was war das?«, fragte sein Vater.

»Ich habe nichts gehört«, antwortete Daniel schnell.

»Louisa«, sagte seine Mutter. »Das ist doch das nette Mädchen mit der kleinen Schwester? Rosie, oder?«

»Rose«, korrigierte Daniel sie, bevor die Luft es tat. »Und ja, Louisa ist meine … Freundin. Wir waren mit Rohan, Mollie und den anderen zusammen und haben einfach nicht gemerkt, wie spät es war. Als wir uns auf den Heimweg machten wurde es schon dunkel und nirgendwo brannte Licht, deshalb habe ich sie und Rose nach Hause gebracht.«

Daniel setzte seine ernsthafteste, ehrlichste und reumütigste Miene auf. »Ich wusste, dass ich zu spät war, deshalb bin ich von hinten reingekommen. Es tut mir wirklich leid.«

»Und mit wem hast du geredet?«, fragte sein Vater. »Ich habe Stimmen gehört.«

»Das war … Louisa.«

»Louisa?«, sagte seine Mutter. »Du hast doch eben gesagt, dass du sie nach Hause gebracht hättest.«

»Habe ich auch. Und dann hat sie *mich* nach Hause gebracht. Ich meine, wir beide haben ihre kleine Schwester nach Hause begleitet, und dann ist Louisa mit mir hierher zurückgekommen …«

»Daniel«, sagte seine Mutter und beugte sich über ihn, die Hände in die Hüften gestemmt. »Hast du das nette junge Mädchen etwa allein nach Hause gehen lassen? Im Dunkeln?«

»Äh«, sagte Daniel.

Daniels Qualen wurden vom hellen Licht eines Autoscheinwerfers in ihrer Auffahrt unterbrochen. Er spähte durchs Fenster und erkannte die schlanke Silhouette eines Sportwagens.

Theo.

Daniels Mutter schoss vor ihm zur Tür.

»Warte, Mom!«, bat Daniel. »Das ist mein Freund Theo.«

»Theo?«, fragte seine Mutter. »Der Junge vom Autounfall? Aber da waren doch Scheinwerfer, ist er etwa … *hergefahren*?«

Abrupt blieb Daniel stehen. Selbst im kaum beleuchteten Haus erkannte er diesen Blick und sah, wie sich ihre Schultern versteiften. Das war kein gutes Zeichen.

»Ist er hierher*gefahren*? Besitzt er tatsächlich die Dreistigkeit, mit dem *Auto* zu kommen?«

»Mom …« Daniel versuchte sich eine Entschuldigung auszudenken, aber seine Stimme klang selbst in seinen eigenen

Ohren schwach und kläglich. Wie konnte Theo nur so dumm sein und auf ihrer Auffahrt parken?

Es klopfte.

Seine Mutter entriegelte die Tür und öffnete sie schwungvoll.

»Wie kannst du es wagen …«, fing sie an. »Oh!«

Es war nicht Theo. Unwillkürlich trat Daniel einen Schritt zurück und presste den Rucksack fest an seine Brust. In der Tür stand Herman Plunkett und er wirkte erheblich vitaler als zuvor. Er stand sehr aufrecht und seine bösen Augen funkelten in der Dunkelheit. Der grün leuchtende Anhänger hing noch immer um seinen Hals und Lichtfetzen kamen aus ihm hervor wie Rauchschwaden.

Zu seinen Füßen lagen die reglosen Körper von Eric und Rohan.

»Mrs Corrigan«, sagte Plunkett, »ich bin wegen Daniel hier. Er hat etwas, das mir gehört, und ich würde es sehr begrüßen, wenn Sie freundlicherweise beiseitetreten und mir erlauben würden, mein Eigentum zurückzufordern. Ich möchte wirklich nicht, dass noch jemand verletzt wird.«

26 DER SHROUD

Herman Plunkett. Der Shroud. Wieder hatte Daniel ihm fälschlicherweise den Rücken zugekehrt. Er hatte ihn unterschätzt, hatte geglaubt, der alte Mann sei so schwach, wie er aussah. Und jetzt musste er dafür büßen. Seine Freunde und nun auch noch seine Familie waren in Gefahr, weil er diese Schlange befreit hatte.

»Ich hätte Sie in der Höhle zurücklassen sollen«, sagte Daniel. »Ich hätte Sie zurücklassen sollen.«

»Tja, aber du konntest es nicht, oder?«, erwiderte Plunkett. »Du hast nicht das Zeug dazu. Ich habe mich in dir getäuscht, Daniel. Du bist kein geeigneter Nachfolger für mich. Du bist nicht stark genug, um in der Welt für Ordnung zu sorgen. Wenn du nur *halb* so viel Rückgrat bewiesen hättest, wie ich es von dir erwartet hatte, könnte ich in Ruhe abtreten. Doch du hast keinen Mumm, Daniel, und deshalb bleibt es an mir hängen.«

»Daniel, wer ist dieser Mann und wovon redet er?«, fragte Daniels Mutter. Sie stellte sich zwischen Daniel und die Tür. Instinktiv beschützte sie ihn. Sie hatte keine Ahnung, wem sie da gegenübertrat.

»Mom, komm zurück ...!«

Zu spät. Herman bewegte kurz das Handgelenk und schon schoss ein Schattententakel aus dem Anhänger auf sie zu, wickelte sich um ihren Hals und zwang sie auf die Knie.

Daniels Vater kam aus dem Wohnzimmer gerannt, doch ihm blieb kaum Zeit zu verstehen, was er da sah. In dem Moment, wo er den Flur betrat, hüllte Herman ihn in eine Wolke aus reiner Schwärze. Daniels Vater verschwand hinter einer Wand aus dunklem Nebel, doch Daniel hörte ihn wegen des giftigen Dunstes keuchen und würgen.

Das Gesicht seiner Mutter lief langsam blau an.

»Ist hier nicht irgendwo auch noch ein kleiner Bruder?«, sagte Herman. »Was sollen wir mit ihm machen?«

»Hören Sie auf!«, schrie Daniel und stürzte vorwärts. Er streckte die Hand nach dem leuchtenden Anhänger aus, aber es war sinnlos. Herman erwartete ihn und drückte ihn mit einem weiteren Schattententakel zu Boden.

»Das bereitet mir kein Vergnügen, Daniel.«

Der alte Mann grinste heimtückisch und pflückte Daniel den Rucksack aus der Hand. Plunkett war stärker als je zuvor und die Quelle seiner neuen Kraft war offensichtlich. Schließlich lag Eric reglos zu seinen Füßen. Plunkett war verletzt, seine Waffe war beschädigt, dennoch war es ihm gelungen, Daniels Freunde zu überwältigen. Aber es hatte ihn geschwächt. Sein Gesicht verriet die Anstrengung. Selbst in diesem Moment verflüchtigten sich Plunketts gestohlene Superkräfte; sie sickerten aus dem Riss im Anhänger und verschwanden im Nichts. Deswegen brauchte er den schwarzen Ring.

Plunkett drückte Daniel weiter zu Boden, ließ aber seine Mutter und seinen Vater los. Keiner von beiden bewegte sich.

»Sie sind nicht tot«, sagte Plunkett, der die Sorge in Daniels Augen bemerkte. »Ich hätte sie getötet, wenn es nötig gewesen wäre, aber es ist nichts, was ich gern tue. Ich habe nicht den Wunsch, die Familie deiner Großmutter auszulöschen. Sie hat mir viel bedeutet. Aber es gibt zu viele Geheimnisse, die ich schützen muss. Es ist schon schlimm genug, was heute Abend da draußen passiert. Es wird Jahre dauern, bevor ich die Leute in der Stadt wieder beruhigen und dazu bringen kann, die Dinge zu vergessen, die sie gesehen haben. Doch zumindest deine Eltern werden sich an nichts erinnern, dafür werde ich sorgen.«

Herman zerrte am Rucksack, um ihn zu öffnen. Er verkrampfte sich vor Anstrengung. Auf seiner Stirn standen Schweißperlen, aber der Griff seines Tentakels lockerte sich nicht und presste Daniel weiterhin fest auf den Boden. Als er den Rucksack öffnete und sah, was darin verborgen war, erschien ein zufriedenes Grinsen auf seinem Gesicht.

»Deine Eltern werden sich noch nicht einmal daran erinnern, was mit dir, ihrem ältesten Sohn, passiert ist«, sagte Plunkett. Dabei hielt er den Blick unverwandt auf den Ring gerichtet. »Es tut mir wirklich leid, Daniel, doch wie es scheint, bin ich zu lange in deinem Bewusstsein gewesen und du hast eine Art Widerstand gegen meine mentalen Kräfte aufgebaut. Ich kann deine Erinnerungen nicht auslöschen, auf jeden Fall nicht dauerhaft. Deshalb gibt es, was dich betrifft, nur eine Lösung. Tut mir leid«, wiederholte er.

Plunkett sah Daniel nicht an. Vielleicht konnte er es nicht.

Der alte Mann war ein Schurke und ein Dieb, aber er war kein Mörder. Daniel würde sein erstes Opfer sein. Der schwarze Tentakel wickelte sich um seine Kehle.

»Momma? Daddy?« Georgie wackelte in den Flur, er sah klein und ängstlich aus. »Ich hab Angst im Dunkeln ...«

Als er Herman entdeckte, fing er zu weinen an.

Plunkett griff mit einem weiteren Tentakel aus Schwärze nach ihm. Er wuchs aus dem, der Daniel auf den Boden drückte, und schlängelte sich wie eine Weinranke über den Boden.

»Zeit schlafen zu gehen, mein Kleiner«, sagte Herman. »Du sollst das nicht mit ansehen.«

Plötzlich tauchte Rose vor Georgie auf, schirmte ihn von Plunkett ab und stellte sich dem Tentakel in den Weg. Sie hätte weiterhin verborgen bleiben können. Vielleicht wäre das besser gewesen.

»Lassen Sie uns in Ruhe!«, schrie sie Herman an, und einen Augenblick lang gehorchte er. Er war von ihrem plötzlichen Erscheinen so überrascht, dass seine Konzentration für einen Moment nachließ und Daniel spürte, wie dadurch auch seine Kräfte schwanden. Der Tentakel um Daniels Kehle lockerte sich und er bekam wieder besser Luft.

Daniel zog mit aller Kraft, vergeblich. Ohne den Ring war er nur der ganz gewöhnliche Daniel und konnte nur hilflos zusehen, wie sich Herman nach seinem kleinen Bruder ausstreckte.

»Rose, lauf!«, stieß Daniel keuchend hervor, während er nach Atem rang. »Bring Georgie hier raus!«

Doch Rose hatte keine Chance, als Hermans Schattententakel sie zu Boden schmetterte und sich dann um Georgie wickelte.

Als er sah, wie das schwarze Ding über seinen Körper glitt, fing Georgie zu schreien an.

»Aufhören«, brüllte er. »AUFHÖREN!«

Seine Stimme steigerte sich zu einem schrillen Kreischen, zu einem Panikgeheul, auch noch, als seine Gesichtsfarbe ein leuchtendes, wütendes Rot annahm. Ausgelöst durch seine Angst bekam Georgie einen imposanten Wutanfall. Er packte den Schattententakel mit seinen speckigen Kleinkindhänden und zerrte daran. Fest.

Ein paar Sekunden lang spannte sich der Tentakel an, dann riss er entzwei. Plunkett stolperte rückwärts und sein Griff um Daniels Hals löste sich. Die Schattententakel des Shroud waren härter als Stahl und Georgie hatte gerade einen von ihnen einfach auseinandergerissen.

Plunkett wirkte schockiert, aber nicht halb so schockiert wie Daniel.

»Lauf«, brüllte Daniel. »Lauf, Georgie, lauf!«

Wieder fing sein kleiner Bruder zu weinen an, aus Angst vor dem, was er gerade getan hatte. Daniel brüllte auf ihn ein, doch seine Worte wurden von einem Pfeifen in der Ferne übertönt, das immer lauter wurde. Etwas kam auf das Haus zu – der Furcht einflößende Ton einer fallenden Bombe.

Einer Bombe namens Mollie Lee. Sie schoss durch die offene Haustür und schlug Plunkett mit etwas Festem – mit einem Basketballschläger, dem Splitterregen nach zu urteilen. Der alte Schurke ging zu Boden. Aber Mollie ließ nicht von ihm ab. Sie schlug weiter auf ihn ein und trieb ihn durch das Haus. Ihr Kampf führte vom Flur aus durch das ganze Wohnzimmer und endete im Krachen von zerbrochenem Glas.

Daniel rappelte sich hoch. Er bekam kaum Luft und hatte das Gefühl, als hätte er eine 50-Kilo-Hantel gegen die Brust bekommen. Rose und Georgie rannten zu ihm und umarmten ihn. Er nahm seinen kleinen Bruder hoch und Rose schlang ihre Arme um seine Taille.

»Georgie, geht es dir gut?«

»Ich hab feste gezogen!«, sagte Georgie schluchzend.

»Das hast du, Kumpel«, sagte Daniel. »Das hast du wirklich.«

Das Atmen tat ihm immer noch weh und Georgie auf dem Arm zu haben machte es nicht besser. Doch sein Bruder wollte ihn einfach nicht loslassen. Zusammen gingen sie zum reglosen Körper seiner Mutter.

»Mommy!«, heulte Georgie.

Daniel beugte sich zu ihr herunter und merkte, dass sie atmete. Sie schnarchte sogar leise.

»Sie schläft, Georgie«, sagte Daniel und drückte die Hand seines Bruders. »Mom und Dad schlafen nur.«

»Weck sie auf!«, befahl Georgie, aber Daniel bezweifelte, dass das möglich war. Was immer Plunkett auch mit ihnen gemacht hatte, er hatte dafür gesorgt, dass sie für eine Weile in diesem Zustand bleiben würden.

Mollie erschien wieder im Flur, sie sah aus, als hätte sie Prügel bezogen. Daniel konnte kaum etwas erkennen, das einzige Licht kam von der Taschenlampe seiner Mutter, die auf dem Boden lag. Mollies Kleider waren zerrissen und schmutzig und sie hatte einen üblen Schnitt quer überm Kinn. Doch das Schlimmste war der Blick in ihren Augen. Abwesend und ziellos. Sie beugte sich über Eric und Rohan und redete mit Daniel, während sie gleichzeitig beiden die Hand hielt.

»Herman hat uns überrascht«, sagte sie. »Die Schatten haben uns zum Haus der Madisons verfolgt. Kennst du Mr Madison, den Chef der Feuerwehr? Er muss früher mal ein Superkid gewesen sein, denn da war ein Schatten, der genauso aussah wie er, nur jünger und dünner …«

»Mollie«, sagte Daniel.

»Theo kam mit dem Auto. Ich glaube, dass er uns wirklich helfen wollte, Daniel. Ich glaube, du hast ihn richtig eingeschätzt. Aber Herman hat uns alle überrascht. Wir waren abgelenkt, und während wir uns auf die Schatten konzentriert haben …, hat er sich Rohan geschnappt. Erst Rohan und dann Eric. Und dann kam er hierher, zu dir.«

»Was ist mit ihnen passiert?«, fragte Daniel, aber er fürchtete, dass er die Antwort bereits kannte.

»Er hat ihnen ihre Superkräfte weggenommen, aber was noch schlimmer ist …«, Mollie blinzelte, um die Tränen zurückzuhalten, »… kurz bevor er ohnmächtig wurde, hat mich Eric angesehen. Und mich gefragt, wer ich bin. Ich glaube, Herman hat ihre Erinnerungen ausgelöscht.«

Eric und Rohan waren fort. Im Grunde war es so, als ob sie die beiden nie gekannt hätten. Doch ihnen blieb keine Zeit, ihren Verlusten nachzuhängen. Die ganze Stadt steckte in Schwierigkeiten.

»Wo ist Herman jetzt?«, fragte Daniel.

»Ich habe ihn durchs rückwärtige Fenster gestoßen.«

»Hast du den Ring gesehen? Er war im Rucksack. Er hatte ihn in der Hand, als du angefangen hast, ihn zu verprügeln.«

»Ich weiß es nicht.«

Daniel setzte Georgie ab und hob die Taschenlampe seiner Mutter auf. Georgie klammerte sich fest an Daniels Bein.

»Hilf mir beim Suchen«, sagte Daniel und richtete den Strahl der Taschenlampe auf den Boden. »Aber wenn du ihn entdeckst, dann fass ihn nicht an!«

Sie durchsuchten die herumliegenden Trümmer, aber selbst im Licht der Taschenlampe konnten sie kaum etwas erkennen. Während ihrer Suche hörten sie von draußen Geräusche – ein Schaben und Kratzen an den Fenstern und an der Tür. Mollie spähte durchs Fenster und wich dann blitzschnell zurück.

»Schatten!«, sagte sie. »Sie sind hier, Daniel! Sie umzingeln das Haus!«

»Rose!«, sagte Daniel und blickte durch die nicht besonders stabilen Fenster. Draußen schwebten die Schatten umher, einige von ihnen pressten sich bereits gegen das Glas. Es würde nicht mehr lange dauern. »Kannst du Georgie hier rausbringen? Bring ihn nach unten und such einen sicheren Ort, wo ihr euch verstecken könnt.«

»Ich kann ihn unsichtbar machen!«, schlug Rose vor.

»Sicher?«

»Ich bring meine Kleider zum Verschwinden, wann immer ich mich unsichtbar mache, also wird auch Georgie verschwinden, wenn ich ihn berühre«, sagte sie, als wäre es das Selbstverständlichste auf der Welt. Wahrscheinlich war es das auch, dachte Daniel.

Sie legte ihre Arme um Georgie und die beiden wurden unsichtbar.

»Daniel?«, sagte Georgies ängstliche Stimme. Es war zweifellos erschreckend, wenn man die eigenen Schuhe nicht mehr sehen konnte.

»Es ist alles in Ordnung, Georgie«, sagte Daniel. »Geh ruhig mit Rose. Wir spielen Verstecken!«

Daniel wandte sich zu Mollie. »Sie sind wegen Herman gekommen. Vielleicht lassen sie uns in Ruhe, wenn sie ihn haben.«

Sie werden mich nicht bekommen. Aber was dich betrifft …

Daniel erstarrte.

Das Licht seiner Taschenlampe schien schwächer zu werden, als ein riesiger Schatten ins Zimmer glitt und alles andere verdrängte. Er füllte den Raum aus, vom Boden bis zur Decke, eine wogende, wellenförmige Schwärze, so viel größer als ein gewöhnlicher Schatten. In seiner Mitte pulsierte noch immer das schwache grünliche Licht von Plunketts zerbrochenem Anhänger. Doch seine Schattenhand hielt einen Ball aus leuchtend grünem Feuer. Der Ring strahlte wie ein hungriger Stern im schwarzen Nichts des Shroud. Der Schatten warf den Kopf zurück und lachte. Daniel hörte hinter sich das Geräusch zersplitternden Glases.

Kommt, meine Kinder!, rief er. *Verbeugt euch noch einmal vor mir! Verbeugt euch vor dem Shroud!*

27 GEISTER, DIE UNS VERFOLGEN

Herman hatte den Ring. Es war ihm gelungen, ihn in der Hand zu behalten – selbst als Mollie ihn durchs Fenster gestoßen hatte. Dank ihm verlor er nicht mehr weiter an Kraft. Im Gegenteil: An der Art, wie der Ring loderte und strahlte, erkannte Daniel, dass er nach mehr gierte. Die grünen Flammen breiteten sich aus, sie züngelten durch die Luft. Die Ereignisse wiederholten sich. Der Shroud war wiedergeboren.

Was soll als Nächstes geschehen?, sagte der Shroud. *Soll ich meine Schatten um mich sammeln, meine eigensinnigen Kinder, oder soll ich mich erst um den Rest meiner Feinde kümmern?*

»Sie klingen immer wie ein schlechter Comic«, sagte Mollie und schob trotzig das Kinn vor. Aber sie wirkte müde und ängstlich. Sie hatte all ihre Kraft in diesen letzten Angriff gelegt und jetzt war sie erschöpft. Daniel sah es an ihrem Gesicht. Wenn es einen weiteren Kampf geben würde, dann würde er sehr kurz sein.

Das Splittern von Glas hinter ihm wurde lauter, und Daniel sah hilflos zu, wie sich ein Schatten seinen Weg ins Haus bahnte. Er streckte sich in Daniels Richtung und machte sich zum Schlag bereit.

Der Shroud lachte. *Aber natürlich! Zuerst sollen meine Schatten ihren Spaß mit dir haben. Damit löst ein Problem das andere. Ist es nicht so, Daniel?*

Unter dem Schattenmantel sah Daniel das Gesicht der Kreatur. Es war das kleine Mädchen mit den Locken, das er bereits in der Höhle gesehen hatte. Seine kindlichen Gesichtszüge waren vor Hass grausig verzerrt. Doch trotz seiner schaurigen Erscheinung kam Daniel irgendwas an dem Mädchen bekannt vor. Eine verblasste Fotografie irgendwo ganz hinten in seinem Gedächtnis.

»Nein«, sagte Herman plötzlich, als der Schatten ihm das Gesicht zuwandte. »Nicht du!«

Es war die Stimme des alten Mannes, nicht das heisere Geflüster des Shroud. Er hatte einen Teil seiner Schattentarnung fallen gelassen und unter den Falten aus Schwärze war nun Hermans Gesicht zu sehen. Auch er erkannte das kleine Mädchen.

»Eileen«, flüsterte Plunkett.

Eileen Stewart. In Grams Album hatte Daniel ein vom Alter trüb gewordenes Foto der Sankt-Alban's-Waisenkinder entdeckt, die vor den verkohlten Überresten ihres ehemaligen Zuhauses gestanden hatten. Unter den rußgeschwärzten Gesichtern war auch das des kleinen Herman Plunkett gewesen, der wütend und finster dreingeblickt hatte. Und neben ihm hatte das kleine Mädchen mit der Lockenfrisur gestanden. Eileen Stewart, Daniels Großmutter.

Daniel war sich des Lärms von draußen kaum bewusst –

das nicht sehr ferne Heulen einer Feuerwehrsirene und eine Stimme, die nah bei ihrem Haus herumbrüllte. Doch hier drin herrschte gespannte Stille. Gram war tot, aber etwas von ihr war zurückgeblieben, ein verzerrter Schatten des Mädchens, das sie in dem Moment gewesen war, als Herman sie ihrer Kräfte beraubt hatte. Von all den zahllosen Gesichtern, von all den zahllosen Opfern war sie diejenige, der Herman nicht begegnen wollte. Sie war die Einzige, die vielleicht so etwas wie Schuld im versteinerten Herzen des alten Mannes hervorrufen konnte.

Der Angriff kam unerwartet und heftig. Gram war bis zu ihrem Tod sanft und freundlich gewesen, doch das Geschöpf, das der Shroud geschaffen hatte, war mehr Tier als Mensch. Herman meinte, dass die Schatten von ihrem ehemaligen Selbst oder von den Überbleibseln ihres lange vergangenen Lebens angezogen wurden. Grams Schatten war zu dem Haus zurückgekehrt, in dem sie bis zu ihrem Tod gelebt hatte, wo sich nun das Objekt ihres aufgestauten Hasses, ihr entflohener Peiniger und früherer Gebieter, breitmachte.

Der Schatten musste Herman überrumpelt haben, denn er wehrte sich nicht. Er krümmte sich unter dem Angriff und ließ die Shroud-Tarnung fallen, als sie sich um ihn herumwand und ihn in ihren eigenen Schatten einwickelte. Er beugte sich ihrem Zorn. Sie legte ihre Hand um seinen Hals und lehnte sich nach vorn, bis ihr Gesicht kaum einen Zentimeter von seinem entfernt war. Dann hielt sie inne, und Daniel sah, wie sie sich dem Anhänger näherte. Sie streckte einen Schattenfinger aus, um den schwach glühenden Stein zu berühren, schreckte jedoch im letzten Moment zurück.

»Was macht sie da?«, flüsterte Mollie.

»Ich weiß nicht«, antwortete Daniel. »Sie scheint auf Hermans Anhänger fixiert zu sein ..., aber warum? Er ist kaputt und damit nutzlos. Es sei denn ...«

Der Schatten, der einmal Eileen Stewart gewesen war, wandte sich zu Daniel und flüsterte ein einziges Wort.

»Frei.«

Daniel nickte, endlich verstand er. »Es gibt noch eine andere Möglichkeit, die Schatten aufzuhalten«, sagte er.

»Bitte«, sagte Herman und zog den Ring vom Finger. »Nimm ihn. Du kannst sie wieder einfangen ... ich schaffe es nicht. Ich kann es ihr nicht antun, nicht noch einmal.«

Der alte Plunkett wimmerte, er starrte in die dunklen Augen des Wesens, das einmal seine einzige Freundin gewesen war. Dicke Schweißperlen rannen ihm über das Gesicht. Vielleicht waren es auch Tränen, aber es fiel Daniel schwer zu glauben, dass Herman Plunkett noch weinen konnte.

Daniel beugte sich herab und hob den Ring auf. Grams Schatten machte keinen Versuch, ihn aufzuhalten, und Daniel hatte es auch nicht anders erwartet. Er wusste nun, was sie wirklich wollte.

»Sie hätten die Schatten jederzeit aufhalten können«, sagte Daniel. »Aber Sie wollten sie nicht aufhalten, Sie wollten sie wieder *kontrollieren*. Und dafür brauchen Sie den Ring. Sie brauchen den Ring, um wieder der Shroud sein zu können.«

»Bitte, Daniel!«, flehte Herman.

»Anstatt auf Sie hätte ich auf die Schatten hören sollen.«

»Daniel«, sagte Mollie, »wovon redest du? Diese Wesen werden die Stadt zerstören! Benutz den Ring!«

»Die Schatten sind wütende Kinder, Mollie. Gekränkte, wütende Kinder. Sie haben einen kollektiven Wutanfall, weil sie nicht wissen, wie sie sich sonst verhalten sollen. Sie haben versucht, es uns zu sagen, aber wir haben ihnen nicht zugehört.«

Daniel streckte die Hand aus und griff nach Hermans Anhänger.

»Nein!«, heulte der alte Mann und versuchte Daniels Hand wegzuschlagen. Doch Grams Schatten drückte Herman zu Boden. Der Hass war aus ihrem Gesicht verschwunden und sie beobachtete Daniel mit ausdruckslosem Blick.

»Es ist der Anhänger«, sagte Daniel. »Der Anhänger ist zerbrochen, aber nicht zerstört. Und so lange werden sie nicht frei sein.«

»NEIN!«, brüllte Herman.

Die Stimme des alten Mannes gellte in seinen Ohren und plötzlich war Daniel wieder im Steinbruch in der Gewalt des Shroud. Wieder war er im Albtraum gefangen. Mithilfe des Rings drang Herman in seine Gedanken ein.

Daniels Hand stand in Flammen. Er roch das verkohlte Fleisch und hatte den Geschmack von Blut im Mund, weil er sich vor Schmerz auf die Lippen gebissen hatte.

Benutze ihn, befahl der Shroud. *Benutze den Ring. Raube den Schatten ihre Kräfte, damit raubst du die Schatten selbst. Du kannst uns alle retten …*

Der Ring verzehrte Daniel – schon bald würde nichts mehr von ihm übrig sein. Es war besser nachzugeben, damit der Schmerz verschwand. Um sich herum spürte er die Kräfte, die darauf warteten, geraubt zu werden. Er spürte sie in den

Gestalten, die in der Kulisse seines Traums standen – Mollie, Rose, die Schatten. Sogar in Georgie. Der Shroud hatte recht: Er könnte alles für sich nehmen. Er könnte endlich aufhören, dagegen anzukämpfen.

Er könnte sie alle vor sich selbst retten. Die Welt schützen. Er könnte der Held sein.

Er wollte sich den Ring auf den Finger schieben, wurde jedoch von einer kleinen Hand aufgehalten, die sich um die seine schloss. Eine kleine Hand, die Hand eines Mädchens. Eines Mädchens mit einer Lockenfrisur. Sie lächelte ihn an.

Und dann stand Daniel wieder im Wohnzimmer. Er hielt den Ring nur wenige Zentimeter von seinem Finger entfernt. Der Schatten mit dem Gesicht seiner Großmutter beobachtete ihn mit gerunzelter Stirn. Hermans Augen weiteten sich vor Zorn.

»Nein! Ich bin der Shroud!«

Das Band gab sehr leicht nach, als Daniel den Anhänger vom Hals des alten Mannes zog. Es riss an derselben Stelle, wo Daniel es vor fast einem Jahr schon einmal entzweigerissen hatte. Der Knoten, mit dem Herman es wieder zusammengefügt hatte, war nicht fest genug gewesen.

»Daniel«, sagte Herman, »du weißt nicht, was du tust!«

»Doch, das weiß ich.«

»Dann erklär es mir bitte!«, rief Mollie. »Weil ich sonst gleich ausflippe!«

»Die Schatten haben uns in Hermans Höhle geführt, weil sie wollten, dass wir etwas für sie tun, Mollie. Sie können den Anhänger nicht berühren, deshalb wollten sie, dass wir ihn zerstören. Das ist es, was sie die ganze Zeit wollten.«

Wieder verengten sich Hermans Augen zu Schlitzen wie bei einer Schlange. »Tu es und du wirst das Chaos entfesseln. Und es wird kein Zurück geben – ist dir das klar? Du wirst Noble's Green für immer verändern! Du wirst die Welt verändern!«

»Sie dürfen sie nicht gefangen halten, Herman. Es ist nicht richtig.«

»Was ist mit deiner Großmutter?«, rief er. »Sie ist nicht mehr am Leben, und ihr Schatten hat nichts, wohin er zurückkehren kann! Ich habe wenigstens dafür gesorgt, dass etwas von ihr übrig geblieben ist! Durch mich wird sie für immer bei uns sein.«

Daniel blickte Plunkett an. »Meine Großmutter ist tot. Es wird Zeit, ihr Frieden zu schenken.«

Mit diesen Worten ging er zum Kamin. Er legte den Anhänger auf den Sims und nahm einen schmiedeeisernen Schürhaken. Jetzt, wo er den Anhänger endlich von Nahem sah, entdeckte er das Netz winziger Risse, das sich durch ihn hindurchzog. Er war schon gebrochen; es würde nicht viel Kraft erfordern, ihn ganz zu zerstören. Sogar ein ganz gewöhnlicher dreizehn Jahre alter Junge konnte das schaffen.

Einen winzigen Augenblick lang zögerte er. Mit einer Sache hatte Herman recht: Es würde für keinen von ihnen ein Zurück geben. Doch dann dachte er an Eric und Rohan. An Louisa. An Michael. Er dachte an Gram.

Daniel ließ den schweren Schürhaken auf den Anhänger niedersausen und er zerbrach in hundert kleine Teile. Das schwache grüne Leuchten flackerte einen kurzen Moment auf, dann erlosch es.

Das Mädchen mit der Lockenfrisur ließ Herman los und schwebte zu Daniel. Für einen Moment sah es so aus, als wollte sie den Mund öffnen, um etwas zu sagen; dann war sie fort. Verschwunden im Nichts.

»Los, komm«, sagte Daniel und packte Mollie am Arm. »Das muss ich mir ansehen.«

»Was willst zu dir ansehen? Verdammt noch mal, Daniel Corrigan, kannst du vielleicht mal kurz stehen bleiben und mir erzählen, was zum Teufel hier vor sich geht?«

Aber Daniel lächelte nur und zog sie nach draußen. Da waren immer noch Schatten, aber sie machten ihm keine Angst mehr. Vor seinen Augen lösten sie sich auf, einer nach dem andern, befreit von den Fesseln, mit denen sie der Anhänger des Shroud viele Jahrzehnte lang gefangen gehalten hatte. Einige – die ältesten von ihnen, wie Gram – verschwanden völlig. Die andern kehrten nach Hause zurück.

Daniel kniete sich neben Rohan und Eric, die sich zu regen begannen.

Erics Lider öffneten sich flatternd. »Mollie?«, sagte er.

Mollie streckte die Hand aus und suchte Halt bei Daniel, der sie gewähren ließ.

»Eric«, sagte sie. »Hast du …, ich meine, erkennst du mich?«

»Dämliche Frage«, sagte er. »Haben wir ihn erledigt?«

»Ja«, sagte Mollie. »Ich denk schon.«

Theo und Louisa tauchten auf der Straße auf. Als die Schatten an ihm vorbeischossen, zuckte Theo zurück.

»Wohin wollen die alle?«, fragte er.

»Dahin, wo sie hingehören«, erwiderte Daniel.

»Daniel«, sagte Rohan und rückte seine Brille zurecht, »was hast du getan?«

»Ich habe sie befreit«, sagte Daniel. »Ich habe Hermans Anhänger ein für alle Mal zerstört. Und ich habe sie alle befreit. Wirklich befreit.«

Rohan beobachtete, wie auch die letzten Schatten verschwanden.

»Dann bedeutet das …«

»Ja«, bestätigte Daniel. »Ich glaub schon.«

In dem Moment öffnete sich ein paar Häuser weiter das Fenster im oberen Stockwerk des Madison-Hauses. Mr Madison lehnte sich heraus, er trug eine Pyjamahose und ein weißes T-Shirt, das den Bierbauch eines Mannes im mittleren Alter nur schlecht verbarg. Daniel und seine Freunde sahen, wie er lange und genüsslich die Nachtluft einsog. Dann kicherte er.

»Ich erinnere mich!«, rief er. »Ich kann fliegen!«

Und damit sprang er aus dem Fenster und flog. Nicht besonders elegant und nicht besonders gut, aber er flog. Ein dicklicher Mann in Pyjamahose flog zum ersten Mal seit vierzig oder mehr Jahren über Noble's Green hinweg.

»Wow«, sagte Mollie.

»Willkommen in Noble's Green«, sagte Daniel. »Willkommen in der neuen Welt!«

28 DIE NEUE WELT

Janey Levine, neunzehn Jahre alt, kam gerade mit ihrem Freund aus dem Kino, als ihr plötzlich einfiel, dass sie mit der Kraft ihrer Gedanken kleine Gegenstände bewegen konnte. Sie ließ wie zufällig ihre Bonbontüte auf den Boden seines Autos fallen und verbrachte dann die nächsten zwanzig Minuten damit, ein Bonbon nach dem anderen aufzuheben und zurück in die Tüte zu legen – ohne sie zu berühren. Ihr Freund bemerkte es nicht einmal. Alan Masterson, ein fünfzig Jahre alter Klempner, führte gerade den Hund spazieren, als er sich daran erinnerte, dass er unter Wasser atmen konnte. Er sprang über den Zaun der Nachbarn und plantschte die restliche Nacht in ihrem Swimmingpool. Vielleicht wäre er sogar noch länger dringeblieben, wenn nicht sein Hund pausenlos gebellt hätte.

Michael erwachte nach einer Nacht in Angst und erblickte Mollie und Eric, die draußen vor seinem Fenster auf ihn warteten. Zusammen flogen die drei zum Gipfel des Mount Noble und wieder zurück. Und noch einmal. Er gewann jedes Mal.

Der Stromausfall hatte alles verändert. Als die Lichter ausgingen, war Noble's Green das kleine verschlafene Nest, das es immer gewesen war. Doch als sie wieder angingen, war Noble's Green die berühmteste Stadt auf Erden.

Sie hatten stets in der Angst vor Entdeckung gelebt. Eine kleine Gruppe von Superkids, nicht mehr als fünf oder sechs Kinder, waren in Gefahr und würden gejagt werden, wenn die Leute erfuhren, zu was sie in der Lage waren. Es war absolut notwendig gewesen, dass sie sich vor dem Rest der Welt verbargen. Und wie Louisa richtig erkannt hatte, hatte sie das verwundbar gemacht. Aber eine ganze Stadt voller Superhelden? In jeglichen Altersstufen? Polizeibeamte, Feuerwehrleute, Lehrer und Klempner? Als die Zeitungen und das Netz davon Wind bekamen (was bei Sonnenaufgang geschah), hatten keine Regierung, kein Konzern, keine militärische Einrichtung und auch keine Männer in schwarzen Anzügen mehr die Macht, ihnen etwas anzutun. Schließlich konnte man keine ganze Stadt verschwinden lassen.

Zumindest hoffte Daniel das.

Und es betraf nicht nur Noble's Green, obwohl dort bei Weitem die meisten Superhelden in Erscheinung traten und es das Zentrum dessen war, was als der Große Ausfall bekannt wurde. Nach dieser Nacht tauchten überall auf der Welt Superhelden auf, doch jeder einzelne von ihnen war irgendwie mit der abgelegenen kleinen Stadt in Pennsylvania verbunden. Jeder von ihnen hatte einen Teil seiner Kindheit dort verbracht. Noble's Green war die Heimat aller Superhelden auf der ganzen Welt.

Natürlich rief das die Wissenschaftler auf den Plan. Biologen, Archäologen, Physiker – Akademiker jedweder Art reisten nach Noble's Green, um das Phänomen zu untersuchen. Einige Superhelden meldeten sich sogar freiwillig für ihre Tests, aber diese brachten kaum Erkenntnisse. Die Quelle ihrer Superkräfte und die Frage, wie sie funktionierten, blieben ein Rätsel.

Jetzt, wo die Schatten verschwunden waren, erlaubten Theo und sein Vater, dass die Ausgrabungen fortgeführt wurden. Doch außer den sehr beeindruckenden Höhlenmalereien, die Daniel schon kannte, wurde nichts Interessantes entdeckt. Herman war bei seinen eigenen geheimen Schürfarbeiten sehr sorgfältig vorgegangen und hatte bereits jedes winzige Bruchstück des Meteoriten gefunden. Daniels Ring bestand aus allem Hexenfeuer-Meteoritengestein, das noch existierte.

Jedenfalls im Augenblick.

»Ich habe überlegt, ihn in den Bergbach zu werfen, aber es besteht die Möglichkeit, dass er wieder angeschwemmt wird.«

Daniel befand sich im Baumhaus – in dem neu aufgebauten und verbesserten Baumhaus, das um eine zweite Etage erweitert worden war, in die man mithilfe einer Leiter gelangte. Er sprach zu den Superkids. Eric, Rohan, Mollie, Louisa, Rose, Michael und Simon standen in einem Halbkreis um ihn herum und sahen ihn an. Abseits der Gruppe lehnte Theo an der wiederhergestellten Tür.

Vor ihnen auf dem Boden lag auf einem flachen, tellergroßen Stein der Ring. Alle hielten Abstand, sogar – oder vielleicht besonders – Daniel.

»Deshalb hab ich mich schließlich für den Vorschlaghammer entschieden«, fuhr er fort und bewegte den schweren Holzhammer in seinen Händen. »Ich bin mir sicher, man kann gefahrlos so nah herangehen, dass man ihn zerstören kann.«

»Wir wollen ihn nicht zerstören«, sagte Rohan.

»Äh …, wie bitte?«

Rohan trat einen Schritt vor, schob seine Brille ein Stück höher und betrachtete den Ring.

»Alle wissen, wie du dazu stehst«, sagte er. »Wir kennen deine … Verbindung zu diesem Ring. Und alle stimmen zu, dass er gefährlich ist …«

»Er ist das gefährlichste Ding auf diesem Planeten!«, bekräftigte Daniel.

»Vielleicht«, sagte Rohan. »Vielleicht ist das aber auch Noble's Green.«

»Einen Moment mal!«, sagte Daniel. »Wovon redest du?«

Eric legte Daniel die Hand auf die Schulter. »Wir wussten, dass das schwer für dich wird, deswegen haben wir uns schon mal ohne dich zusammengesetzt. Und haben es besprochen, wir, die Superkids … mit Superkräften.«

Daniel blickte in die Gesichter seiner Freunde.

»Ihr hattet also ein geheimes Treffen und habt *was* beschlossen?«, fragte Daniel. »Ich meine, außer dass ihr absolut verrückt geworden seid?«

»Nur fürs Protokoll: Ich hatte keine Stimme«, erklärte Theo.

»Lass uns doch mal ausreden«, sagte Rohan. »Jahrelang existierte nur eine kleine Gruppe von Superkids, eine beherrschbare Gruppe. Doch jetzt gibt es nach der letzten Zählung 203 Menschen auf der Erde, die Superkräfte besitzen. Und die meisten davon leben hier. Mittlerweile ist klar, dass sich bei vielen von ihnen durch die gestohlenen Erinnerungen auch die Kräfte über die Jahre abgeschwächt haben. Deshalb stehen die mächtigsten Superhelden hier vor dir –«

»Und Georgie!«, warf Rose ein. »Er ist stärker als Eric! Ich hab es gesehen!«

»Nur manchmal«, sagte Daniel. »Und ich hoffe, es bleibt auch noch eine Weile so.«

Georgies Superkraft, die er im Kampf mit dem Shroud entwickelt hatte, war seither nicht wiedergekommen. Doch Daniel wusste, es war nur eine Frage der Zeit. Er war der große Bruder eines megastarken Kleinkinds.

»Ja, und Clay«, ergänzte Simon. »Ihn zu vergessen, war das einzig Gute daran, Shroud-Futter zu sein.«

»Und Clay«, bestätigte Rohan. »Bud ebenfalls – zwar hat er keine besonders große Kraft, aber ein gewisses Potenzial.«

»Das kannst du laut sagen«, sagte Simon und wedelte sich mit der Hand vor der Nase herum.

Mollie boxte ihn gegen den Arm. »Lass Rohan ausreden.«

»Die Sache ist die«, machte Rohan weiter, »die meisten Erwachsenen und Teenager mit Superkräften sind schwächer als wir, trotzdem wissen wir nicht, was sie mit ihren Fähigkeiten alles anstellen könnten.«

»Ich habe gehört, dass Janey Levine in einer Reality-TV-Show auftritt«, sagte Simon. Mollie funkelte ihn wütend an, aber er hob protestierend die Hände. »Es stimmt! Das ist kein Witz. Ich steuere lediglich nützliche Informationen zur Diskussion bei, wie es ein hilfsbereites Superkid tun sollte!«

Daniel holte tief Luft. Es hatte nicht lange gedauert, bis ihm Simon wieder richtig auf die Nerven ging.

»Ihr wollt den Ring also behalten, als … Waffe?«, fragte Daniel. »Als euren persönlichen Notfallplan?«

»Nein«, sagte Eric. »Wir wollen, dass *du* ihn behältst. Und betrachte ihn nicht als Waffe. Sondern als Versicherung.«

»Genau«, sagte Louisa. »Wir vertrauen darauf, dass du die richtige Entscheidung triffst. Nur du.«

Daniel wollte dieser Logik widersprechen, doch in Wahrheit hatte er selbst die gleichen Gedanken gehabt. Das war auch der Grund, warum er den Ring damals überhaupt behalten und niemandem von ihm erzählt hatte. Und warum der Gedanke, ihn jetzt zu behalten, ihm ein flaues Gefühl verursachte.

»Beim letzten Mal ist das nicht besonders gut gelaufen«, wandte er ein.

»Weil Herman dich manipuliert hat«, erklärte Rohan. »Er hat seine Kräfte eingesetzt, um dich zu beeinflussen. Doch jetzt besitzt er keine Kräfte mehr. Sein Anhänger wurde zerstört und er ist nur noch ein alter Mann. Er kann uns nicht mehr schaden.«

Da war Daniel anderer Meinung. Herman würde immer gefährlich sein, ob mit Meteoritenkraft oder ohne. Das hatte er auf sehr schmerzhafte Weise lernen müssen, und es war etwas, was er nicht vergessen würde.

»Nimm ihn«, sagte Eric. »Versteck ihn und hab ein Auge drauf. Hoffentlich wirst du ihn nie benutzen müssen.«

Nur einer in der Runde hatte bisher nichts gesagt. »Michael«, sagte Daniel. »Bist du ihrer Meinung?«

Michael blickte sich im Raum um. Seit seine Kräfte zurückgekehrt waren, hatte er sich verändert. Er lächelte häufiger, war freundlich und herzlich, doch in seinem Blick lag noch immer etwas Gehetztes. Er hatte zu viel durchgemacht, um wieder ganz der Alte zu werden.

»Ich möchte ihn in tausend Stücke zerschlagen und die einzelnen Teile überall auf der Welt vergraben«, sagte Michael. »Ich will, dass das Ding verschwindet, und ich will nie mehr darüber sprechen. Nie mehr.«

»Aber«, fuhr er fort und warf Mollie einen Blick zu, »ein Superkid zu sein, bedeutet, dass wir die Dinge gemeinsam entscheiden und einander vertrauen. Deshalb vertraue ich meinen Freunden und ich vertraue dir, Daniel. Schließlich hast du uns alle zurückgebracht. Du bist der Held, Mann. Es ist deine Entscheidung.«

Daniel nickte. »Meine Entscheidung.«

Dann hob er plötzlich mit beiden Händen den Hammer und ließ ihn mit einem Schrei auf den Ring niedersausen. Das schwarze Gestein explodierte in einer Wolke aus schwarzem Staub und grünem Licht. Ein Blitz – dann blieben nichts als Bruchstücke eines harmlosen Steins übrig.

Keiner sagte etwas, bis Daniel schließlich das Wort ergriff.

»Ihr legt all euer Vertrauen in mich«, sagte er. »Aber ich verdiene das nicht. Nicht, wenn ich dieses Ding mit mir herumtrage. Wenn ich das täte, würde ich die Hoffnung in Hermans verkümmertem alten Herzen weiter am Leben erhalten. Er würde nie aufgeben, niemals, bis er wieder der Shroud wäre. Ihr seid meine allerbesten Freunde, und das ist meine Art, euch zu schützen.«

Seine Freunde sahen ihn ausdruckslos an. Alle bis auf einen.

»Gute Entscheidung, Daniel«, sagte Theo lächelnd. »Gute Entscheidung.«

Daniel nickte dem Neuen zu. »Keine Shrouds mehr«, sagte er. »Nie wieder.«

29 DIE GESCHICHTE VON JOHNNY UND HERMAN

Streng genommen war das *Mountain View* keine Irrenanstalt. Es gab keine Zwangsjacken oder Gummizellen, aber es war auch kein Wellnesstempel. Die Außenanlagen waren wunderhübsch, gepflegte Rasenflächen umrahmt von Beeten mit prächtigen Blumen, die dem Ort ein wohltuendes Gartenambiente verliehen. Jedoch nur so lange, bis man an den Blumenbeeten vorbeispazierte und auf den hohen Zaun und die Kameras stieß, die jeden Schritt verfolgten. Die Sicherheitsleute trugen statt Polizeiabzeichen ordentlich gebügelte Jacketts. Und mindestens von einem halben Dutzend der Zimmer aus konnte man den Mount Noble sehen. Allerdings waren sie den ganz besonderen Gästen vorbehalten. Vor einem dieser Zimmer stand Daniel jetzt – vor dem obersten Zimmer mit der allerbesten Aussicht.

Herman Plunkett, der berühmte Wohltäter und Menschenfreund, war für tot gehalten worden. Bis zu dem Tag, als er von einer Gruppe junger Samariter zur Polizeiwache von Noble's Green gebracht wurde. Sie hatten ihn am Morgen nach dem Großen Ausfall aufgefunden, als er durch die Straßen irrte. Herman Plunkett wurde nicht mehr länger für tot gehalten, sondern einfach für verrückt.

Das *Mountain View* war ein Ort der Heilung, aber Daniel hätte es lieber gesehen, wenn Herman irgendwo gewesen wäre, wo die Mauern noch ein wenig höher waren. Sie ahnten ja nicht, wen sie im Haus hatten.

Der Besuchsraum ging vom zentralen Flur ab, doch aufgrund von Hermans einzigartiger Stellung in der Stadt genoss er Sonderprivilegien. Es war ihm erlaubt, Besucher in seinem Zimmer zu empfangen, das am Ende eines langen, abgelegenen Gangs lag. Am gegenüberliegenden Ende befand sich das Schwesternzimmer, das gerade unbesetzt war. Vor Hermans Zimmertür, auf einem der Stühle, saß ein wohlbekannter, gut angezogener Herr mit einem grauen Bart.

Er blickte Daniel an.

Der Mann lächelte, doch Daniel war damit beschäftigt, den heißen Zorn, der in ihm hochkochte, zu unterdrücken. Auf einmal wünschte Daniel, er hätte den schwarzen Ring nicht zerstört. Er wünschte, er hätte die Macht, diesen Mann für all die Dinge zu bestrafen, die er *nicht* getan hatte. Für all die Kinder, die durch den Shroud so gelitten hatten.

Da er nicht in der Lage war, ihm wirklich zu drohen, musste Daniel sich damit begnügen, ihm das erste Schimpfwort an den Kopf zu werfen, das ihm einfiel.

»Feigling«, sagte Daniel.

Das Lächeln des Mannes erlosch für einen Augenblick, dann war es wieder da.

»Ich verstehe, warum du das denkst«, sagte er. »Aber es ist ein bisschen komplizierter.«

»Was ist daran kompliziert? Die Leute hier verehren Sie seit Jahrzehnten, sie haben Ihnen Denkmäler gebaut, sie haben sogar die Stadt nach Ihnen benannt! Und Sie haben ihre Kinder mit *ihm* allein gelassen!«

Über das, was als Nächstes geschah, erschrak Daniel selbst. Ohne weiter darüber nachzudenken, ohne es überhaupt zu wollen, schlug er dem Mann ins Gesicht. Er hatte noch nie jemanden aus Wut geschlagen, doch sein Kopf fühlte sich an, als stünde er in Flammen. Je länger er redete, desto zorniger wurde er und desto weniger konnte er sich beherrschen. Er schlug einfach zu.

Es war, als ob er eine kalte Marmorstatue geschlagen hätte. Daniel war ziemlich sicher, dass er sich mindestens einen Finger gebrochen hatte, wenn nicht gar zwei. Er krümmte sich und presste die Finger gegen seinen Bauch, als der Schmerz von der Hand in den Arm schoss. Es tat so weh, dass der Boden unter seinen Füßen schwankte.

Jemand nahm ihn bei der Schulter und setzte ihn auf einen der Stühle. Der Mann sagte etwas, aber Daniel konnte kaum zuhören. Es tat zu weh.

Kräftige Hände umschlossen seine gebrochenen Finger und es gab einen hellen Lichtblitz, der Punkte vor Daniels Augen tanzen ließ. Der heftige Schmerz war verschwunden. Versuchsweise bewegte er die Finger und stellte fest, dass sie zwar ein wenig steif und empfindlich, aber eindeutig nicht mehr gebrochen waren.

»Ich würde das nicht noch einmal versuchen«, sagte der Mann. »Es ist schwer, mich zu verletzen.«

»Sie … haben mich geheilt? Das können Sie?«

Der Mann stand auf. Er glättete seinen Bart, wo Daniels Faust seinen Kiefer getroffen hatte. Der zerzauste Bart war die einzige Folge seines Schlags.

»Ich kann kleine Verletzungen heilen«, erwiderte der Mann. »Obwohl es kein wirkliches Heilen ist. Es ist eher so, dass ich meine Selbstheilungskräfte mit dir *teile*. Das kann ich zwar nur eine Sekunde lang, aber normalerweise reicht das auch aus.«

Daniel nutzte die Chance, um Johnny Noble genauer zu mustern. Er hatte bisher immer nur kurze Blicke auf ihn erhascht und war sich nie sicher gewesen, ob es wirklich der sagenumwobene Superheld war. Die Denkmäler und wenigen existierenden Fotografien zeigten ausnahmslos Jonathan Noble als jungen Mann von damals, als es in St. Alban's gebrannt hatte. Auch wenn dieser Johnny gealtert war, schien er dennoch nicht so tattrig wie Herman zu sein. Etwas hielt ihn jung und er sah höchstens wie sechzig aus. Und zwar wie ein sehr vitaler Sechzigjähriger. Was bemerkenswert war, wenn man bedachte, dass der Mann vor ihm fast hundert Jahre alt sein musste.

Doch falls noch irgendein Zweifel hinsichtlich seiner Identität bestand, musste man ihm nur in die Augen schauen. Er hatte die gleichen Augen wie Herman Plunkett, nur nicht so reptilienhaft. Beide Männer einte die gleiche Lebendigkeit und Klarheit. Diese Augen hatten viel gesehen.

Dies und die Tatsache, dass sein Körper hart wie Stein war, konnten als quasi hundertprozentiger Beweis gelten.

»Also, warum sind Sie hier?«, fragte Daniel. »Wollen Sie Ihren Freund, den Shroud, besuchen?«

Bei der Erwähnung des Namens verfinsterte sich Johnnys Gesicht ein wenig.

»Das Gleiche könnte ich dich fragen«, sagte er.

»Aber ich habe zuerst gefragt.«

Wieder lächelte Johnny. »Na gut, es liegt mir fern, mich der Logik eines Kindes zu widersetzen. Ich besuche ihn nicht, aber ich sehe ab und zu nach ihm. Er weiß nicht, dass ich hier bin. Ich will nur sichergehen, dass er keinen Ärger macht.«

Daniel lachte. Er musste wirklich laut lachen. Die Situation war plötzlich so absurd, dass es an Komik grenzte.

»Keinen Ärger? Das ist doch eben das Wesen des Shroud! Oder wie nennen Sie das, was er den Kindern all die Jahre angetan hat?«

»Notwendig«, antwortete Johnny. »Ich nenne es notwendig.«

Daniel hörte auf zu lachen. »Ich hasse Sie.«

»Ich weiß. Aber ich möchte es dir, so gut ich kann, erklären. Ich bezweifle, dass es deine Meinung über mich ändert, aber es ist wichtig, dass du mich anhörst.«

»Schön«, sagte Daniel. »Erklären Sie es mir.«

Johnny holte tief Luft. Plötzlich sah er unsicher aus. Er vergrub die Hände in den Taschen und blickte anstatt zu Daniel hinunter auf seine Schuhe. Er wirkte ein wenig … wie ein Kind.

»Herman und ich haben gegeneinander gekämpft«, sagte Johnny und blickte auf Hermans Zimmertür. »Als ich mitbekam, was er hier trieb, trat ich ihm entgegen, und wir kämpften. Johnny Noble gegen den Shroud – genau wie in einem dieser dämlichen Comichefte.«

»Das hat er mir erzählt«, sagte Daniel. »Er sagte, Sie hätten gewonnen, aber ich war mir nicht sicher, ob er die Wahrheit sagte. Bei ihm weiß man nie.«

Johnny nickte. »Nun, er hat schon die Wahrheit gesagt. Wir waren fast gleich stark, doch am Ende war ich doch ein bisschen stärker und ein bisschen schlauer. Und dieses kleine bisschen kann am Ende entscheidend sein.

Der besiegte Herman flehte um Gnade. Ich konnte die Quelle seiner Macht, den Meteoritenstein, nicht zerstören, ohne zu riskieren, dabei meine eigenen Kräfte zu verlieren. Doch er musste mir versprechen, ihn nicht mehr zu benutzen. Mehr als das, ich drohte ihm.«

»Sie drohten ihm?«, fragte Daniel. »Und das war alles? Sie hätten einen Weg finden können, den Stein zu zerstören, ohne ihn berühren zu müssen!«

Johnny hob die Hand, um ihn zum Schweigen zu bringen. Die Geste kam unerwartet und es lag nur ein Hauch von Zorn darin. Trotzdem hielt Daniel sofort den Mund.

»Ich *drohte* ihm, Daniel. Ich drohte, ihn zu töten. Verstehst du, was das heißt? Als ich ihn das erste Mal sah, war Herman nur ein kleiner Junge. Als wir gegeneinander kämpften, war er erwachsen, doch ich sah immer noch das verängstigte Kind in ihm. Und ich drohte, ihn zu töten. Das fiel mir nicht leicht.

Und er gehorchte. Zumindest ein paar Jahre lang hörte er auf, als Shroud sein Unwesen zu treiben. Doch dann brach der Zweite Weltkrieg aus, und ich hatte das Gefühl, ich würde woanders gebraucht.

Ich habe schlimme Dinge in diesem Krieg gesehen, Daniel.

Ich habe gesehen, wie Männer auf furchtbare Art den Tod fanden, während ich nicht mal einen Kratzer abbekam. Ich hielt meine Kräfte geheim und setzte sie nur ein, wenn es niemand bemerkte. Ich war Zeuge, zu was Menschen wirklich in der Lage sind, und ich habe eine wichtige Lektion gelernt.«

»Und die wäre?«, fragte Daniel.

»Der Mensch hat noch nie eine Waffe erfunden, die er nicht auch benutzt hätte. Nichts war so schrecklich, als dass er hätte widerstehen können, es auch auszuprobieren. Und diese Stadt ist voller Waffen, die anders sind als alles, was die Welt jemals gesehen hat. Herman hatte Angst vor dem, was diese Superkinder der Welt antun könnten. Ich fürchtete mich davor, was die Welt diesen Kindern antun würde. Am Ende war Hermans Art barmherziger als das, was sie da draußen erwartet hätte. Keine Superkräfte mehr und keine Erinnerungen an diese Kräfte, aber sie konnten immer noch ihr Leben leben. Sie konnten erwachsen werden, Familien gründen und in Frieden leben.«

»Er hat sie in Angst und Schrecken versetzt!«, warf Daniel ein.

»Ja«, bestätigte Johnny. »Und mit den Jahren wurde er immer finsterer und angsteinflößender. Zu der Zeit, als du hierherzogst, stand er am Rande des Wahnsinns. Deshalb habe ich euch im Steinbruch beim entscheidenden Kampf gegen ihn geholfen. Indem er drohte, euch alle zu töten, hat er eine Grenze überschritten. Das ging zu weit.«

»Sie haben uns geholfen?«, fragte Daniel. »Rose. Rose hat gesagt, sie hätte Sie in der Shroud-Höhle gesehen.«

Johnny nickte. »Während Eric bewusstlos war, habe ich einen Teil meiner Kräfte mit ihm geteilt. So habe ich es auch mit dir gemacht, damit du ihn dazu bringen konntest, weiterzukämpfen. Doch Rose hat mich dabei entdeckt. Dieses kleine Mädchen ist wirklich raffiniert.«

»Und was ist jetzt anders?«, fragte Daniel. »Warum zeigen Sie sich jetzt?«

»Alles ist anders, Daniel«, erwiderte Johnny. »Du hast die Welt verändert und es gibt kein Zurück.«

Johnny ging zum Fenster und deutete nach draußen.

»Entweder hast du Noble's Green gerettet oder uns alle dem Untergang geweiht«, sagte er. »Ich kann es noch nicht genau sagen.«

»So oder so, diesmal habe ich es ohne Ihre Hilfe getan«, sagte Daniel.

Johnny lächelte und schüttelte den Kopf. »Stimmt. Ich bin sicher nicht der erste Erwachsene, der dich enttäuscht. Ich wünschte, ich könnte dir versprechen, dass ich der letzte gewesen bin.« Er hob die Hände. »Es kann sein, dass all das hier gar keine Rolle spielt. Herman hat dir doch vom Hexenfeuer-Kometen erzählt?«

Daniel nickte.

»Er ist immer noch da oben«, sagte Johnny. »Und wenn er derselben Bahn folgt wie schon seit Tausenden von Jahren, wird er dieses Jahr zurückkehren. Und dann, wer weiß das schon? Natürlich setzt das voraus, dass es wirklich ein Komet ist. Dass es nicht etwas völlig anderes ist.«

»Was meinen Sie?«, fragte Daniel.

Johnny lachte. »Ich weiß es nicht genau. Ist das nicht eine

schreckliche Antwort? Aber ich vermute seit Langem, dass mehr hinter diesem Komet steckt, als irgendeiner von uns ahnt. Ich schätze, wir werden es schon sehr bald herausfinden.«

Einen Augenblick lang schaute Johnny gedankenverloren aus dem Fenster. Nach einer Weile richtete er den Blick auf Hermans Zimmertür.

»Und, wirst du hineingehen und Hallo sagen? Ein Wettstreit der Geister, um der alten Zeiten willen?«

Daniel schüttelte den Kopf. »Nein. Ich hab es mir anders überlegt. Ich glaube, ich will ihn nicht sehen. Wenn ich ehrlich bin, bin ich mit Ihnen beiden fertig. Ich habe Freunde, Menschen, die keine Angst vor der Zukunft haben. An die halte ich mich.«

Johnny hob eine Augenbraue. »Du möchtest also nicht mal mehr wissen, auf welcher Seite ich stehe?«

»Ich weiß nicht«, sagte Daniel. »Es ist mir egal. Wir sind bisher auch ohne Sie gut klargekommen. Wir schaffen das schon. Und wenn Sie versuchen, mir oder einem meiner Freunde zu schaden, werden wir Sie bezwingen – genau wie wir den Shroud bezwungen haben.«

Und damit drehte Daniel sich um und ließ Johnny Noble stehen. Die Begegnung hatte den Jungen erschüttert und eine Mischung aus widersprüchlichen Gefühlen tobte in seinem Herzen. Doch als er nach draußen ins Sonnenlicht trat, schaute er hoch zum Himmel. Und wenn er die Augen zusammenkniff, konnte er so gerade eben die Gestalten erkennen, die über die Stadt hinwegsegelten. Vielleicht waren es Mollie oder Michael. Vielleicht war Mr Madison da oben bei ihnen, der lachte, weil er durch die Luft kugelte und sich drehte wie ein außer Kontrolle geratener Ballon. Daniel kannte dieses Gefühl. Für ein paar herzzerreißende Minuten hatte er es gespürt und er würde es nie mehr vergessen.

Jetzt würde es ihnen niemand mehr nehmen. Und wenn es doch jemand versuchte, würde er sein blaues Wunder erleben.

DANKSAGUNG Meiner Frau Alisha und meinem Sohn Willem habe ich in meiner Widmung schon besonders gedankt, aber sie mussten so viel erdulden, dass sie an dieser Stelle noch ein extra Dankeschön verdienen. Ein extragroßer Dank geht auch an meine Lektorin, Michele Burke. *Superhelden in Gefahr!* war das erste Buch, bei dem wir die Ärmel hochgekrempelt und gemeinsam dran gearbeitet haben – vom Anfang bis zum Ende. Diese Erfahrung war ein Vergnügen. Ich danke auch meiner Freundin und Agentin, Kate Schafer Testermann, die mich weiterhin durch den Dschungel des Verlagswesens geleitet und dafür sorgt, dass ich ab und zu eine Pause mache. Sie hat recht, es hilft wirklich.

Und zu guter Letzt gilt mein Dank all den großartigen Lehrern, Eltern, Bibliothekaren und jungen Lesern, die ich während der letzten paar Jahre kennengelernt habe und die mich um eine Fortsetzung von *Achtung, Superheld!* gebeten haben. Ich habe euch doch gesagt, dass es sie geben wird!